NO SOLO AMIGOS

NO SOLO AMIGOS

JAMIE BECK

Traducción de
Beatriz Villena Sánchez

Título original: *Worth the Wait*
Publicado originalmente por Montlake Romance, Estados Unidos, 2015

Edición en español publicada por:
Amazon Crossing, Amazon Media EU Sàrl
38, avenue John F. Kennedy, L-1855 Luxembourg
Abril, 2019

Impreso por: Ver última página
Primera edición digital 2019

ISBN: 9782919805181

www.apub.com

SOBRE LA AUTORA

Jamie Beck es una antigua abogada con pasión por escribir historias sobre amor y redención, entre las que cabe incluir su primera obra romántica, *In the Cards*. Además de novelas, también escribe artículos para una organización sin ánimo de lucro dedicada al empoderamiento de los jóvenes y al fortalecimiento de las familias. Cuando no está aporreando el teclado de su ordenador, Jamie disfruta pasando tiempo con su siempre paciente y comprensiva familia.

Para mis padres y mi difunto padrastro.
Gracias por ver siempre lo mejor que hay en mí.

PRÓLOGO

Ya con trece años, Vivi aprendió que no debía esperar demasiado de la vida. Una sucesión de trágicos accidentes podían llevarse a la mitad de tu familia y hacer que tu padre se refugiara en la botella. Unos cuantos matones podían arruinar un día perfecto metiéndose con tu ropa barata o con las cosas raras que sueltas de vez en cuando. En ocasiones, la soledad puede envolverte con tanta fuerza que apenas te deja respirar.

Pero aceptar la triste realidad —la vida es dura— también te ayuda a disfrutar más de las pequeñas cosas, de los pequeños momentos, como comerte la masa cruda de una galleta directamente del paquete amarillo, acurrucarte con tu anciano perro en la cama o hacer un nuevo amigo cuando estás muerta de miedo, el primer día de tu octavo curso, en una ciudad nueva.

Esta última casualidad fue la que hizo que acabara sentada en la mesa de la cocina de Cat, en su primera fiesta de pijamas, concentrada en los trazos finales de un boceto que le habían pedido que dibujara. Cat no había dejado de alardear ante su madre de las habilidades artísticas de Vivi y, naturalmente, ella no quería decepcionar a su nueva amiga.

Echó un nuevo vistazo a la imagen del gallo de cerámica que había estado copiando antes de mostrar su dibujo. Los ojos de la señora St. James se hicieron más grandes mientras colocaba su mano a la altura de su esternón.

—Oh, Vivi, es maravilloso. ¿Puedo quedármelo?

—Por supuesto.

Vivi asintió con la cabeza, claramente halagada.

Cat volvió a pasar la caja de galletas Oreo. Vivi cogió tres más y se volvió a sentar en la silla. La alegría invadió su cuerpo e iluminó su mirada.

Pero su paz mental se desmoronó en cuanto los dos hermanos mayores de Cat entraron por la puerta de la cocina, ambos sudorosos por haber estado jugando al lacrosse. Vivi todavía no los conocía, pero sabía que David era el mayor, el hermano inteligente y estudioso, y Jackson el hermano revoltoso.

Al igual que Cat, ambos habían heredado la belleza española de su madre. Los tres hijos podían presumir de una brillante melena oscura, unos conmovedores ojos marrones y piel aceitunada. Eran justo lo contrario que Vivi, con sus grandes ojos azules y su pelo rubio.

David saludó a su madre con un beso en la mejilla antes de acercarse a los fogones, levantar la tapa de una olla y oler su contenido.

Jackson esbozó una sonrisa amable cuando le presentaron a Vivi, pero de inmediato volvió a centrar su atención en Cat.

—Necesito robarte un instante, hermanita.

Señaló con el pulgar el salón.

Cat puso los ojos en blanco y se inclinó hacia Vivi.

—¿Qué te apuestas a que lo que quiere es que le preste dinero porque ya se ha gastado toda su paga?

Vivi se encogió de hombros, como pez fuera del agua. Desde la muerte de su madre y su hermano hacía ya siete años, no había tenido ni parientes ni nada parecido a una vida familiar normal que le pudiera servir de referencia y debió de haber estado frunciendo el ceño inmersa en sus pensamientos mientras mojaba otra galleta en la leche porque David le preguntó:

—¿Le pasa algo a esas Oreo?

—No...

Tragó a duras penas. David era el chico más guapo que había visto en su vida. La verdad es que su belleza no era nada justa para el resto de chicos. Ni para las chicas.

—David, mira el dibujo que Vivi acaba de hacer. ¿A que se le da muy bien?

La señora St. James se puso en pie, le ofreció su silla a David y le empezó a servir un plato.

David estudió el dibujo y luego escudriñó a Vivi de la cabeza a los pies —algo que no le llevó demasiado tiempo—, aparentemente catalogando las mechas rosas de su pelo, su pijama de Hello Kitty y sus flacuchas extremidades.

Una sonrisa se esbozó en las comisuras de sus labios.

—Es buenísimo. Seguro que vas a clases de dibujo.

Sus intensos ojos transmitían una sincera curiosidad y esa mirada la dejó terriblemente nerviosa y acalorada. A pesar de todo, no podía apartar la vista de él.

—Pues, la verdad es que no. —Su mirada la mantenía clavada a la silla. ¿De verdad quería hablar con ella? —Casi todo lo he aprendido leyendo libros y sacando vídeos de la biblioteca. A veces me quedo hasta tarde con el profesor de dibujo después de clase.

—Impresionante. —La miró con respeto—. ¿También pintas?

Vivi se incorporó en su silla, deseosa de hablar de su tema favorito con él.

—Sí, hago *collages*. A veces trabajo con barro, pero todavía me cuesta mucho. También me gusta la fotografía.

—Te acabas de mudar, ¿verdad? Deberías ir a Silvermine Arts Center, el mejor centro de formación de bellas artes. Está justo en la frontera, en New Canaan.

—Suena genial.

A pesar de saber que lo más probable es que jamás pondría un pie en ese estudio, Vivi esbozó una sonrisa. Sonaba caro. Y, lo que es más, para ello tendría que contar con su padre y eso era algo que, simplemente, jamás pasaría. Ella era quien había tenido que cuidar de él desde el accidente. Y quizá fuera mejor así, porque, en las raras ocasiones en las que hacía un esfuerzo, solía avergonzarla porque estaba borracho.

David ladeó la cabeza y entrecerró los ojos un poco, como si pudiera ver sus pensamientos. Entonces se le iluminó la expresión.

—¿Haces retratos?

—Bastante mediocres.

Vivi hizo una mueca y se metió otra Oreo pastosa en la boca, cada vez más desorientada por semejante atención.

—Eso es algo que tengo que juzgar yo —Empujó la libreta hacia ella y se inclinó hacia delante, con los codos apoyados en la mesa—. Dibújame.

—¿Ahora?

La mitad de la galleta volvió a caer en el tazón de leche.

—¿Por qué no? —Se giró en la silla y levantó la barbilla—. ¿De perfil?

Llevada por una excitante mezcla de pánico y fascinación, decidió ignorar el desastre de la taza y coger el lápiz.

—Mejor no.

David se volvió a girar hacia ella y se sentó inmóvil. Sus ojos se fijaron en el papel.

—Levanta la mirada. —Le ordenó y, cuando la miró, sonrió.

Al principio, sus dedos se tensaron y los primeros trazos fueron algo torpes, pero, poco a poco, se fue sumergiendo en el retrato...

más o menos. Imposible ignorar la forma en la que su corazón palpitaba cada vez que sus miradas se cruzaban, algo que, en esas circunstancias, sucedía con bastante frecuencia.

La señora St. James dejó el plato frente a él y, con discreción, se fue de la cocina. David apartó el plato y siguió observando. Unos minutos después, Cat volvió y se dejó caer en la silla que había junto a Vivi.

—¿Por qué estás dibujando a David?

—Porque se lo he pedido —replicó él antes de que Vivi pudiera responder—. Chsss. No la distraigas.

—¿En serio? —Cat lanzó una mirada melodramática a Vivi—. Sabes que no estás obligada a dibujarlo, ¿verdad?

—No me importa.

De hecho, Vivi estaba más bien encantada de tener una excusa para poder memorizar cada detalle de su rostro perfecto.

Justo en ese momento, le guiñó un ojo. ¿Acaso le había vuelto a leer la mente?

El rubor volvió a apoderarse de sus mejillas.

—Voy a ver si hay algo interesante en la tele. —Cat se puso en pie, mirando por encima del hombro de Vivi—. Búscame cuando acabes.

Después de que se fuera, David le preguntó:

—¿Qué te parece Wilton por ahora?

—Es bonito... Más bonito que Búfalo.

¡Maldita sea! No le había salido bien la mandíbula. La borró un poco y se concentró en la hoja que tenía ante ella.

—¿Sacar la punta de la lengua por la comisura de los labios te ayuda a dibujar mejor? —se burló de ella con tono desenfadado.

Avergonzada, volvió a meter la lengua en la boca y se quedó mirándolo.

—Al parecer, sí.

Se cruzó de brazos, soltando una risita, y siguió observando su trabajo. En unos minutos, ya estaba terminado. Vivi examinó el boceto con el ceño fruncido. Los retratos son mucho más difíciles que los gallos de cerámica.

David se estiró sobre la mesa y agarró la libreta.

—Déjame ver.

Vivi la soltó a regañadientes y observó su reacción.

—Es realmente bueno para haberlo hecho en tan poco tiempo. —Una lenta sonrisa se dibujó en su rostro mientras estudiaba atentamente el retrato—. Me has dibujado más guapo de lo que soy en realidad.

—¡No es verdad!

No era verdad... ¿o sí? ¡Oh, Dios mío, qué vergüenza!

—Yo creo que sí. —Arrancó el dibujo de la libreta y, tras acercar el plato que antes había apartado, lo puso a su izquierda—. Gracias.

Vivi intentó recuperar su dibujo, pero él apartó su mano. Un simple roce hizo que un hormigueo le subiera por el brazo.

—Es mío. —Se metió una cucharada en la boca—. De hecho, fírmalo para que pueda demostrar que te conocía cuando lo dibujaste.

Aunque Vivi sabía que estaba bromeando para ser amable con la amiga de su hermanita menor, le encantó cada minuto de aquella atención absoluta. Por desgracia, gracias a Jackson, solo duró unos segundos más.

—¡Eh, hermanito! Date prisa o llegaremos muy tarde.

David miró el reloj con sorpresa.

—Lo siento —dijo a Jackson—. Me daré prisa.

Dejó el plato en el fregadero y cogió el dibujo de la mesa.

—Ha sido un placer conocerte, Vivi. Gracias.

—Creo que Cat está en el salón esperándote —dijo Jackson a Vivi mientras salía de la cocina detrás de David.

—Oh, gracias.

Vivi se arrastró fuera de la cocina un poco aturdida.

Se sentó en el sofá junto a Cat. Su amiga había escogido la película *Sabrina*, la versión protagonizada por Harrison Ford. Vivi no podía concentrarse en la historia porque su mente seguía fantaseando con la idea de volver a ver a David en el desayuno.

—¿A qué se debe esa sonrisa bobalicona? —preguntó Cat.

Ups. Vivi disfrazó sus pensamientos con algo de verdad.

—Estoy muy contenta de que me hayas invitado.

Capítulo 1

Las agitadas aguas del canal de Long Island hacían que el ferri cabeceara, pero Vivi sabía que ese no era el motivo por el que corría el peligro de echar a perder su almuerzo. Sus dedos se aferraban al borde del asiento, mientras la rodilla aleteaba al ritmo de las alas de un colibrí. Ya habían pasado dieciocho meses desde que su corazón experimentara por primera vez ese ejercicio tan particular.

—Te has puesto verde —dijo Cat—. ¿Estás bien?

Saliendo de su aturdimiento, se giró hacia Cat, que había invitado a Vivi en el último minuto a pasar las vacaciones con ella y con sus hermanos en la casa de verano de la familia, en Block Island.

—Estoy bien. —Vivi calmó sus nervios y se incorporó un poco—. Es solo que estoy deseando que el ferri atraque ya de una vez.

Y todavía deseando más ver a David. Desde hacía más de una década Vivi soñaba con él.

Todos esos años de correspondencia, salidas al cine y al museo, veladas en Central Park y chistes privados la habían convencido de su destino. Hasta hace poco, el hecho de que sus sentimientos jamás hubieran sido correspondidos no le habían hecho perder la esperanza. Nada sorprendente, teniendo en cuenta que la vida con su padre le había enseñado a no reclamar demasiado amor.

Cat se inclinó hacia ella.

—Estoy segura de que estás deseando ver a David, pero ya no es el mismo. Está distante.

Vivi se quedó con la mirada fija en el suelo. Cuando se mudó a Hong Kong tras la muerte de su madre hacía dieciocho meses, ya percibió un cambio. Se alejó misteriosa y repentinamente de todo el mundo.

—¿Jamás le ha contado a nadie el motivo de su silencio, ni siquiera a tu padre? —preguntó Vivi.

—A mi padre sería la última persona a la que se lo contara. Desde que murió mamá, rara vez se dirigen la palabra y nadie sabe por qué. Puede que las cosas mejoren ahora que ha vuelto a casa. —Cat hizo una mueca—. ¡Quién se habría imaginado que le echaría tanto de menos!

Vivi lo habría hecho. Aunque otros describirían la relación entre Cat y David como algo fría, ella sabía que ambos eran personas entregadas y protectoras con sus familiares y amigos más cercanos.

Miró por la ventana, hacia el océano. La última vez que estuvo en Block Island había sido unos meses antes de que le diagnosticaran el cáncer a la señora St. James. Parecía que habían pasado siglos.

—Gracias por venir a visitarme esta semana, Cat.

—Me alegra que hayas podido venir tan de improviso —sonrió Cat.

—Esa es la gran ventaja de ser profesora: muchas vacaciones de verano.

—¿Y qué pasa con tus conciertos? —preguntó Cat.

Vivi se encogió de hombros.

—Teniendo en cuenta que apenas estoy un escalón por encima de una cantante anónima de cafetería, no creo que me echen de menos esta semana. En el bar actuamos muchos cantantes, así que estoy cubierta.

—Estás por lo menos dos pasos por encima de una cantante de cafetería. —Se burló Cat—. Pero me alegra que hayas podido venir. Estoy segura de que me lo voy a pasar mucho mejor contigo que con Justin.

La expresión de Cat se volvió seria al mencionar su tumultuosa relación que, según parecía, se había ido a pique una vez más.

—¡Por supuesto!

Vivi hizo un gesto de dolor cuando salieron esas palabras de su boca al darse cuenta de que no eran demasiado compasivas.

—Mi vida es tan desastrosa últimamente que me estoy volviendo loca. Necesito alejarme del trabajo y de Justin un tiempo. No quiero pensar en nada de eso en los próximos días. —Cat le dio una palmadita a Vivi en el muslo—. Prométeme que me ayudarás a mantenerme cuerda.

—¡Por Dios, Cat, si tu cordura depende de mí, tienes un problema!

Vivi se echó a reír.

—Pues tienes razón —bromeó Cat.

En ese momento, sonó su teléfono. Al mirar la pantalla, frunció el ceño e hizo pucheros.

—Justin.

—No respondas.

Cat volvió a fruncir el ceño y articuló un «lo siento» antes de coger la llamada. De inmediato, se puso de pie y se alejó andando, lo que dejó vía libre a Vivi para volver a fantasear con David.

Tras mudarse, había perdido el contacto con prácticamente todo el mundo. Le vino a la memoria la última carta que le había enviado en el primer aniversario de la muerte de su madre. Su enigmática respuesta le dejó claro, de forma educada, que quería que lo dejara en paz, así que se dio por vencida y, decidida a pasar página, intentó quitárselo de la cabeza.

Casi lo había conseguido sumergiéndose en el resto de cosas de su vida que le gustaban: su trabajo de profesora de arte en una escuela de primaria, su afición por la fotografía y sus conciertos los fines de semana. Y entonces, hacía tres semanas, tres días y siete horas, Cat había comentado casualmente que David había vuelto de forma inesperada a Nueva York. Vivi había fingido indiferencia hasta que se quedó sola. A partir de ahí, ya no pudo concentrarse en nada más.

Al día siguiente, él le envió un breve correo electrónico prometiéndole que se verían en cuanto se organizara en el trabajo y se instalara en su nueva casa. Desde entonces, de alguna forma, había conseguido contenerse para no llamarlo y darle la bienvenida o, peor, para no rondar su barrio con la esperanza de encontrárselo «por casualidad», pero nada había podido evitar que fantaseara con volver a verlo.

Cat reapareció, con cara de enfado, y metió el móvil en su bolso.

—Olvídate de Justin. —Vivi le dio dos palmaditas en el muslo a Cat—. Pasa página.

Los ojos color chocolate de Cat se clavaron en Vivi.

—Es más fácil de decir que de hacer. Y eso es algo que tú sabes mejor que nadie.

Vivi bajó la mirada a sus manos, las entrelazó y las apoyó en su regazo. Por supuesto que lo sabía. La expectativa de verlo por fin después de tanto tiempo había desatado millones de pensamientos y emociones. ¿Vería por fin algo más que a una amiga, a su «muñequita»? ¿O, por el contrario, la ausencia prolongada en la vida del otro habría disminuido la cercanía que una vez existiera entre los dos?

Experimentar todos esos sentimientos ya era todo un reto. Ocultárselos a Cat, imposible.

La bocina del ferri cruzó el aire, sacando a Vivi de sus pensamientos.

—Coge tu bolsa. Ya hemos llegado.

Cat se levantó del banco y puso rumbo al muelle. Su pelo, largo hasta la cintura, azotaba su rostro con la brisa. Se bajó del ferri arrastrando su maleta de Louis Vuitton.

Otros pasajeros parecían admirar las largas piernas, los luminosos ojos, el pelo y los rasgos finamente esculpidos de Cat. Incluso fuera de la pasarela, cada centímetro de Cat era fiel reflejo de la modelo prominente en la que se había convertido.

Vivi aspiró profundamente y arrugó la nariz en respuesta al hedor áspero a pescado y humo de motor del puerto, pero nada destruiría la idea romántica de aquellos tiempos pasados que evocaba el National Hotel, una estructura victoriana de tablones blancos que dominaba el paisaje.

Tras Cat, Vivi, con su bolso sin marca al hombro, bajó la pasarela. Tiró de la parte trasera de sus vaqueros cortados antes de buscar discretamente a David en el aparcamiento atestado de gente.

Como una adolescente, Vivi estaba dispuesta a esperarlo el resto de su vida. Bueno, el resto de su vida quizá resultara demasiado ambicioso. En ese momento, a punto de dejar volar ese sueño, lo volvería a ver, aquí, en un muelle abarrotado.

—¡Ey, Cat! —David agitó los brazos por encima de la cabeza—. ¡Aquí!

Sus ojos se abrieron como platos en cuanto vio a Vivi, a la que se le erizó el pelo del cogote ante su atención.

—¿Vivi? No sabía que vendrías. —Miró a Cat con expresión confusa—. ¿Dónde está Justin?

—No preguntes —ladró Cat—. De hecho, mejor no digas nada.

David levantó las manos en señal de rendición antes de besar a Cat en la mejilla.

—Lo siento.

Entonces se giró hacia Vivi y sonrió antes de agarrarla de la mano.

Con treinta y un años, ni el más mínimo rastro de canas en su preciosa melena. La oscura barba incipiente que le recubría la mandíbula enmarcaba su boca suntuosa. Aunque ya no era capitán de ningún equipo de lacrosse, conservaba un cuerpo atlético —hombros anchos y cintura y caderas estrechas— y esos más de cuarenta centímetros que sacaba al metro cincuenta de ella.

—Vivi —murmuró en su oído mientras la apretaba contra su pecho y la besaba en la cabeza. El contacto de su abrazo la llenó de nostalgia, como siempre—. Me alegro mucho de verte.

Cuando la abrazó todavía más fuerte, todo su cuerpo vibró. Volvía a estar en casa.

—Bienvenido —dijo ella mientras se alejaba.

—Gracias —David esbozó una tímida sonrisa.

—¿Estás contento de haber vuelto a casa o echas de menos Hong Kong? —le preguntó ella.

Tras una pausa marcada, por fin respondió:

—La mayor parte del tiempo que estoy despierto me lo paso en la oficina y, cuando duermo, da un poco igual el lugar donde esté durmiendo.

Su imagen envuelto en sábanas la golpeó en la cara, pero supo mantener la compostura. Su comentario no la había engañado. Tras más de una década de amistad, ¿cómo podía olvidar que veía su alma?

—Dudo mucho que eso sea verdad.

Al percibir una leve pausa en su respiración, Vivi esbozó una pequeña sonrisa.

Aunque estaba deseando descubrir la razón que se escondía tras su vacilación, sabía que jamás confesaría con público delante. Paciencia, Vivi, paciencia.

—¿Dónde está Jackson?

Cat lanzó su equipaje a la parte trasera del destartalado Jeep Grand Cherokee verde de Jackson.

—En casa, con Hank.

Vivi se dio cuenta de que Cat se había puesto pálida, pero David volvió a hablar antes de que pudiera seguir husmeando.

—Y Laney.

—¿Laney... de Hong Kong?

Cat gruñó antes de lanzar una mirada de preocupación a Vivi. *¿Laney de Hong Kong?* Aunque esas palabras la golpearon como un puñetazo en la cara, Vivi esbozó una sonrisa. Por suerte, ni Cat ni David se dieron cuenta de que estaba apretando los dientes.

—Sí —respondió.

Cat se puso sus enormes gafas de sol negras antes de abrir la puerta del pasajero.

—Un largo viaje para unas vacaciones cortas.

—De hecho, también se ha mudado a Nueva York.

La respuesta tranquila de David hizo que Vivi se estremeciera hasta lo más profundo de su ser. *No, no, no, no.* Oh, Dios mío, no podía ni respirar.

Cat deslizó sus gafas por el puente de su nariz y clavó su mirada atónita en David.

—¿Se ha mudado a Nueva York o se ha mudado contigo?

—Por ahora vive temporalmente en un apartamento que le ha proporcionado nuestro bufete.

Le abrió la puerta a Vivi, que se introdujo en el asiento de atrás sin ni siquiera mirarlo a los ojos. Su vaga respuesta hizo que le flaquearan las rodillas, así que se sentía agradecida por poder sentarse.

—Guau. —Cat hizo una pausa para escoger bien sus palabras—. Parece que esta semana va a estar llena de sorpresas.

Laney debía de haber sido la razón por la que David no le había contestado a su correo electrónico. Antes de que Vivi pudiera regodearse en la miseria, el motor del coche empezó a rugir y pusieron rumbo a los acantilados de Mohegan Trail.

Vivi tenía que superar lo de David y tenía que hacerlo ya. Le llevó un minuto recuperar la voz.

—¿Quién es Hank?

Una vez más, se dio cuenta de que Cat se tensaba al oír su nombre.

—Un carpintero de construcción que trabaja con Jackson. Parece un tipo decente. —David observó a Vivi por el espejo retrovisor—. ¿No has coincidido nunca con él?

—No, Jackson ha estado bastante ocupado con Alison estos últimos dos años. Hank no estaba con él en las escasas ocasiones en las que lo he visto.

David dejó de arquear las cejas.

—No nombres a Alison a menos que quieras que Jackson estalle. Lo que sea que pasara entre ellos ha debido de ser extremadamente desagradable. —Miró a Cat—. ¿Sabes algo?

Cat respondió negando con la cabeza.

Vivi se recostó en el asiento, incómoda. Mientras David y Cat charlaban, ella contemplaba su nueva realidad. David se había traído a una mujer desde la otra esquina del mundo para que estuviera con él. Se había enamorado, solo que no de Vivi.

Podía sentir las náuseas subiéndole por la garganta. Se tragó la bilis con la esperanza de que nadie detectara su decepción.

Ahogando una carcajada, se dijo que había sido una locura siquiera imaginar un encuentro especial con David. Al parecer, incluso con veintiséis años, seguía queriendo creer en los cuentos de hadas.

Apenas hacía una hora, estaba ansiosa por llegar, pero ahora se sentía prisionera de la isla. No había ningún sitio al que pudiera huir. Fingir parecía la única opción, pero, como su cara era un libro abierto, apenas tenía posibilidades de éxito.

Cerró los ojos con fuerza en un intento algo infantil de desaparecer. Cuando los volvió a abrir, centró toda su atención en las verdes colinas onduladas. Subieron por el camino de la isla, entre casas con tejas de cedro grises y marrones, medio ocultas tras hierbas altas y secas y arbustos descuidados. Por desgracia, la luz del sol y la vistas infinitas —por lo general, un cambio bienvenido respecto a Nueva York— no habían conseguido levantarle el ánimo.

Sin embargo, ante el impresionante paisaje que rodeaba la casa de la familia St. James, tuvo que sonreír. Construida sobre acantilados de sesenta metros de alto, ofrecía unas vistas de ciento ochenta grados al océano.

Vivi, dando la espalda al abismo, observó la casa de tres plantas, rodeada de enormes hortensias azules. Las estancias principales se encontraban en la planta central, las habitaciones de invitados se situaban en la planta baja y había un dormitorio de matrimonio en la planta superior.

Tuvo que entrecerrar los ojos por culpa de la luz del sol mientras clavaba la mirada en la mesa de pícnic que había en el patio de baldosas del lateral de la casa. Por su mente se cruzaron imágenes fugaces de juegos de Frisbee, conversaciones a la luz de las velas y competiciones de *bodysurf*.

Un ligero hormigueo recorrió su cuero cabelludo y bajó por sus hombros. Aquellos viajes le habían proporcionado una huida temporal de la triste vida que llevaba junto a su padre. Albergaba esperanzas para ese viaje, pero todas habían muerto en el puerto.

El graznido de las gaviotas y el sonido del océano la devolvieron al momento presente. Vivi inspiró la brisa marina y rechazó la ayuda de David para sacar el equipaje del asiento trasero. El impulso la hizo tropezar con el bonito descapotable azul que había detrás de ella, aparcado en el camino de entrada.

—¿De quién es el Mini Cooper? —preguntó.

—De Laney.

Cat arrugó la nariz. A Vivi le parecía que era un gran coche y más comparado con el coche de alquiler que Cat y ella habían conducido por la isla.

En ese momento, Jackson bajó las escaleras de la entrada y corrió hacia ellos. Les dio un inmenso abrazo de oso a las dos chicas. A pesar de no alcanzar el metro ochenta, por su constitución, se elevaba por encima de Vivi. Entre sus brazos, los dedos de sus pies se despegaron del suelo.

Siempre había sido el hijo despreocupado de los St. James. Para ella, Jackson era como un hermano mayor. Por suerte, a Cat no le importaba compartirlo. Vivi lo aplastó con sus poderosos cuarenta y cinco kilos hasta que la devolvió a tierra.

—¡V, qué sorpresa! —Le revolvió el pelo—. Ahora sí nos divertiremos un poco esta semana.

—Me alegra estar de vuelta y estoy deseando conocer a Hank.

La mirada de Jackson iba de David a Vivi. Ladeó la cabeza y sonrió.

—¿Estás en el mercado?

—Sí. —No se atrevió a mirar a David—. ¿Y tú?

—No hay tiempo para compromisos. —El tono elocuente de Jackson no consiguió ocultar el dolor que se percibía en sus ojos color coñac—. Pero un rollo no estaría mal.

—Me aseguraré de avisar a las nativas.

Vivi le guiñó un ojo. Jackson se echó a reír y se le marcaron sus profundos hoyuelos. Su presencia le proporcionó un consuelo muy necesario ante la aflicción que le había causado lo de David y Laney.

—Hoy, ¿hielo o arena? —preguntó mientras caminaba hacia la casa, con David y Cat siguiéndola a cierta distancia.

Jackson se frotó las manos y esbozó otra sonrisa.

—Arena. Por supuesto, si una tormenta arrasa la playa, podríamos volver al hielo.

—Entonces será mejor que aprovechemos que hace buen tiempo.

Acarició la flor de una hortensia azul persa con la palma de la mano abierta. Su ojo de artista era capaz de percibir sus diversos tonos de azul y púrpura, los mismos colores de su corazón amoratado.

Una vez dentro, siguió a Cat escaleras abajo, mientras David y Jackson subían a la planta intermedia. La desaparición temporal de David suponía todo un alivio, una experiencia totalmente nueva para ella.

Después de dejar el equipaje sobre una de las dos camas de la habitación de Cat, lanzó su ropa de cualquier forma sobre la colcha rosa pastel. Un tankini color índigo, compuesto por unos pantalones cortos ajustados y un top con aros, aterrizó encima de todo. Lo cogió y se cambió de ropa.

Sacó su pelo color trigo, que algunos podrían haber tachado de nido de ratas atezado por el viento, a través de la apertura trasera de su gorra de béisbol desgastada de los Yankees, se puso unas chanclas naranjas que había comprado en un supermercado y cogió su toalla amarilla de playa. El conjunto no quedaba nada elegante, pero le encantaba ponerse colores chillones y más en ese momento en que necesitaba levantarse el ánimo.

Sonriendo, se giró hacia Cat.

—Lista.

Fue entonces cuando se dio cuenta de que Cat estaba sentada en la cama, totalmente vestida y con las piernas cruzadas, leyendo su teléfono con el ceño fruncido.

—¿Justin?

Vivi suspiró con fuerza. La preocupación de Cat por su montaña rusa amorosa había afectado a su amistad estos últimos tiempos. Y, lo que era peor, esa relación inestable había convertido a Cat en una persona nerviosa e impaciente. De una forma u otra, Vivi tenía planeado descubrir la razón que se escondía detrás del melodrama durante este viaje.

—Adelántate —balbuceó Cat sin levantar la mirada—. Ahora voy.

—No te quedes ahí sentada esperando a que te llame. Estar demasiado disponible para un hombre, al menos a mí, no me ha servido de nada —dijo Vivi con una sonrisita—. Una de las dos debería aprender algo de mis errores.

—Ja, ja.

Cat puso los ojos en blanco y se despidió de su amiga con la mano.

Jo. Tendría que enfrentarse a David y Laney sola. Por supuesto, a lo largo de su vida, había tenido que enfrentarse a multitud de situaciones extrañas. Había sobrevivido a todas ellas, en ocasiones incluso con su dignidad intacta. Lo bueno era que sus muchas decepciones habían forjado su gran resistencia. Con una respiración profunda, cruzó el vestíbulo de la planta baja.

Se oían voces procedentes de la cocina. Resonó un barítono aterciopelado desconocido, que supuso que sería Hank.

—¿Y quién es Vivi? —preguntó.

—La sombra de David. —Para ser exactos, Vivi, a pesar del nudo en su estómago, escuchó la sonrisa traviesa en la entonación de Jackson. *¿Su sombra?*—. Ha sido la mejor amiga de Cat desde secundaria, pero lleva coladita por David desde que eran niños.

¡Oh, Dios mío! David no parecía sorprendido por ese horrible comentario. ¿Bromearían mucho por el hecho de que siempre anduviera detrás de él? Vivi se quedó de pie, inmóvil, sin aliento, en el cuarto escalón.

La voz de Hank interrumpió sus pensamientos.

—¿Está buena?

—¡Y yo qué sé! Es como una hermana para nosotros —dijo Jackson—. Supongo que es guapa, de una belleza poco convencional.

Es como una pequeña hada del bosque. Rubia, ojos azules y gran sonrisa.

David guardó silencio al respecto. Una mezcla caliente de agonía y autorrechazo recorrió el cuerpo de Vivi, mientras tomaba consciencia del tiempo que había malgastado con un hombre que, al parecer, solo la veía como un miembro de su familia.

Por supuesto, al principio, sabía que sus diferencias eran irreconciliables. David tenía dieciocho años, era el capitán del equipo de lacrosse y del club de debate y siempre había alguna alegre animadora desinhibida persiguiéndolo. Ella, por el contrario, era una niña escuálida de trece años con una cámara colgando del cuello y los dedos manchados de pintura al óleo de colores brillantes.

Pero no dejó que eso la desanimara. Sin preocuparse por ocultar demasiado sus sentimientos, Vivi estaba segura de que su amor acabaría triunfando. Ahora tenía que enfrentarse a los hechos y dejar de aferrarse a falsas ilusiones. Se dijo que se negaba a esconderse en el hueco de la escalera como un ratón y continuó subiendo hasta que los chicos siguieron hablando.

—¿Qué aspecto tiene? —preguntó Hank.

Simultáneamente, Jackson respondió:

—Peculiar.

—Excepcional —afirmó David.

—Guapa, peculiar y excepcional. Vale, pues si a ti no te interesa, David, ¿puedo quedármela? —bromeó Hank.

Su sombra. Llevada por la necesidad de hacerse con el control de la situación, subió los últimos peldaños, de dos en dos, y se metió de forma abrupta en la conversación.

—Creo que eso es algo que deberías preguntarme directamente a mí. Después de todo, David no es mi chulo.

Sonrió con entusiasmo, como si se tratara de una conversación normal y rezó por que sus mejillas sonrojadas no la traicionaran.

Los tres hombres se miraron. Sus cuellos rojos eran clara señal del bochorno que les provocaba haber sido pillados cotilleando. Jackson quiso hacer pasar su risa por tos.

Echó un vistazo a David, que guardaba silencio, mirándola con esa intensidad tan característica de él mezclada con algo que era incapaz de identificar.

Su semblante tenso parecía indicar que seguía reprimiendo su profunda fuente de emociones, algo que la hizo derretirse por dentro. Su corazón se desbocó ante su potente energía silenciosa. *Mejor apartar la mirada.*

Para intentar convencer a todo el mundo de que había superado lo de David, empezó a flirtear con Hank.

—Hola. Tú debes de ser Hank, ¿no? Yo soy Vivienne, pero mis amigos me llaman Vivi. —Le dio la mano a Hank con una sonrisa coqueta en los labios—. En respuesta a tu pregunta anterior, tengo que decirte que lo tienes algo difícil: me van más los morenos.

Le guiñó un ojo a Jackson y siguió sonriendo a Hank.

—También es cierto que en la universidad salí con Alex, un rubio guapísimo como tú, así que nunca se sabe.

Al decir esto, los tres hombres se quedaron boquiabiertos. Después de enrollar su cola de caballo improvisada en la mano y luego soltarla, se rio y puso rumbo al frigorífico para coger un refresco. Se ocultó tras la puerta abierta, dejando que el aire fresco enfriara sus mejillas. Tras conseguir un punto de apoyo para su orgullo, cerró la puerta y se giró hacia ellos.

—Cat está intercambiando mensajes con Justin, así que va para largo. ¿Alguien se viene conmigo a la playa o me voy yo sola?

Tiró de la anilla de la lata de Pepsi Light y bebió un trago. Arrugó la nariz por el cosquilleo que le produjeron las burbujas.

—Yo me apunto —dijo Jackson.

Por primera vez, Vivi se dio cuenta de lo revuelto que Jackson tenía su pelo ondulado.

—Yo también.

Hank arqueó las cejas, lo que hizo que Vivi se echara a reír.

Su bronceada mandíbula y sus ojos verdes lo hacían parecer la viva imagen de un socorrista de la playa. Una camiseta vieja ajustada abrazaba su pecho musculado y destacaba su cuerpo de nadador. La mayoría de mujeres se volverían locas con semejante chico, pero las rodillas de Vivi no temblaban. No. A pesar de su excelente fachada y su carga de testosterona, Hank apenas registraba un pequeño pitido en su radar. Está claro que llevaba demasiado tiempo retrasando su visita al loquero.

Al menos, la tensión había bajado. Inclinó la barbilla y arqueó las cejas en dirección a David como preguntándole en silencio si pensaba unirse a ellos.

—Laney se está cambiando arriba. —La estudió como si quisiera medir su reacción ante la idea de conocer a Laney—. Nos vemos abajo luego.

—Genial. Estoy deseando conocerla —Vivi sonrió con dulzura, mintiendo descaradamente. Del brazo de Jackson, señaló la puerta trasera con su lata de refresco—. ¡Vamos!

Hank cogió la nevera y los siguió.

Cruzaron el jardín hasta llegar al primero de los 163 desvencijados escalones que permitían llegar a la playa desde la cima del acantilado. Vivi se detuvo para inspeccionar la arena de la playa, que se extendía varios cientos de metros a lo largo de la base del risco hacia la izquierda. Las pocas casas que había repartidas por la cima del acantilado compartían estas vistas espectaculares.

Fijó su atención en las escaleras iluminadas por el sol que serpenteaban por la cara del risco. La desgastada estructura de madera parecía el armazón de una anticuada montaña rusa y ambas cosas la asustaban por igual. Concentrándose para evitar las astillas, se agarró con fuerza a la barandilla y siguió a Jackson y Hank en su bajada a la playa.

Mientras ayudaba a los chicos a poner la sombrilla y las tumbonas, se las arregló para evocar distintas imágenes de David en la cocina. Sus pómulos marcados, su nariz finamente esculpida y su mandíbula cuadrada eran incomparables, simplemente demasiado masculino como para que se le pudiera etiquetar de «niño bonito».

Desde la primera vez que lo vio, había alimentado incontables fantasías. La naturaleza analítica de David y su semblante tranquilo se habían convertido en un punto en torno al cual ella había girado mientras se enfrentaba a su vida caótica y a sus emociones a lo largo de todos estos años. Le había confiado sus secretos y sus miedos. En todos los casos, él la había hecho sentir comprendida, reconocida y aceptada.

Para ella, compartían un vínculo inquebrantable, pero lo que pudiera existir o no había desaparecido con su partida a Hong Kong. Ahora que Laney iba a mudarse, de una vez por todas, quedaba claro que David jamás le pertenecería.

Conteniendo las lágrimas, Vivi se resistía a lamentar la pérdida del hombre de sus sueños. Estaba obligada a enterrar su decepción bajo falsas sonrisas mientras se relacionaba con él y su amante. Nada de atiborrarse de helado, nada de comedias románticas y nada de pañuelos. ¿Acaso hay peor pesadilla?

Llamando a Tim Burton.

Las quemaduras de un sol abrasador no eran nada en comparación con el dolor devastador que sentía en su interior. Mientras observaba cómo las olas rompían en los salientes rocosos, tuvo que reconocer que el escenario de su pesadilla personal era magnífico.

Capítulo 2

Después de haber estado conteniendo la respiración desde que sus ojos se posaron por primera vez en Vivi, David por fin pudo respirar. No quería que ella se enterara de la aparición de Laney de esa forma, pero, excepto por una leve sorpresa, sus ojos violáceos brillaban como siempre.

A pesar de su naricita respingona y de su sonrisa de dientes separados, su menudo aspecto no era tan delicado como lo recordaba. Vivi había madurado y se había transformado en unos ojos enormes y una boca expresiva. No era voluptuosa, pero rellenaba el bañador y la timidez no le impedía mostrar su cuerpecito a Hank. No, ella nunca había sido demasiado tímida.

La generosa Vivi había llegado llena de energía, como siempre. Su presencia siempre llenaba la habitación y a sus ocupantes de una cálida vitalidad, al menos eso es lo que opinaba David. La proximidad hizo resurgir esa sensación tan familiar derivada de su curtida amistad, por más que en ese momento los vínculos fueran más frágiles que una tela de araña.

No la había vuelto a ver desde el funeral de su madre. Aquel día, aunque él hubiera intentado esconder su estado de desgarro, sus mejillas salpicadas de lágrimas habían sido fiel reflejo de su propia tristeza. Esa había sido la única vez que la había visto comportarse con cierta indecisión, como si supiera que él estaba completamente destrozado.

Lo que ella no sabía —como todos los demás— era que ese mismo día no solo había perdido a su madre, sino también a su padre. El hecho de que David descubriera que su antaño adorado padre había tenido una tórrida aventura mientras su madre luchaba contra el cáncer había acabado con toda ilusión en cuanto a su padre, su familia y el amor.

El vacío que su madre había dejado tras de sí se había visto magnificado por la promesa que ella le había arrancado en su lecho de muerte de que a su muerte él mantendría a la familia unida. Tener que mantener su aventura en secreto, como ella le había pedido, había supuesto todo un conflicto para un David deseoso de destapar a su padre y, para escapar a la tentación, se aseguró de que lo trasladaran a la oficina de Hong Kong de su bufete.

Por desgracia, la distancia no había reducido su angustia, gracias, en parte, a la actitud impenitente de su padre. Lo peor de todo es que el destierro y el silencio de David habían afectado a su relación con Cat y Jackson y posiblemente también con Vivi. Que no fuera capaz de hacer las paces con su padre podría derivar en un distanciamiento permanente de todos ellos.

Si supieran la verdad...

—Relájate, David. Estamos de vacaciones. Olvídate de la oficina al menos esta semana.

La voz de Laney puso fin a la lúgubre deriva que estaban tomando sus pensamientos. Vestida con un sombrero de ala ancha, un pareo de playa ribeteado con lentejuelas doradas y un bañador de lamé dorado de diseño, entró en la cocina como la perfecta encarnación de la mujer florero. Con unas gafas de sol Armani en la mano, ladeó la cabeza y se quedó mirándolo.

David sabía que no tenía ni la más mínima idea de lo que estaba pensando. No le había contado nada. Laney era sexi y muy inteligente, pero la suya no era una relación amorosa. Unidos por intereses comunes y por sus carreras, tenían una relación cómoda basada en la compatibilidad y el respeto mutuo, algo que él valoraba más que otras emociones poco fiables como el amor. En ese sentido, hacían buena pareja.

—Bonito bañador —esbozó una leve sonrisa—. Te queda bien.

A David no le cabía la menor duda de que se habría gastado unos cuantos cientos de dólares en el atrevido biquini que asomaba por debajo del brillante pareo.

Laney sonrió y le dio un beso:

—Eso está mejor.

Miró a su alrededor y entonces preguntó:

—¿Dónde está todo el mundo?

—Cat está abajo, hablando por teléfono. Jackson, Hank y Vivi se han ido a la playa.

—¿Quién es Vivi?

—La mejor amiga de Cat desde el instituto. —David intentó ocultar la sonrisa que le provocaba recordar la primera vez que la vio, con su pelo rosa y todo lo demás—. Te gustará. Es divertida y creativa.

Y mucho más.

Vivi se había convertido en algo más que una amiga. A pesar de las pullas constantes de Jackson, su enamoramiento nunca lo había molestado. Si acaso, David admiraba su coraje. A diferencia de él, no tenía problemas para exponer públicamente sus vulnerabilidades. Aunque posiblemente no necesitara que él fuera su paladín, pues Vivi siempre había sido una mujer valiente, la joven despertaba su instinto de protección.

David había absorbido con voracidad sus adulaciones. Visto en perspectiva, quizá la había estado tratando, sin querer, como a la mascota adorable de la familia que va por ahí repartiendo atenciones mientras él daba por hecho que siempre estaría esperándolo con los brazos abiertos. Al parecer, ya se le habían cansado los brazos.

—Oh, entonces ahora estamos impares, ¿no? —ladeó la cabeza—. ¿Vivi y Jackson han salido alguna vez juntos? Él, a su manera, también es divertido y creativo.

—No. —David frunció el ceño y agitó la mano con desdén—. Es como una hermana para él.

Aun sabiendo que eran muy parecidos, jamás se había planteado la compatibilidad de su hermano con Vivi. A pesar de conocer su pasado y de compartir rasgos, la idea de emparejar a su hermano con Vivi le hizo sentirse incómodo.

Irguiendo la espalda, giró el cuello para disipar esa reacción tan inquietante.

—Vamos.

David cogió la mano de Laney antes de poner rumbo a la puerta trasera.

Cuando llegaron a la playa, encontraron a Jackson sentado junto a la nevera bebiéndose una cerveza fría. Hank y Vivi paseaban por el borde rocoso del agua a unos cincuenta metros de distancia para luego pararse y acercarse el uno al otro para inspeccionar lo que ella llevaba en la mano. El efecto dramático de los acantilados surgiendo de la arena creaba una estampa alarmantemente romántica.

—¿Dónde van?

David entornó los ojos mientras escudriñaba la playa.

—Vivi quería pasear —Jackson cerró los ojos y apoyó la cabeza en su tumbona reclinada—. Hank se ofreció para caminar por la orilla con ella.

—A pesar de la diferencia de altura, hacen muy buena pareja. —Laney los estudió—. Incluso tienen el pelo del mismo color. Quizá hagan buenas migas. Él parece buen chico.

—¿Y qué tendrá que ver el color del pelo? Tú eres pelirroja y yo moreno. ¿Acaso significa eso algo? —espetó David, sorprendiéndose a sí mismo por su tono brusco y por ser incapaz de apartar la mirada de Hank y Vivi.

Laney y Jackson lo miraron con los ojos entrecerrados. Ignorando sus miradas, inspiró lentamente y sacó una botella de agua de la nevera.

—¿Qué quieres beber, Laney? —preguntó David al percibir el calor que desprendía la arena.

—Coca-Cola Light, por favor.

David le pasó una lata helada y se sentó junto a ella. En cuestión de minutos, sintió gotas de sudor en el nacimiento de su pelo. Se bebió media botella de agua de un solo trago, se volvió a sentar en la silla e intentó no fijarse en Vivi, que se agachaba con alegría para buscar tesoros marinos.

También intentó no preguntarse lo interesante que sería estar en ese momento en la orilla con ella. Hank no tardaría en darse cuenta de que con Vivi es imposible aburrirse.

Inconscientemente, esbozó una pequeña sonrisa. Desde luego, ella le traía muchos recuerdos.

Cuando se fue a la universidad, le dejó una carta de amor secreta en la funda de su ordenador. Hasta el momento, su descarada declaración de afecto seguía siendo el regalo más bonito que jamás había recibido de una chica. La había guardado durante años en su cartera como una especie de talismán.

Durante todos sus años de universidad y en la facultad de Derecho, le enviaba provisiones con regularidad. Sus compañeros de piso solían devorar su contenido. A David le gustaban muchísimo más sus coloridas cartas, plagadas de opiniones indignadas sobre los cotilleos del instituto y las malas artes utilizadas que tan mal se le daba gestionar. A veces incluía algún boceto o alguna fotografía, solo para recordarle su casa y qué —o quién— esperaba su regreso con impaciencia. Apreciaba sus recordatorios más de lo que jamás le había reconocido a nadie.

Por supuesto, ahora su relación también había caído víctima de su maldita promesa, pero la presencia de Vivi le ofrecía una oportunidad inesperada de recuperar su amistad. Trataría de aprovechar la menor oportunidad para acercarse a ella. Por una vez, podría salir algo bueno de las sandeces de Justin.

Cat llegó a la playa y, al dejar caer su enorme bolso de mano plateado junto a la silla de David, levantó arena, que acabó dando en la pierna de su hermano.

—Genial. —Le dedicó una miradita por encima de las gafas de sol y una sonrisa—. Gracias.

—Por cierto, ¿a qué se debe esa barba? —Se puso en jarras—. Me cuesta reconocerte.

—No llega ni a barba.

David se frotó la barba de un día con la mano antes de presentar a Laney a su hermana.

—Hola, Laney. Soy la hermana molesta... o eso es lo que me dicen. —Cat le guiñó un ojo a David, que observaba a su hermana mientras esta evaluaba el modelito, los atributos físicos y la actitud de Laney—. ¿Cuánto tiempo lleváis saliendo? ¿Cinco meses?

—Unos siete... —respondió Laney.

—Oh. Me alegra mucho haberte conocido por fin. ¿De dónde es ese acento? ¿Del Medio Oeste?

El abordaje directo de su hermana lo hizo sonreír hasta que Laney lo fulminó con la mirada. ¿Estaba enfadada porque no le hubiese hablado demasiado a su familia de ella?

—Sí —respondió Laney—. Soy de Chicago.

—Bonita ciudad —afirmó Cat—. Y ahora te has mudado a Nueva York, ¿no? ¿Vas a quedarte en el Upper East Side?

El interrogatorio al que la estaba sometiendo Cat hizo que una oleada de enfado recorriera la espalda de David.

—Todavía no lo he decidido —respondió Laney—. Aclimatarme a la nueva oficina, a los compañeros y a los clientes está siendo tan agotador que no he dedicado demasiado tiempo a buscar nada.

—Ah. Imagino que también es por eso por lo que tampoco he visto demasiado a David.

Cat se giró hacia David y le empujó el tobillo con los dedos de los pies.

Antes de que pudiera responder, Laney intervino:

—Sí. Es bastante sorprendente que hagan socio de una firma tan importante a alguien de su edad. Las expectativas son abrumadoras. Mejor tener algo de paciencia hasta que se asiente un poco en la oficina.

Sonrió a Cat con toda la intención.

David se dio cuenta de que su hermana había desconectado mentalmente de la reprimenda de Laney. Protegiéndose los ojos con la mano, Cat se giró para observar la playa hasta dar con Vivi y Hank. Su expresión molesta era claro reflejo de la incomodidad que le provocaba a David su aparente atracción.

—¿Está Hank intentando ligar con Vivi? —preguntó Cat mientras se inclinaba para darle unos golpecitos a Jackson en la cabeza—. Dile que se esté quieto. Lo último que necesitamos esta semana es tener por aquí líos.

—Cálmate. Hank no es su tipo —intervino David sin pensar.

La simple idea de imaginarse a Vivi y Hank manteniendo una relación íntima le hizo estremecerse, toda una novedad para él. De repente, sintió en sus hombros todo el peso de la mirada risueña de su hermana.

—¿Y por qué no es su tipo? —se burló Cat con petulante satisfacción—. ¿Solo porque no eres tú?

Jackson se echó a reír, David se quejó y el interés de Laney por Vivi aumentó exponencialmente.

—¿Qué significa eso, David? —Laney bajó las gafas por su nariz y fijó sus ojos en él—. ¿Has salido con ella?

—No —respondió él—. Nunca he salido con Vivi.

Lanzó una mirada de advertencia a Cat.

Jackson se volvió a sentar en la tumbona con una sonrisa de satisfacción. Aparentemente contenta con el poder que ahora ejercía sobre su hermano mayor, Cat hizo una pausa. Las arrugas de la frente de David se hicieron más profundas a medida que ella empezaba a abrir la boca.

—Vivi no es el tipo de David, pero desde que mi hermano se cree un regalo del cielo, no concibe que haya una mujer en el mundo que pudiera estar interesada en alguien que no sea él.

La expresión de sospecha de Laney siguió firme a pesar de la sonrisa asimétrica de Cat.

—Sí, Laney, soy un regalo del cielo. Y menos mal, pues, en caso contrario, jamás habría tenido ninguna posibilidad contigo.

David sonrió a pesar de la provocación de Cat y a pesar de que Hank y Vivi siguieran paseando por la orilla.

—Sí, eres un tipo con suerte. No lo olvides.

Laney levantó la mirada para luego seguir leyendo.

Cat se tiró bajo la sombrilla junto a David. Tras untarse protector solar SPF 90 por todo el cuerpo, acercó las rodillas al pecho y clavó la mirada en el océano. La distancia que sintió en ese momento con su hermana lastró su corazón.

Inclinándose hacia delante, le susurró:

—Sé que últimamente no he sido el mejor hermano del mundo, pero si necesitas hablar o desahogarte sobre lo que sea que haya pasado con Justin, podemos pasear juntos.

Lo estudió un instante y volvió a fijar la mirada en el horizonte.

—Ahora no, gracias —dijo tensando la postura—. Quizá luego.

Aunque su desplante fuera un mecanismo de defensa resultado de su aparente indiferencia durante los últimos años, no por ello dolía menos.

David le tiró de la oreja.

—Cuando me necesites.

La observó un instante, determinado a recuperar su confianza, aunque era consciente de que no sería cuestión de días, sino de meses. Podría vivir con la desaprobación de Cat y Jackson con mayor facilidad si no fuera porque la relación de sus hermanos con su padre era más cercana que nunca. *Completamente injusto.*

Estiró el cuello una vez más para calmar la creciente tensión que sentía. Incapaz de recordar cuándo había sido la última vez que se había relajado, tenía la esperanza de que volver a su lugar favorito lo ayudaría a descansar esta semana, pero ahora Cat parecía preocupada por su Justin, el radar de Laney ahora estaba centrado en Vivi y Hank andaba rondándola como un perro en celo. Solo Jackson parecía disfrutar del sol y la playa.

A David le habría gustado ser como su hermano, capaz de aceptar las cosas sin más. Por desgracia, él veía el mundo en términos de blanco o negro y jamás había aprendido a gestionar el gris. Quizá precisamente por eso no podía perdonar a su padre.

Inspiró profundamente y se bebió el resto del agua. Con los ojos cerrados, empezó a soñar con el tiempo que habían pasado en esa playa.

Al igual que a su madre, a él siempre le había gustado la isla y los largos días de verano que habían vivido allí con su familia y sus amigos. Bueno, con la mayor parte de su familia. Su padre jamás se había quedado más de dos o tres noches antes de volver corriendo a Connecticut. Ahora David dudaba de que el trabajo hubiera sido el motivo de que se ausentara tanto.

La hipocresía de su padre demostraba que una relación sin amor pero placentera era la mejor opción. Los objetivos comunes, los intereses compartidos y la atracción no dejaban lugar para un corazón roto de ninguna de las partes de la ecuación. Eso es lo que, en opinión de David, la convertía en la relación perfecta.

Sin prestar atención, aplastó la botella de plástico vacía en su mano; el crujido lo sacó de sus pensamientos. Al sentirse descubierto, echó un vistazo a su alrededor. Nadie parecía haberse dado cuenta. ¿Eh? Se había vuelto invisible.

Un poco después, Vivi y Hank volvieron a unirse al grupo. Vivi, con una taza llena de pequeñas criaturas marinas en la mano, se arrodilló junto a Cat.

—Mira lo que he encontrado. —Vivi se acercó a Cat, con los ojos brillantes ante la expectativa del tormento que parecía estar planeando, blandiendo un pequeño cangrejo en la mano derecha y una estrella de mar en la otra—. ¿A que son muy bonitos?

—¡Puaj, Vivi! —Cat se protegió con una revista—. ¡Devuélvelos al agua!

David se había preguntado más de una vez cómo dos polos opuestos podían ser amigas desde hacía tanto tiempo. Por otro lado, a pesar de que la personalidad de ella era la antítesis de la de él o quizá precisamente por eso, Vivi y él compartían algo muy especial. *Yin y yang.*

Ese pensamiento le recordó la pulsera de jade que le había traído de Hong Kong, grabada con un dragón y un fénix, símbolos de la unión del yin y el yang. La había dejado en el cajón de su mesa hacía ya unas semanas, en espera de que surgiera el momento adecuado para sorprenderla.

Cuando Vivi detectó la presencia de Laney, desapareció su comportamiento infantil. Tras devolver al cangrejo y la estrella de mar a la taza, se limpió las manos llenas de arena en sus delgados muslos y se dispuso a presentarse a Laney.

—Hola. Tú debes de ser la novia de David. Laney, ¿verdad? Soy Vivienne, amiga de la familia —dijo ofreciéndole la mano—, pero todo el mundo me llama Vivi.

Sus dedos sucios contrastaban claramente con la manicura perfecta de Laney. David se dio cuenta de las profundas diferencias que había entre el refinamiento sofisticado de su novia y los modales sin pretensiones de Vivi. Vio a Laney inspeccionar el bañador barato, la vieja gorra de béisbol y la cola de caballo descuidada de Vivi y entonces descartó cualquier posible competición que pudiera haber temido antes.

Al igual que la mayoría, estaba subestimando el encanto de Vivi. Solía preguntarse por qué los demás no eran capaces de verlo.

Sorprendentemente, Vivi no parecía molesta por la presencia de Laney. Su evidente falta de interés o su falta de envidia ponía nervioso a David. Él estaba acostumbrado a sus modales afectuosos. Más que acostumbrado, en realidad, le gustaban… y ahora lamentaba su ausencia.

Cuando Vivi se acercó al agua para lavarse las manos, David la siguió, impaciente por restablecer esa relación.

—Me alegro de que estés aquí, Vivi —dijo, tirándole de la coleta—. Ahora podemos recuperar el tiempo perdido.

—Esa es una frase hecha un poco rara, ¿no crees? —Fijó la mirada en sus manos y piernas, en los que no dejaba de echar agua para enjuagarlos. El agua salpicaba y arrastraba la arena de su piel—. Como si fuera posible recuperar el tiempo perdido.

—Supongo que tienes razón —dijo frunciendo el ceño antes de inclinarse para colocarle un mechón de pelo detrás de su oreja—, pero siempre nos lo hemos pasado bien aquí. Es el lugar perfecto para ponerse al día. He echado de menos nuestras conversaciones.

Vivi se incorporó por completo y arqueó las cejas. ¿Acaso David había percibido duda en sus ojos?

—¿Sigues viviendo en el mismo apartamento de Astoria? —preguntó, volviendo a territorio neutral.

—Sí. Nueva York debe de parecerte aburrida después de haber vivido en Hong Kong —dijo con una sonrisa en los labios y las manos en las caderas—. Supongo que tengo que felicitarte, aunque no me sorprende. Siempre he sabido que triunfarías. ¿Tu objetivo es ser socio?

—Solo el tiempo lo dirá —respondió, incapaz de atravesar la distancia emocional que había entre ellos.

—Sí, el tiempo lo cambia todo. —Ladeó la cabeza—. ¿A Laney le gusta Nueva York?

Jamás se había sentido cómodo hablando de sus novias con Vivi y prefería guardarse sus sentimientos compartimentando su vida privada lo más posible. La presencia de Laney había acelerado las cosas.

—Todavía no se ha instalado. Pasa la mayor parte del tiempo en el trabajo y no tiene amigos allí.

—Bueno, te tiene a ti.

A lo largo de los años, había aprendido a interpretar las diferentes expresiones de Vivi, incluidos sus distintos tipos de sonrisa, pero no fue capaz de interpretar esa y se sintió perdido.

—Y, cambiando de tema, te he comprado un regalo de China. Si hubiera sabido que estarías aquí, te lo habría traído.

—¿En serio? —dijo con aparente sorpresa—. ¿Y qué es?

David sonrió, visualizando su reacción ante la simple pieza de joyería que había escogido especialmente para ella.

—Prefiero que sea una sorpresa. Si quieres, te puedo dar una pista. Está hecho con algo que se supone que da suerte y que te protege.

—En cualquier caso, gracias por el regalo. Imagino que tendré que esperar a que tengas algo de hueco en tu apretada agenda para pasarlo conmigo.

Su tono hizo que David se sintiera culpable. Se quedó helado, tratando de encontrar la respuesta correcta.

—Lo siento, Vivi. Me habría gustado verte antes, pero no quería que la primera vez que nos viéramos fuera a toda prisa. Suena a excusa, lo sé, pero tuve bastante *jet lag* durante los dos primeros días. Luego tuve que encargarme de una operación de un cliente muy importante que me supuso tener que trabajar catorce horas al día porque la fecha tope se había adelantado. Estupendo para mi carrera, pero no tan genial para mi vida personal, tampoco es que al bufete le importe demasiado la vida personal de nadie. Por suerte, pudimos cerrar el acuerdo el viernes pasado, así que me encantaría hacer planes contigo en cuanto tenga algo de tiempo.

—Vale. Ya veremos.

Como si esperara que David mejorara la oferta, hizo una pausa, asintió con la cabeza y miró por encima del hombro.

Él la observó mientras estudiaba a los presentes, todos acostados en las tumbonas. Retorció los labios hasta hacer un puchero mientras se daba la vuelta y ponía rumbo al grupo. «¿Qué más podría hacer con esos labios?», se preguntó. Agitó la cabeza como para desterrar semejante pensamiento.

—Creo que ya he tenido suficiente sol por hoy —anunció Vivi a todo el mundo—. ¿Y si voy a buscar algo para la cena de esta noche? Mi paseo por la playa me ha inspirado. Tengo una sorpresa en mente.

Se colocó detrás de la tumbona de Jackson y, acercándose a su oído, le dijo:

—¿Me podrías prestar tu coche?

—Por supuesto —respondió sin levantarse ni abrir los ojos—. Las llaves están en la encimera de la cocina.

—Gracias, Jacks.

El beso casto que Vivi le dio en la frente le valió una sonrisa juguetona y un tirón de pelo por parte de Jackson. Un atisbo de envidia recorrió las venas de David.

—¿Recuerdas cómo se llega a la tienda? —interrumpió David.

—Eso creo. Y, si no fuera así, dudo mucho que me pueda perder demasiado en Block Island. —Vivi se despidió con la mano—. ¡Nos vemos luego!

Antaño Vivi habría aprovechado cualquier oportunidad para arrastrarlo a hacer un recado, pero ese día no.

Mientras se dirigía a las escaleras, David se dio cuenta de que Hank estaba mirándole las caderas. Se le hizo un pequeño nudo en el estómago.

—Es simpática —exhaló Hank mientras tomaba asiento junto a Jackson.

La expresión de Cat se volvió fría. Se inclinó hacia delante para poder clavar una mirada de advertencia en Hank.

—Es importante para nosotros, así que más te vale tratarla con respeto.

Las palabras de Cat sobresaltaron a Hank, que la miró como si le divirtiera.

—Catalina... —Su entonación parecía transmitir un mensaje solo para ella que David no podría descifrar—. También me alegra volver a verte.

Con sonrisa de autocomplacencia, Hank volvió a tumbarse en su silla.

David miró la parte superior de la escalera y vio a Vivi desaparecer detrás de los arbustos. Ciertos límites jamás verbalizados pero bien conocidos siempre condicionarían su relación con ella. Era un hipócrita de la peor calaña, enfadado por las atenciones que Vivi tenía con otro hombre, mientras él estaba allí con Laney.

Aunque doliese un poco, el cambio de actitud de Vivi era para bien.

Capítulo 3

Dos horas más tarde, todo el mundo había subido las escaleras que llevaban a la casa para escapar del sol. Dentro se encontraron a Vivi, en medio de la alegre cocina color azul, rodeada de bolsas de comida. David se dio cuenta de que el pelo húmedo se le amontonaba a su antojo en la parte superior de su cabeza. Parecía fresca y limpia... y sorprendentemente atractiva.

—¡Oh! ¿Por qué no os vais a ducharos o a relajaros un rato? —Tapó las bolsas con los brazos para que nadie pudiera fisgonear en la encimera—. Se supone que es una sorpresa.

—No hay problema —aseguró Jackson.

Todo el mundo obedeció su orden y se fueron a otras partes de la casa, deseosos de quitarse la sal y el sudor del cuerpo.

Cuando David bajó las escaleras noventa minutos después, se encontró a Vivi canturreando por la cocina. Felizmente absorta en su tarea, se movía por el pequeño espacio espolvoreando azafrán y echando caldo de pollo y arroz en una gran olla.

Al igual que la señora St. James, Vivi se entregaba por completo en cada proyecto, cada relación y cada actividad que emprendía. Su entusiasmo siempre le había encantado. La escena de la cocina lo transportó a los tiempos en los que su amistad era tan natural como respirar y, cuando el olor de los ingredientes en ebullición llegó a su nariz, algo se removió en su interior.

El aroma de una receta de su madre penetró hasta esa angustia profundamente enterrada. Se quedó inmóvil apoyado en la encimera.

—¿Qué estás haciendo? —preguntó con aspereza.

—Estoy haciendo una receta de tu madre —respondió con calma y los ojos bien abiertos—. Me vino a la memoria al coger los cangrejos en el mar.

Estar aquí con todo el mundo por primera vez desde la muerte de su madre había desenterrado recuerdos reprimidos de risas, amor y de toda aquella felicidad que había enterrado junto a su madre. El conflicto entre esos recuerdos y sus circunstancias actuales lo desgarró por dentro. Su garganta se cerró en cuanto el olor a especias le hizo evocar la imagen de su madre sonriéndole junto a esos mismos fogones. Nunca más.

La abrumadora realidad, cálida y blanca, lo atravesó y lo golpeó de pleno.

—¿Por qué? ¿Por qué has escogido la comida favorita de mi madre? No puedes ocupar su lugar. ¡Ni siquiera eres de la familia!

—Eh, David. ¡Cierra el pico! —Jackson lo sacó de la cocina—. Ella ha sido más de la familia que tú estos últimos tiempos.

David se giró, nervioso. Jackson se interpuso entre Vivi y él, con los brazos cruzados.

—¿Pero qué pasa? —Laney entró en la cocina.

David percibió su mirada clavada en él y luego en Jackson y Vivi.

Recuperando la compostura, cogió la llaves de Laney de la encimera y la agarró por la mano, desesperado por escapar de la imagen de su madre y de sus recuerdos de «familia perfecta» en la que una vez creyó.

—Esta noche salimos.

Sin mirar atrás, la arrastró fuera de la casa y, segundos más tarde, se le oyó acelerar en el camino de entrada.

David, todavía dándole vueltas a la cabeza en la terraza del restaurante del National Hotel, se sirvió otra copa de Pinot Grigio de la segunda botella que había pedido. Una brisa fresca atravesó el lugar, provocándole un escalofrío.

—David —empezó Laney—, ¿qué te ha molestado en la casa?

—Prefiero no hablar del tema —respondió, bebiéndose otro trago de vino.

—Bueno, me gustaría saber a qué nos tendremos que enfrentar cuando volvamos.

David no quería enfrentarse a nadie. Deslizó los dedos por las gotas de su copa, observando los riachuelos que se formaban con el movimiento.

—Vivi estaba cocinando el plato favorito de mi madre esta noche. Eso me hizo recordar cuando me sentaba en la encimera y hablaba con mi madre mientras ella cocinaba. La idea de disfrutar de ese plato sin mi madre me ha parecido una traición, sobre todo aquí —dijo, gesticulando en dirección al puerto—. Supongo que todavía no he superado su muerte. En Hong Kong no había nada que me la recordara, así que resultaba fácil distraerme con las novedades de aquella ciudad y de aquel país y con las exigencias del trabajo. Pero su ausencia aquí, en nuestra casa familiar, me ha obligado a enfrentarme a su pérdida. Es asfixiante. La echo de menos...

Se le cerró la garganta, ahogando sus palabras:

—La echo tanto de menos.

David evitó la mirada penetrante de Laney centrándose en su copa de vino. Había dicho la verdad, aunque no toda la verdad. Había más cosas que le habían provocado esa noche. Vivi. No estaba preparado para volver a verla ni para sentir su indiferencia.

Eso lo había desestabilizado por completo.

Tras una pausa, Laney le siguió presionando.

—¿Por qué presiento que hay algo más en la relación de Vivi contigo y con tu familia?

Incómodo con aquella observación, David clavó la mirada en el horizonte. ¿Cómo podría resumir como es debido casi trece años de relación con Vivi?

—Cat se hizo amiga suya cuando se mudó a nuestro pueblo. Había perdido a su madre y a su hermano en un trágico accidente cuando ella era muy pequeña. Ha vivido sola con un padre alcohólico hasta que terminó la universidad. La vida en su casa no era precisamente enriquecedora. Mi madre vio el impacto que eso estaba teniendo en Vivi y decidió ejercer de madre con ella. No exagero si digo que era prácticamente un miembro más de la familia.

Aunque esta versión de la historia de Vivi era bastante exacta, dejaba fuera la parte de su relación con ella. Cuando pensó en ello, no estaba seguro de cómo definir lo que compartían.

Lo único que sí sabía es que la apreciaba.

—Bueno, tuvo suerte de poder contar con todos vosotros.

Laney clavó el cuchillo en el salmón y lo cortó en el plato.

«Suerte» parecía una visión distorsionada de la situación de Vivi. David había visto a su padre solo un par de veces y ninguna de ellas había sido agradable. Las historias que le había contado Vivi y las que había oído a escondidas en conversaciones entre su hermana y su madre habían completado el resto de detalles igual de malos.

Con frecuencia, había percibido pena en la voz de Cat cuando hablaba de la vida de Vivi. Por el contrario, admiraba profundamente la capacidad de Vivi para mantener una actitud alegre y encontrar la felicidad en la buena suerte de los demás. A pesar de la escasez de afecto en su casa, no había perdido la fe en el amor.

Si él pudiera ser un poco como ella.

—Quizá deberías considerar la posibilidad de disculparte. —La voz de Laney puso fin a la deriva de sus pensamientos—. Seguramente creía que estaba haciendo algo bonito.

Para cuando David se había acabado la segunda botella de vino, el remordimiento le pesaba como una manta de lana mojada. Su reacción había estado totalmente fuera de lugar. Y, lo que es peor, había arremetido contra alguien muy querido para él. Alguien a quien jamás habría querido hacer daño.

Mientras Laney conducía de vuelta a casa, David se imaginaba la reacción de su hermana al arrebato que había tenido esa tarde. En menos de doce horas, había perdido más control sobre sus emociones de lo que lo había hecho desde el día en que discutiera con su padre. Aquello no presagiaba nada bueno para el resto de las vacaciones.

Laney apagó el motor y abrió la puerta. David inspiró profundamente para calmarse antes de seguirla al interior de la casa.

—Me voy directamente arriba. Con un poco de suerte, todo esto estará ya olvidado para el desayuno.

Laney le plantó un beso distante en la mejilla y huyó a su habitación, dejando a David solo en una casa totalmente en silencio.

A través de las ventanas del salón, pudo ver a Jackson y Hank en el porche, rodeados de humo de cigarro. Vivi y Cat no se encontraban allí. *Allá vamos.*

Tras deslizar la puerta corredera, sintió un escalofrío al rozarle el aire frío de la noche.

Jackson le lanzó una mirada distante justo antes de expulsar el humo de cigarro en su dirección.

—¿Qué tal ha estado la cena?

—Nada del otro mundo —respondió David esperando el golpe de gracia.

—La nuestra ha sido excelente —añadió Jackson con una sonrisa arrogante.

—¿Dónde está Vivi? —David echó un vistazo al césped de más abajo—. Tengo que disculparme.

—¿Tú crees? —El tono de desprecio de Jackson enfatizaba aún más su sarcasmo—. Búscala por la mañana.

—¿Creéis que Cat querrá sacarme los ojos?

David se cruzó de brazos para repeler el siguiente asalto verbal de Jackson.

—No, Vivi explicó su estado de ánimo con «una llamada de su padre».

David se estremeció. Odiaba que Vivi implicara falsamente a su padre para evitar que Cat le echara una reprimenda.

—¿Y cómo está ahora? —preguntó.

—Probablemente como un gatito desvalido al que acaba de patear un estúpido. —Jackson agitó la cabeza y sacudió la ceniza del cigarro—. Hermanito, no sé qué bicho te ha picado desde que murió mamá, pero más te vale que lo superes ya.

Hank puso los ojos como platos mientras le daba una calada a su propio puro.

David fijó la mirada en el mar, cuyas aguas negras se agitaban turbulentas como el ácido de su estómago.

—Lo arreglaré —dijo sin mirar a Jackson, preguntándose qué podría hacer para mantener esa promesa.

—Eso me gustaría verlo.

Echó un vistazo y se encontró con la mirada de Jackson. No se defendió. Se merecía su desprecio. David masculló un buenas noches y puso rumbo a las escaleras para subir a su habitación.

Hacia medianoche, un dolor de cabeza inducido por el alcohol y la culpabilidad le hizo bajar por un vaso de agua. Salió a dar un paseo por el porche, para disfrutar de un cielo sin estrellas cubierto por grandes franjas de nubes grises.

En aquella oscuridad, se acordó de la última carta de Vivi, la que recibió en torno al primer aniversario de la muerte de su madre. Era incapaz de recordar toda la nota perfumada, pero sí había memorizado un fragmento.

> Te echo de menos. Nadie sabe nada de ti desde
> hace tiempo. Has desaparecido de todas nuestras
> vidas. Sé que la pérdida ha sido tremenda, pero
> tengo la sensación de que está pasando algo más.
> Cuéntamelo, por favor. Alejarte de todo aquel
> que te quiere no hará más que empeorarlo. Tu
> madre no querría eso para ti ni para el resto de
> nosotros. Honra su memoria viviendo, amando y
> siendo feliz. Eso es lo que siempre había querido
> para ti.

Incluyó un pequeño retrato al carboncillo que había pintado de su madre. Vivi había capturado a la perfección su espíritu y su sonrisa. Ese mismo día, en un momento de debilidad, había llegado a considerar la posibilidad de llamarla y contarle todo.

Al final, decidió no hacerlo para no ponerla en una situación incómoda con sus hermanos. Además, Vivi era un libro abierto y no habría sido capaz de guardar aquel secreto.

David se aferró a la barandilla. A pesar de morirse de ganas de justificarse, jamás traicionaría el deseo de su madre ni sería el culpable de que sus hermanos dejaran de creer en su padre y en su familia, a pesar de que eso supusiera tener que seguir sufriendo solo.

Pero si su madre lo estuviera viendo, esa noche se sentiría decepcionada. El estómago se le hacía un nudo cada vez que recordaba la expresión devastada de Vivi de esa misma tarde. También le debía una disculpa por dar por sentada su amistad en su ausencia.

¿Y acaso eso importaba algo en ese momento? ¡Maldita sea, a ella ya no parecía importarle!

Cuando dejó caer su barbilla sobre su pecho, creyó ver algo en la hierba. Vivi estaba tumbada en el jardín con las manos detrás de la cabeza, escuchando su iPod con los ojos cerrados.

Sin pensárselo dos veces, bajó las escaleras para disculparse. Incluso en la fría noche, estar cerca de ella era como disfrutar de la luz del sol. De su cuerpo brotaba calidez y ese calor se transmitía por el suelo, como un río de aguas cálidas que intenta abrirse paso en su pecho helado.

Sus abundantes bucles se desplegaban en abanico alrededor de su cabeza y le caían sobre los hombros. Su pelo seductoramente enmarañado era diferente a los cortes más cortos y asimétricos por los que siempre se había decantado. La luz plateada de la luna se colaba entre las nubes, iluminando su fina camiseta blanca.

De repente, se excitó al imaginarse sobre ella, rodeando con la mano un pecho que se tensaba bajo su camiseta. Sorprendido por su deseo, dio un paso atrás para calmar su pulso acelerado.

¿Pero qué está pasando?

Nunca podrían ser algo más que amigos.

Jamás.

Como amigo, podía soportar los altibajos de sus emociones y su caótico estilo de vida. Como pareja, seguramente todo aquello sería abrumador.

Y, lo que es más importante, incluso si la inevitable ruptura no acabara afectando a Vivi, podría poner en peligro su relación con el resto de la familia y eso la mataría. Jamás se lo perdonaría y, además, si la perdiera, echaría mucho de menos su amistad.

Y ahora estaba Laney. Aunque había expresado su aprensión en cuanto a que decidiera mudarse a Nueva York, tampoco es que se hubiera opuesto con vehemencia. David no le había prometido ni se había comprometido a nada, pero compartían cama.

¿Por qué se lo estaba planteando siquiera? Un romance con Vivi suponía un riesgo demasiado alto, pero en ese preciso instante, deseaba egoístamente tener un encuentro apasionado con la chica que, hacía ya tiempo, reclamaba un lugar importante en su vida.

Agitó la cabeza para volver a la realidad y se inclinó para tocarle el hombro.

Vivi abrió los ojos. Retrocedió sobre sus manos y pies, como un cangrejo.

Evitando el contacto visual, se puso de pie y se quitó los auriculares.

—Me voy a dormir. Buenas noches, David.

A paso rápido, se dirigió a la puerta.

—Vivi, espera. Deja que me disculpe. Es solo que... me estoy debatiendo con mis recuerdos. Lo siento mucho.

David aguantó la respiración.

—Vale. —Vivi redujo la marcha, sin mirarlo—. Buenas noches.

Poco dispuesto a dejarla escapar, se lanzó para agarrarla del codo. La tensión le recorrió el brazo.

—Mírame, por favor. —Sus dedos se aferraron a ella mientras luchaba para no rodearla con sus brazos—. También quería darte las gracias por mentir para protegerme de Cat.

—He mentido para proteger a Cat, no a ti —aseveró Vivi—. No necesita que nadie más la moleste esta semana.

David hizo un gesto de dolor ante su pronunciamiento.

—Vivi, no debería haber volcado mis frustraciones en ti. Lo siento mucho. ¿Me perdonas?

Vivi se negó a responder.

—Venga. La vieja Vivi me habría perdonado cualquier cosa —bromeó David.

Pero su broma solo consiguió enfadarla más. Vivi, con una mirada fría como el acero, buscó sus ojos.

—El viejo David jamás habría sido cruel y desconsiderado.

Su reproche lo atravesó. Cuando David la cogió de la mano, Vivi se soltó de inmediato.

—Vivi, por favor. Sabes que no lo decía en serio. Jamás te haría daño —dijo con una leve sonrisa en los labios.

En vez de perdonarlo, clavó su mirada en él.

—Como abogado que eres, para ganarte la vida, sabes escoger perfectamente tus palabras. No lo habrías dicho si no lo hubieras pensado primero.

Al ver lágrimas en los ojos de Vivi, se le hizo un nudo en el estómago.

Antes de hablar con tono tenso, parpadeó para hacerlas desaparecer.

—Ya estoy bien. Y ya no tienes que preocuparte más por mí. He venido a divertirme y eso es justo lo que pienso hacer, así que me aseguraré de cruzarme contigo lo menos posible esta semana.

Antes de que él pudiera seguir dando argumentos en su propia defensa, ella se dio la vuelta y se adentró en la casa.

En silencio, David se quedó mirando a la puerta que Vivi acababa de cerrar en sus narices.

Mierda. Que mantuviera las distancias con él todo el día no había sido agradable, pero no estaba preparado para enfrentarse a aquella nueva actitud de Vivi. ¿Cómo había llegado hasta ahí?

¿Y cómo iba a conseguir que las cosas volvieran a ser como antes?

Capítulo 4

El sonido del mar había estado entrando por la ventana abierta durante toda la noche, arrullando el sueño de Vivi. Era una pena que ese lujo conllevara un precio tan alto como tener que despertarse con el graznido crepuscular de las gaviotas. A medida que el suave ronquido de Cat iba invadiendo la habitación, Vivi se maravillaba de la capacidad de su amiga para dormir a pesar del ruido.

Ahogó un gemido mientras casi se arrancaba las córneas al intentar abrir sus ojos secos. Tras varios parpadeos dolorosos, se acercó de puntillas a la ventana y la cerró antes de volver a dejarse caer en la cama. Aunque estaba agotada, no pudo volver a dormirse.

De hecho, se dedicó a analizar una y otra vez la extraña reacción de David y su posterior disculpa. Por desgracia, su arrepentimiento no había borrado el dolor que sentía Vivi en su corazón.

Como ya había predicho en su última carta desde Hong Kong, David había cambiado y no para mejor. Sus palabras resonaban en su mente.

No puedo compartir contigo los motivos que me han llevado a alejarme; solo puedo decirte que el cristal a través del cual solía ver el mundo se ha hecho mil pedazos. Necesito estar solo para recoger todos esos trozos y recomponerlo.

Pero últimamente no puedo evitar pensar que jamás volveré a ser el mismo. Si alguna vez vuelvo a casa como un hombre diferente, espero que sigas siendo mi amiga porque yo siempre seré tu amigo.

El día anterior solo había podido ver trazos del hombre sensible que siempre había sido. Por supuesto, aquella reacción exagerada debería hacer que olvidarlo le resultara más fácil. En cualquier caso, era un asco.

Vivi se las arreglaría para pasar la semana sin hacer nada que pudiera agrandar el abismo que había entre unos hermanos ahora distantes. Además, debía dedicar ese tiempo a rescatar a Cat de las garras de Justin de una vez por todas. La relación de Cat y Justin la había alejado de todos. Cat siempre andaba a la defensiva y aquello empeoraba mes a mes.

Soltando un sonoro suspiro, dirigió su mirada hacia su amiga. Como si hubiera sentido el escrutinio de Vivi, Cat abrió un ojo.

—Vuelve a dormirte, loca. —Cat esbozó una sonrisa somnolienta y se dio la vuelta en la cama—. No me gusta que te despiertes tan pronto.

—Ah, insomnio. —Vivi se apoyó en los codos, sonriendo—. Uno de mis muchos defectos.

Cat soltó un gemido y cogió su teléfono. Después de echarle un vistazo, escribió un mensaje de texto, resoplando con fuerza. Vivi percibió un brillo de satisfacción en sus ojos.

—Supongo que has tenido noticias de Justin, ¿no?

—No le ha hecho ninguna gracia que me haya venido sin él. —Cat bajó las cejas por un segundo—. Tenía la esperanza de que apareciera por aquí esta semana, pero imagino que no quiere correr el riesgo de tener que enfrentarse a David y Jackson.

La curiosidad sacó lo mejor de Vivi.

—Vale, ha llegado el momento de que me cuentes qué está pasando. Apenas nos hemos visto últimamente, solo sabemos la una de la otra cuando rompes con Justin y romper y reconciliaros parece haberse convertido en el patrón de vuestra relación.

—¿He sido una mala amiga, V?

—No es que hayas sido una mala amiga, pero sí que has estado distinta. Normalmente me cuentas hasta el más mínimo detalle de tus relaciones. ¡De hecho, me das demasiados detalles! —Vivi sonrió antes de volver a ponerse seria—. Con Justin, ni has abierto la boca. Te pregunte lo que te pregunte, guardas silencio y te pones a la defensiva. Me preocupa, eso es todo.

Cat respiró profundamente y se tapó la cara con las manos.

—Yo... Es que es difícil de contar... De hecho, me avergüenza bastante.

—Cuéntamelo. Sabes que puedes contarme lo que sea. Me disgusta verte hecha polvo.

—Prométeme que no me vas a juzgar —le advirtió con una voz teñida de resignación.

Una vez que Vivi se puso la mano en el corazón, Cat continuó:

—Justin tiene un grave problema de celos. Sospecha de cualquier hombre con el que hable, ya sea en el trabajo o en cualquier otro sitio. A veces me mira la lista de llamadas o lee mis correos electrónicos. Hace acusaciones infundadas y siempre acabamos a gritos, diciéndonos cosas muy, muy feas. Una vez se enfadó tanto que tiró el mando a distancia desde el otro lado de la habitación y acabó rompiendo accidentalmente la pantalla de la televisión.

Cat agarró el edredón con los dedos para acercarlo un poco más a su pecho.

Vivi rara vez había sido testigo de la vulnerabilidad de Cat y mucho menos de su vergüenza. Una oleada de resentimiento hacia Justin recorrió su cuerpo. Se mordió el labio antes de realizar la pregunta más obvia:

—¿Y por qué vuelves con él?

La angustia inundó la habitación mientras Vivi aguantaba la respiración.

—Porque lo quiero y él me quiere a mí —respondió Cat, con voz entrecortada.

Vivi giró la cara, tratando de ordenar los pensamientos que no paraban de dar vueltas en su cabeza como un tornado. Gracias a su padre, sabía un par de cosas sobre la codependencia y el compromiso derivado del sentimiento de culpa. Al parecer, Cat se creía capaz de ayudar a Justin a superar sus inseguridades. Tendría que aprender por las malas que nadie puede salvar emocionalmente a nadie.

Vivi decidió resumir su punto de vista.

—En ocasiones, el amor no es suficiente.

Su propio corazón se paró en seco: su amor por David no había bastado.

Como si pudiera leerle el pensamiento, Cat respondió:

—Esto no es unilateral como David y tú. Tanto Justin como yo queremos que esto funcione.

—No estaba comparando situaciones. Solo digo que el amor mutuo no implica necesariamente que la relación vaya a funcionar.

Cat puso los ojos en blanco, así que Vivi se dio por vencida y se encogió de hombros.

—Vale, pero cuando los celos se descontrolan, la tragedia puede golpearte en un instante.

—¡Él jamás me haría daño! —Los ojos de Cat se encendieron por la indignación—. Solo grita mucho. Dejará de hacerlo en cuanto aprenda a confiar en mí.

Convencida de que muchas mujeres maltratadas habrían pronunciado esas mismas palabras antes de encajar el primer puñetazo, Vivi se echó a temblar.

—Vale. Solo quiero que sepas que estoy aquí para lo que necesites, sea lo que sea. Te echo de menos, Cat.

Vivi cambió de postura para acurrucarse bajo la colcha. Al ver que era necesario cambiar de tema, bromeó:

—He pasado mucho tiempo sola últimamente, así que ya sabes que estoy al borde de algún tipo de desastre.

Cat asintió con aire pensativo y se aferró a su edredón. Tras un silencio prolongado, arqueó una ceja.

—Te daré el beneficio de la duda. Gestionaste muy bien lo de David y Laney ayer. Para serte sincera, hasta ahora no creía que lo hubieses superado.

Vivi sabía que no era justo sentirse molesta con su amiga por haber protegido la intimidad de David y no haberle contado su relación con Laney, pero le había escocido un poco que la pillaran con la guardia baja. Ahora, otra mentira piadosa serviría a los intereses de todo el mundo.

—Una parte de mí siempre estará enamorada de David, pero todos hemos madurado y cambiado. Quiero que sea feliz, con Laney o con quien sea.

—Eres una buena persona. Yo, en tu lugar, no creo que fuera tan generosa —dijo Cat sonriendo—. Él se lo pierde. Ella no es nada divertida.

—Bueno, yo no soy la más indicada para opinar. Además, casi no la conocemos —Vivi ladeó la cabeza y se encogió de hombros—. Quizá solo sea tímida, como él.

—¿Tímido? ¿David? —Cat apoyó sus dedos índice y pulgar en la barbilla—. Yo no definiría a David como tímido. Siempre quiere ser el centro de atención.

Vivi arqueó las cejas en señal de sorpresa.

—Es totalmente introvertido. Solo es el centro de atención porque quiere destacar en todo para conseguir la aprobación de su padre.

—Quizá tengas razón. ¡Yo nunca lo he observado tanto como tú! —Cat se echó a reír y atrapó la almohada que Vivi le había lanzado desde la otra punta de la habitación, disipando la tensión que pudiera quedar de su conversación anterior—. Quizá consiga un poco más de atención de mi padre ahora que a David le ha dejado de importar su opinión.

Quizá por la diferencia respecto a su relación con su propio padre, Vivi siempre había envidiado la forma en la que David admiraba las elegantes maneras de su padre. Teniendo en cuenta lo que sabía, no creía que a David le hubiera dejado de importar la opinión de su padre. En cuanto a Cat, Vivi se preguntaba por qué ser modelo no era suficiente para atraer la atención de su padre.

Vivi agitó la cabeza. No era cuestión de pasar todas las vacaciones triste o resolviendo problemas.

—Vamos a preparar café y algo para desayunar.

Al mirarse al espejo, le echó un vistazo a su aspecto desaliñado antes de subir. Que le den. David ya estaba pillado. Nadie se iba a morir por ver su pelo ensortijado, su pijama de pantalón corto y su cara de sueño.

—Necesito desesperadamente un chute de cafeína. —Cat se movió a cámara lenta—. ¡No vuelvas a despertarme tan temprano!

Minutos después, mientras tomaba asiento junto a la encimera de la cocina, Cat apoyó la cabeza sobre sus manos. Cuando Vivi tiró para abrir las puertas correderas y dejar pasar la brisa, su estómago rugió con tanta fuerza que llamó la atención de Cat. Vivi siempre tenía hambre.

Vivi batió un huevo con vainilla y una pizca de canela y preparó tostadas francesas. El chisporroteo de la sartén no hizo más que intensificar su hambre. Ahogó su montón con tal cantidad de mantequilla que se formaron charcos amarillos por encima y se escurrieron por los laterales.

Tras seguir a Cat hasta la mesa del comedor de madera reciclada, bañada por luz solar que entraba por las ventanas en voladizo, se sentó frente a su plato y dejó que el sol le calentara la espalda.

Aun no había clavado el diente en su desayuno cuando aparecieron Jackson y Hank.

—Huele a café. —Jackson se inclinó por encima del hombro de Vivi para ver qué había en su plato—. ¿Hay más?

—Cuando termine, puedo hacer más —le ofreció.

—Eres la mejor, V.

Jackson le dio un golpecito en el hombro antes de sentarse junto a ella. Hank asintió con la cabeza y se sentó frente a ellos. Vivi observó que Cat y Hank evitaban educadamente todo contacto visual. *Qué raro.*

Diez minutos después, ya estaba sirviendo una montaña de tostadas francesas recién hechas en el plato de Jackson. Mojó el dedo en el exceso de sirope que desbordaba su plato antes de metérselo en la boca.

Vivi estaba sirviéndose un segundo plato cuando David y Laney aparecieron en la cocina. Examinó la ropa ajustada de Laney, sus labios con brillo, sus ojos maquillados y su sedoso pelo rojo totalmente liso recogido con esmero detrás de una diadema azul marino. Con cierta sorpresa, Vivi se dio cuenta de que ese peinado tan serio hacía que los ángulos afilados de su rostro parecieran más gráciles que duros.

¿Había estado David esperando a que se acabara de arreglar? ¿Le habría gustado verla llevar a cabo sus rituales femeninos?

Al compararla con sus pijamas arrugados y desparejados, a Vivi le entró la risa. No era de extrañar que jamás hubiera atraído su interés. Elegancia y porte no eran palabras que se pudieran asociar a ella. Ahogando un suspiro, se obligó a elevar la mirada para saludarlos.

La expresión esperanzada de David prácticamente suplicaba algún signo de perdón por su parte, así que se apiadó de él y esbozó una leve sonrisa. Él le guiñó un ojo, pero entonces Laney se aclaró la garganta y se quedó mirándolo hasta que tuvo que ir a prepararle una taza de café.

Abrió la puerta del armario para buscar una taza y luego se alejó un poco para buscar una cuchara. Su mala costumbre de dejar el armario abierto siempre había molestado mucho a su madre. Por su parte, Vivi adoraba sus pequeñas imperfecciones. *Patético*.

Después de poner algo de azúcar y de nata en la taza, se la entregó a Laney. Vivi era incapaz de decidir si verlo actuar como una foca amaestrada la ponía celosa o más bien la disgustaba. Quizá simplemente la sacaba de quicio. Vivi siempre lo había tratado como un rey cuando, aparentemente, él prefería el rol de sirviente.

Los ojos de Jackson iban de David a Vivi y viceversa. Mierda. Tras el fiasco de la última noche, Jackson estaba realizando un seguimiento de la situación. No sabía nada de su encuentro de madrugada en el jardín. Haciendo de tripas corazón y decidida a pasar página y seguir con su vida sin David, Vivi se obligó a estar de buen humor.

—¿Alguno quiere una tostada francesa?

—No, gracias. —Laney se dio una palmadita en su vientre plano mientras esbozaba una sonrisa educada—. Me basta con un café.

—Como quieras. —Vivi se metió un gran trozo de tostada en la boca—. ¿David?

Sacó la lengua un instante para chupar el sirope de su labio inferior.

Los ojos de David se hicieron más grandes antes de sonreír.

—Teniendo en cuenta tu voracidad, no creo que quede nada tras tu paso. —Negó con la cabeza en broma y se unió a los demás en la mesa—. Ya picaré algo después, gracias.

Laney se le acercó y se sentó en su regazo. Aunque estaba hablando con Hank, David rodeó su cintura con el brazo y ella apoyó una mano en su antebrazo. Al ver la intimidad informal de la escena sintió que le clavaban un puñal en el corazón.

Apartó la mirada y sintió una nueva oleada de asco. Obviamente, le llevaría algún tiempo a su corazón sincronizarse con su mente en lo que respecta a eso de pasar página. Saltó de su silla, fregó su plato y anunció:

—Voy a darme una vuelta con mi cámara ahora que la luz de la mañana todavía es suave. ¿Alguien se viene conmigo?

Hank levantó la cabeza de repente.

—Dame cinco minutos y te acompaño.

—Vale. —Vivi le sonrió—. Cat, ¿te vienes?

—No, estoy de vacaciones de trabajo y de ejercicio. De hecho, como no estarás para darme la lata, quizá me vuelva a la cama.

Se bajó del taburete y siguió a Vivi hasta su habitación.

Mientras Vivi se cambiaba de ropa, Cat, acurrucada bajo sus sábanas, la observaba.

—¿Qué pasa con Hank? —preguntó Cat—. ¿Estás interesada en él?

Vivi jamás confesaría que, durante el paseo del día anterior por la playa, lo había reclutado para que la ayudara. Por suerte, no se sintió insultado cuando le contó su plan de involucrarlo en una conspiración para convencer a todo el mundo de que había superado lo de David. No obstante, después de conocer mejor a Hank, creía que podría ser un buen partido para Cat. Aunque Cat todavía no parecía estar preparada para dejarlo con Justin, Vivi esperaba despertar su curiosidad.

—Es guapo, ¿verdad?

Vivi se ató las zapatillas, intentando ser sutil.

—No te suelen ir los rubios.

Cat no la miró a los ojos.

—Bueno, no estoy ciega. —Mientras se hacía una trenza, Vivi ocultó su cara para no revelar sus auténticas intenciones—. Sus ojos parecen de cristal marino y ya sabes que ese color es uno de mis favoritos. ¡Y qué cuerpo! Y lo mejor de todo es que es muy amable.

—Es incluso demasiado amable. —Cat estudió sus uñas, como si estuviera aburrida—. No tiene chispa.

—Prefiero mil veces que sea bueno a que tenga chispa. ¿Sabías que es el mayor de cinco hermanos? Ayuda a pagar la educación de su hermanita pequeña. Y, además de toda esa generosidad, tiene un cinturón de herramientas. ¡Venga ya, un cinturón de herramientas es sexi!

Cat resopló, así que Vivi se giró hacia ella.

—¿Qué?

—Nada. —Cat se inclinó hacia delante—. No me hagas caso.

—Vente con nosotros. —Vivi cruzó la habitación para sentarse en el borde de la cama de Cat—. Nos lo pasaremos bien.

Cat dudó un instante, pero entonces vibró su teléfono. En un abrir y cerrar de ojos, Vivi la perdió por culpa de Justin. Habría deseado pisotear el teléfono de Cat para ver si así podían pasar el fin de semana juntas sin las interrupciones constantes de aquel maniaco.

—Justin, te he dicho que dejes de llamarme.

Cat se incorporó en la cama, con la espalda apoyada en el cabecero. Después de una pequeña pausa, preguntó:

—¿De qué etiqueta de Facebook hablas?

Vivi sintió que se le caía el alma al suelo cuando oyó la voz furiosa de Justin emanando del teléfono de Cat. *Por favor, que esto no tenga nada que ver con la foto que he publicado de la cena de anoche.*

—¡Oh, por Dios! El «tío rubio» es Hank. Trabaja con Jackson. No está aquí conmigo. Yo he venido con Vivi —dijo Cat, lanzándole a Vivi una mirada inquisitoria—, ella debe de haber publicado una de las fotos que hizo anoche durante la cena.

Vivi articuló un «lo siento». Cat le hizo señas con la mano para que se fuera, ahora ocupada en defenderse ante Justin.

Derrotada y sintiéndose culpable, Vivi se fue sin Cat. Cuando volvió al salón, encontró a David esperándola. Sus ojos oscuros atraparon su mirada. *Justo lo que necesitaba.*

—La cámara es igual de grande que tú. —Su sonrisa tímida la distrajo—. ¿Podrás caminar con ella?

—Hank la llevará por mí.

—Por supuesto. —La sombra de sonrisa de David desapareció—. ¿Tu invitación nos incluye a Laney y a mí?

—Oh. —Vivi parpadeó. *¡No!*—. ¿Pero a Laney le gusta salir a andar? Eh, bueno, es que no parece que le gusten las caminatas.

—Tienes razón. No le gusta. —Se encogió de hombros—. ¿Sabes? Solo la invité porque Cat me dijo que venía con Justin. Si hubiera sabido que venías, habría venido solo para que pudiéramos pasar algo de tiempo juntos, como siempre.

David agitó la cabeza y se puso en jarras.

—Lo estoy intentando, muñequita. De verdad que siento mucho mi reacción de anoche. Por favor, dime que no me odias.

¿Que habría venido sin Laney? Mantuvo en secreto el sentimiento que bullía en su interior, reprimido. Ese tipo de comentarios y ese «muñequita» eran exactamente las cosas que habían hecho que languideciera por él toda su vida.

—No te odio —bajó la voz—, pero a veces me gustaría poder hacerlo.

David parpadeó sorprendido. Antes de que pudiera responder, Hank subió corriendo las escaleras. Otra camiseta ajustada y raída marcaba la musculatura de su pecho y hombros. Uf, sin duda alguna que era agradable a la vista. ¿Por qué no debería sentirse atraída por él? Parecía que su cabeza y su corazón jamás habían compartido espacio. Vivi especuló con la idea de que ese también fuera el problema de Cat.

—A su servicio, Vivienne. —Hank quitó la pesada bolsa del hombro de Vivi—. ¿Nos vamos?

—Gracias. —Vivi volvió a mirar a David por encima de su hombro—. Nos vemos en un rato. Diviértete.

David ladeó la cabeza, mirando como si hubiera olvidado por completo cómo divertirse. Por su parte, Vivi, ignorando la punzada en su corazón y las ganas de zarandearlo, se dio la vuelta y siguió a Hank a la puerta delantera.

Anduvieron a paso tranquilo por el largo camino de gravilla que llevaba al sendero Mohegan.

—Gracias por volver a rescatarme. —Vivi apretó el antebrazo de Hank para luego soltarlo—. Me has salvado.

—No hay nada que agradecer. Me agrada tu compañía —afirmó, sustituyendo sus cejas bajas por una adorable sonrisa—. Pero tengo que preguntarte, ¿por qué David? No parece tu tipo.

—¿Por qué no? ¿Porque él es sofisticado y yo, bueno... soy yo?

Vivi sonrió. En el fondo, sabía que era verdad, pero ella se gustaba así. No tenía intención de cambiar. No obstante, su personalidad campechana la hacían diferente de la mayoría de mujeres que conocía David.

—No. —El ceño fruncido de Hank provocó una mueca en Vivi—. Eres abierta y entusiasta.

Tras hacer una pausa, continuó:

—Pero me da la impresión de que él es rígido y frío. Me cuesta imaginaros juntos.

—¡Bueno, al parecer a él también le cuesta! —Vivi soltó una risita y se encogió de hombros—. David no es frío. Solo es reservado. Se ha cerrado más desde que murió su madre, pero tiene una parte tierna. Eso es lo que más me gusta de él.

—¿Tierno?

—Tendrías que haber visto cuánto adoraba a su madre. Y seguramente no le resultaría divertido tener a la amiga de su hermana persiguiéndolo por todas partes como un perrito cuando éramos niños, pero siempre tenía tiempo para mí. Siempre me felicitaba por mis dibujos y nunca se metió conmigo por mi ropa o mi pelo. Y créeme si te digo que yo no era precisamente un modelo de glamur por aquella época —dijo resoplando Vivi al recordar—. Vivía sola con mi padre, un borracho agresivo que jamás dejó de llorar por todo cuanto había perdido y eso no le dejaba tiempo para ocuparse de mí. La amistad de Cat me dio una hermana. La de David me dio más confianza y esperanza.

—¿Y no te aburre?

El tono sincero de Hank la sorprendió y, por algún motivo, ella sintió que tenía intenciones ocultas.

—Nunca.

Vivi frunció el ceño. ¿Aburrido?

La memoria fotográfica de David le permitía hablar sin parar de cualquier tema. Incluso había conseguido que la historia le resultara emocionante. ¡Y no era un reto menor!

—En todo caso, su carácter reservado es reconfortante. —Vivi le dio una patada a unas piedras del borde del camino—. Hasta que murió su madre, David había sido mi roca.

Hank se quedó mirándola.

—Me sorprende que tus sentimientos no hayan afectado a tu relación con Catalina. Debe de ser raro para ella.

—Jamás la he puesto en un aprieto. Nuestra amistad es intocable.

—Demasiados malabarismos. Debe de ser duro para ti tener a Laney aquí. —Sus ojos se encontraron—. Escondes bien tus sentimientos.

—Verlo con ella me duele físicamente, pero estoy decidida a pasar página. —Vivi hizo una pausa—. Dicho esto, no creo que esté enamorado de ella. Tampoco está enamorado de mí, claro.

Vivi escudriñó a Hank desde debajo de sus pestañas.

—Crees que estoy loca.

—Loca no. Quizá desilusionada. —Sonrió antes de deslizar sus manos al interior de sus bolsillos—. ¿Y por qué dudas de los sentimientos de David por Laney?

—Laney parece agradable, pero yo lo conozco bien. Él no podría querer a alguien tan... seco. —Vivi percibió la expresión dubitativa de Hank y sabía que no estaba de acuerdo—. Desear su cuerpo, sí. Admirar su ambición e inteligencia, por supuesto. ¿Amor? No lo creo.

El sonido de unas pisadas rápidas esparciendo la gravilla detrás de ellos interrumpió su conversación. Unos segundos después, David se había unido a ellos. El rojo se apoderó de la cara de Vivi. Esperaba que no los hubiese oído.

—Laney está al teléfono, así que al final puedo ir con vosotros. —Sus manos seguían en jarras y asintió con la cabeza en dirección a Hank. Luego centró su mirada en Vivi y sonrió—. Vayamos a Rodman's Hollow, por los viejos tiempos.

—Vale —respondió ella. Vivi sonrió a pesar del malestar contra el que luchaba su cuerpo. ¿Habrían detectado David o Hank la falsedad de su voz?—. Vamos.

Los tres juntos continuaron por el camino asfaltado. Tanto las palabras como las acciones de David confirmaban que quería reconectar con ella, aunque solo fuera como amigos. ¿Por qué no se alegraba por ello?

Hank puso fin al silencio incómodo que reinaba entre ellos.

—¿Cuánto tiempo hace que venís aquí, David?

—Quince años. —Su zancada se acompasó a la de Hank, mientras que Vivi los seguía dos pasos por detrás—. Es la primera vez que vienes, ¿no? ¿Te gusta la isla?

—Es una versión más auténtica de Nantucket.

—Sí, se parecen bastante. A mí lo que más me gusta es la tranquilidad. —David se frotó el cuello—. Recibió su nombre del explorador holandés Adriaen Block, pero los nativos americanos la llamaban Manisses, que significa «La isla pequeña de Dios». Se llame como se llame, me alegro de que mi madre ganara esta batalla.

—¿Batalla? —preguntó Hank.

—Al principio, mi padre no quería comprar ninguna propiedad aquí porque, para él, el gasto no tenía sentido. Mi madre sostenía que no siempre se podía medir el valor de las cosas en términos contables y que el tiempo que pasaríamos aquí no tendría precio. —David entrelazó sus manos por detrás de su espalda—. Sea como sea, ella acabó ganando por cansancio, pero lo cierto es que él jamás se acostumbró a este lugar.

—¿Y cómo es que no lo ha puesto a la venta? —intervino Vivi.

La expresión de David dejó claro que jamás había considerado esa posibilidad.

—Seguramente le encantaría venderla y reinvertir el dinero en algún otro sitio —dijo con una pequeña risa triste entre dientes para puntualizar su observación—, pero Cat lo mataría. Jamás correría ese riesgo.

Vivi se echó a reír con nerviosismo.

—Nadie quiere ser objetivo de su ira, ¿verdad?

—No. —David se estremeció de forma exagerada—. No, para nada.

La extraña expresión de Hank despertó la curiosidad de Vivi en cuanto a la peliaguda relación entre Cat y él. Quizá debería abandonar la idea de juntarlos.

Bajaron por Cherry Hill Road, evitando los coches o las motos que de vez en cuando pasaban por allí. Vivi se concentró en el roce rítmico de sus pies contra el pavimento para no pensar en David.

Aquellos minutos incómodos parecieron horas hasta que Vivi avistó la entrada a Hollow, cerca de Cooneymus Road.

—¿Y qué es exactamente este lugar? —preguntó Hank mientras se adentraban en el bosque.

—Hace como veinte mil años, el agua del deshielo de un glaciar erosionó el sur de la isla y dejó tres grandes calderas. —David gesticulaba mientras hablaba y Vivi percibió un brillo en sus ojos—. La mayoría de las cientos de depresiones de la isla tienen una base de arcilla que retiene el agua, pero aquí, el fondo es poroso. Quienes creen que una parte de la caldera se encuentra por debajo del nivel del mar se equivocan. En realidad, el fondo de la caldera más profunda está seis metros por encima del nivel del mar. También es...

—¡Empollón! —interrumpió Vivi, agitando las manos en el aire—. Hank, vamos a pasear por caminos de tierra rodeados de una naturaleza bonita y tranquila. No le hagas caso o intentará asustarte con historias de roedores extraños.

—El ratón de la pradera de boca pequeña de Block Island solo se puede ver aquí —empezó David.

—Lo que sea. —Vivi sonrió después de interrumpirlo por segunda vez. David le dio un empujoncito en broma, pero ella insistió—. Si lo escuchas, acabarás creyendo que son una auténtica plaga.

—Recuerdo que alguien salió corriendo gritando después de encontrar un nido.

David esbozó una gran sonrisa triunfal.

—Sí y tengo una cicatriz que lo demuestra.

Vivi señaló una gran raya blanca bien visible de más un centímetro de largo en la espinilla.

—No te quejes. —David rodeó la nuca de Vivi con una mano y la acarició con el pulgar, lo que envió una descarga eléctrica por todo su cuerpo—. Fui yo el que terminó con una hernia por tener que llevarte en brazos hasta la casa.

Su mirada cálida hizo que ella lo olvidara todo excepto lo importante que él siempre había sido en su vida. Los viejos sentimientos abrieron las compuertas de su corazón. Sabía que su sonrisa radiante proyectaba los sentimientos que estaba intentando ocultar, pero en ese momento no le importó.

—¿Y cuándo tienes que volver con Laney?

El jarro de agua fría de Hank puso fin a su momentánea felicidad.

—En cuarenta y cinco minutos o así.

David quitó la mano del cuello de Vivi, dejando un escalofrío a su paso.

Ella frunció el ceño. Oh, Dios mío, hasta qué punto se derretía con la más mínima atención por su parte. Patético. Aferrándose a su fuerza de voluntad, paró de repente en una gran área del camino rodeada de una exuberante vegetación.

—Este parece un buen sitio para hacer unas fotos.

—Tienes buen ojo, Vivi.

Hank se colocó bajo las ramas de un durillo blanco y admiró el paisaje. La luz veteada del sol hacía que su pelo dorado centelleara.

—Gracias. —Vivi inspiró el olor a madera de la reserva—. No te muevas.

Le sacó unas cuantas fotos rápidas bajo el árbol. Su tronco plagado de tallos se extendía a sus espaldas como dedos saliendo de una palma.

—¡Ya vale!

La mano de Hank impedía que sacara más fotos.

—Venga ya, no te hagas el tímido ahora, Hank. Te encanta presumir de cuerpo con esas camisetas tan ajustadas.

Sacudió su cabeza con una corta carcajada. *Maravilloso.* Vivi hizo dos fotos más de Hank y de sus ojos brillantes antes de que se alejara del árbol.

—Eh, he venido a acompañarte —dijo Hank agitando un dedo como si estuviera enfadado—, no a ser tu modelo.

—Si quieres pasar tiempo con Vivi —interrumpió David—, tendrás que aprender a tolerar sus fotos.

Clavó los dedos de los pies en la tierra. ¿Estaría enfadado con ella por fotografiar a Hank?

—¿Tolerar? —Vivi se giró hacia él—. Interesante. Siempre había creído que participabas encantado en mis reportajes fotográficos —dijo con desdén—. Una suerte para los dos que acabe de encontrar un nuevo modelo.

David apartó la mirada antes de decir con voz suave:

—Quizá tengas razón.

Vivi se contuvo para no sacarle la lengua, pero le costó mucho. Se colocó para sacar un primer plano de los viburnos. Unos minutos después, volvió a ponerle la tapa al objetivo de la cámara.

—Será mejor que volvamos. Cat ya se habrá levantado y se estará aburriendo.

—Tú primera.

Hank se encargó de llevar la bolsa de la cámara.

David iba detrás de ellos, con la cabeza gacha. Vivi intentó no especular sobre aquel cambio brusco de humor. Ya había desperdiciado bastantes años malinterpretando sus intenciones.

El sonido de las ramas partiéndose a su paso era lo único que rompía el silencio. Vivi tenía un nudo en el estómago, no soportaba los conflictos ni la tensión.

—Juguemos a algo, pero que sea fácil, como al juego del abecedario. —Los ojos de Vivi escudriñaron el camino—. ¡Ajá! Araña. Tengo la A. David, busca una B.

—Bicho —dijo, apuntando a un insecto cercano.

—Corteza —añadió Hank con la mirada fija en un árbol.

Vivi pudo oír a sus espaldas a David mascullando:

—El juego del abecedario.

De un rápido vistazo, Vivi pudo ver sonreír a David a pesar de sus ojos tristes.

Cuando llegaron a casa, Hank se disculpó y se fue a buscar a Jackson. David se detuvo en las escaleras delanteras y se quedó mirando al jardín lateral, aparentemente perdido en sus pensamientos. Se giró hacia Vivi, ladeando la cabeza.

—No hay macha atrás, ¿verdad? Por mucho que quiera.

Dejó caer sus hombros y luego se volvió a girar para entrar en la casa sin esperar la respuesta.

Sola, en las escaleras, Vivi se felicitó por haber sobrevivido a otro asalto con David e intentó ignorar la presión que sentía en el pecho. Con la ayuda de Hank, debería poder aguantar toda la semana.

Capítulo 5

Solo, en su pequeña habitación de la residencia, junto a su escritorio, David se echó hacia atrás para buscar su bolígrafo rojo. Habría jurado que lo había dejado en el bote de lápices. Parecía ser que no. Después de volcar el contenido de la mochila, se arrastró hasta su cama para abrir la bolsa del ordenador y empezar a escarbar metódicamente en cada bolsillo. Seguía sin encontrar el bolígrafo que le faltaba, pero sus dedos descubrieron una nota doblada entre dos bolsillos interiores.

Le picó la curiosidad al encontrar una carta desconocida. Un leve aroma a vainilla llegó a su nariz cuando desdobló la misiva. Al reconocer de inmediato esa letra cursiva tan femenina, garabateada con tinta morada, sonrió.

Querido David:

Cat está emocionada porque la semana que viene empieza el instituto, pero yo solo puedo pensar en cómo estarás en Georgetown. Espero que no encuentres esta nota hasta que hayan pasado por lo menos un par de semanas para que así pueda divertirme un poco imaginando la escena y si te hará sonreír o no. Me habría gustado tener agallas para decirte todo esto en persona.

Imagino que una buena amiga estaría orgullosa de ver cómo te vas a una universidad tan impresionante, pero yo solo puedo pensar en lo mucho que voy a echar de menos el tiempo que pasamos juntos en la cocina o en el jardín.

También echaré de menos la forma en la que me hablas, como si fuera madura, a pesar de que soy mucho más joven que tú. La mayoría de los tíos de tu edad (y de la mía) piensan que soy rara, pero tú no eres como ellos, gracias a Dios.

Lo tercero que voy a echar de menos es verte a ti y a tu madre juntos cuando nadie presta atención. Es entonces cuando dejas de lado tus maneras obsesivas y perfeccionistas y te relajas. Me gusta ver esa parte de ti.

En resumen, echaré de menos todo de ti. La amistad de Cat y tu familia lo sois todo para mí. A tu hermana la quiero mucho y también quiero a Jackson y a tu madre (tu padre sigue dándome miedo), pero sobre todo, te quiero a ti.

Sé que soy demasiado joven ahora, pero, cuando crezca, encontraré la forma de robarte el corazón de la misma forma que tú me lo has robado a mí.

Besos y abrazos,

Vivi

P. D.: Escríbeme si alguna vez te aburres: viviennelebrun@aol.com.

David volvió a leer la carta una segunda vez, sonriendo. *Desde luego, es valiente.* Siempre había sabido que estaba enamorada de él, pero semejante declaración lo había pillado por sorpresa. Se apoyó en el cabecero de su cama y miró el reloj. Las tres y media.

Cerró los ojos y se imaginó la escena en la cocina de su madre en ese preciso momento. Jackson y Cat estarían llegando a casa después del colegio, seguramente acompañados por Vivi. Casi podía oler las patatas bravas que su madre habría servido como aperitivo. Imaginárselos reunidos en torno a la mesa, riéndose por cómo les había ido el día, le hizo ponerse nostálgico.

Hasta entonces, la universidad había demostrado ser tanto un reto como una experiencia excitante. Aunque ya había hecho unos cuantos amigos, echaba de menos a su familia y sus viejos amigos.

Tenía gracia que una carta de amor de una niña de catorce años le levantara tanto el ánimo. Sospechaba que la mayoría de tíos se habrían sentido incómodos o avergonzados por su afecto. No cabía la menor duda de que sus compañeros de habitación se burlarían de él si encontraran la nota.

Algunas veces, la atención de Vivi lo incomodaba, pero a él lo que más le impresionaba era su coraje. Vivi parecía aceptar la futilidad de su enamoramiento, pero aun así, persistía, como si fuera demasiado grande como para ocultarlo.

Por desgracia, su naturaleza ingenua también la convertían en un objetivo fácil de burlas, razón por la que Vivi siempre estaba deseosa de dar un puñetazo a algo o a alguien, pero el instituto le ofrecería la oportunidad de conocer a gente como ella y más en el departamento de bellas artes.

En cualquier caso, se merecía una respuesta. Abrió su portátil y añadió su dirección de correo electrónico a sus contactos.

Para: viviennelebrun@aol.com De: drsjjr@ yahoo.com

Asunto: La he encontrado.

Vivi:

Acabo de leer la carta que guardaste en la bolsa de mi ordenador. Me pregunto cuándo te colaste en mi habitación para esconderla... y qué más hiciste mientras estabas allí. ¿Me encontraré más sorpresas en el futuro?

Gracias por tus cariñosas palabras, me has hecho sonreír. Yo también echo de menos a todo el mundo. Siempre estaré aquí cuando quieras hablar, pero el instituto te ofrece una gran oportunidad para hacer nuevos amigos, así que no la malgastes pensando en mí. Sé fiel a ti misma y seguro que gustarás a los demás tanto como me gustas a mí. De hecho, te apuesto lo que quieras a que para cuando vuelva, ya te habrás olvidado de mí.

Hasta entonces, me mantendré ocupado puliendo mis maneras obsesivas y perfeccionistas. Espero que pases mucho tiempo en el departamento de arte. Podrías enviarme algo nuevo, ya que lo único que tengo tuyo es ese retrato que me hiciste el año pasado.

Con cariño,

David

Le dio a «enviar», cerró el ordenador e intentó visualizar a una Vivi adulta. Solo se podía imaginar su pequeño cuerpecito delgado y su cara; con su pelo ondulado rubio cortado de alguna forma peculiar y con mechas rosas, azules o de su color favorito en ese momento, y su ropa manchada de pintura, barro o aceites. Esperaba que cuando creciera, conservara su adorable optimismo y su energía. ¿Todavía se conocerían? Solo el tiempo lo diría.

CAPÍTULO 6

Vivi guardó su cámara y fue a buscar a Cat. La encontró tirada en el sofá de rayas azules, hojeando una revista de cotilleos. Cuando Vivi se aclaró la garganta, Cat dejó la revista en la mesita de café y se incorporó.

—Eh, V, ¿y si nos vamos en bici al pueblo y almorzamos allí?

Cat irradiaba energía y una sonrisa enorme.

—Entonces, ¿no estás enfadada conmigo por lo de la publicación en Facebook?

—No, no hiciste nada malo. Para variar, Justin ha sacado conclusiones precipitadas y ha reaccionado como un maniaco. —Cat frunció el ceño—. Entonces quiere saber por qué no le digo dónde y cuándo tengo sesión de fotos. ¿Te imaginas qué daño podría hacerle a mi carrera si tuviera uno de esos arrebatos en el estudio?

—Buena decisión —se limitó a añadir Vivi, decidida a dejar el tema para que Cat no volviera a ponerse nerviosa—. ¿Están las bicis en el cobertizo?

El ceño fruncido de Cat desapareció.

—Sí, creo que podría permitirme algo de vino con la comida.

—¿Hay alguna ley que prohíba montar en bici borracho? —bromeó Vivi mientras iban a buscar las bicicletas.

En tan solo unos minutos, ya estaban pedaleando hacia el pueblo.

El cielo casi despejado invitaba a explorar la isla. Zigzagueando entre los peatones, Vivi veía jóvenes familias por todas partes. De repente, su corazón se llenó de envidia por la familia que perdió un día nevado de enero de hacía veinte años. A pesar del sol, un escalofrío atravesó su cuerpo.

Recuerdos oscuros saltaron a la memoria de Vivi: los llantos amortiguados de su padre tras puertas cerradas, encontrarlo dormido en el suelo abrazado a una foto de su madre, sus sollozos mientras recogía todas las fotos de su madre y de su hermano para luego hacerlas desaparecer.

Con el tiempo, simplemente ahogaba sus penas en Jack Daniel's, día tras día. Poco a poco se fue alejando del mundo y de ella. Cuando Vivi cumplió los dieciocho, ya se había familiarizado con la imagen y los sonidos de un borracho.

De niña, se compadecía de él e, incluso, había llegado a idealizar su desesperación. Siempre que se compadecía de sí misma, restaba importancia a sus sentimientos y se decía que no debía ser tan indulgente consigo misma. Después de todo, ella había sobrevivido, su madre y su hermano no. Dentro de lo malo, la vida con su padre siempre era mejor que la muerte.

Durante su adolescencia, se había evadido manteniéndose ocupada con sus creaciones artísticas y su trabajo en la perrera municipal, donde absorbía todo el amor que podía de los perros. La familia St. James la había ayudado dejándola entrar en sus vidas, algo por lo que les estaría eternamente agradecida. La señora St. James en concreto le había ofrecido un amor maternal que hacía tiempo que ya había olvidado.

Ahora Vivi quería una casa propia que llenar de risas y amor. Era una pena que se hubiera desviado de su objetivo comparando a todos los hombres con David, buscando siempre cualquier defecto que justificara la ruptura. Quizá conocer a Laney, una mujer que literalmente había dado la vuelta al mundo por David, era la patada en el culo definitiva que necesitaba para pasar página.

—Comamos aquí.

Cat viró bruscamente hacia la zona del camino adoquinado de Beachhead Tavern. Un porche cubierto abarcaba toda la parte delantera de un edificio de dos plantas de tablones de madera.

Tras decidir comer fuera, se sentaron en una mesa doble junto a la barandilla del porche. Una brisa suave por fin calmaba un poco el calor de la tarde. Vivi se bebió a sorbos su té helado. Su alegre parloteo y el tintineo de los cubiertos le levantaron el ánimo. Escuchaba sin prestar atención el recital de cotilleos de Cat mientras se empapaba de la experiencia de comer al aire libre.

Un animado grupo de cinco hombres sentados en una gran mesa junto a ellas llamó su atención. Coloridos diseños en tinta superpuestos de espadas, vides y símbolos desconocidos cubrían los bíceps y los antebrazos de dos. Un tercero llevaba una cola de caballo corta y apestaba a pachuli. Los otros dos hombres iban de punta en blanco. Vivi no pudo apartar los ojos de la sonrisa del impresionante hombre de pelo oscuro vestido con unos pantalones cortos color caqui y una camisa negra sin cuello.

Cat siguió la mirada de Vivi y una sonrisa cruzó su cara mientras arqueaba una única y perfecta ceja.

—Alto, moreno y guapo. Sí que tienes un tipo, amiga mía. —Cat sonrió entre dientes—. Oh, exceptuando a Alex y Hank, por supuesto.

—Bueno, estamos de vacaciones. —Vivi se ruborizó—. Me merezco un amor de verano.

La expresión velada de Cat despertó el interés de Vivi.

—Imagino que olvidarás al pobre Hank por el señor AMG.

—Bueno, el pobre Hank parece necesitar un empujoncito. —Vivi apoyó la barbilla en sus manos—. Aunque he percibido algún tipo de tensión entre vosotros. ¿Te importaría contarme por qué?

Cat se alejó bruscamente, giró la cara y obvió la pregunta. La camarera frustró los planes de Vivi al aparecer con la comida, pues Vivi nunca dejaba que nada se interpusiera entre ella y su comida.

Miró su enorme rollito de langosta y luego puso mala cara al ver la aburrida ensalada sin aliñar de Cat. *Qué asco.* En opinión de Vivi, hacer dieta de forma compulsiva debía de ser una de las principales desventajas de ser modelo. Tras levantar su sándwich gigantesco del plato, se metió en la boca el reborde crujiente. Un gemido de agradecimiento se formó en su garganta mientras lo masticaba.

—¡Mejor que el sexo, te lo juro!

Hizo ruido con los labios tras quitarse un poco de mayonesa de la boca.

Cat se rio disimuladamente. «Bien», pensó Vivi. Siempre había sabido cómo hacerla reír.

El señor AMG, al ponerse de pie para hacerles una foto a sus amigos, golpeó la silla de Vivi. Sus ojos se sintieron irremediablemente atraídos por él mientras ajustaba el objetivo de su cámara, una impresionante Nikon D3X.

¡Oh, Dios mío! Vivi deseó poder tener su equipo profesional. Impulsivamente, se puso de pie.

—Perdón. Hola —dijo, fijando la mirada en su Nikon—. ¿Quiere que saque yo la foto para que pueda ponerse con sus amigos?

Él se dio la vuelta hacia ella, sonriendo como un zorro.

—*Grazie mille.* Estaría bien.

Su acento italiano hizo que un escalofrío atravesara su cuerpo. Vivi deseaba tocar con sus manos sudorosas esa cámara de seis mil dólares. Mientras manipulaba el aparato con sumo cuidado, se dijo que jamás podría permitirse algo tan caro.

Aquella curiosa panda de amigos posó junta mientras ella tomaba varias fotografías.

—Es una cámara estupenda. La resolución debe ser fenomenal.

—Cuando se la devolvió, sus dedos rozaron los suyos. Un hormigueo cruzó su brazo—. Soy Vivi, por cierto.

Él cogió su mano y la acercó a sus labios.

—¿Vivi?

Sus ojos brillaban mientras repetía su nombre en voz alta. A pesar de la oleada de calor que llegó hasta la punta de sus pies, Vivi consiguió hablar.

—Abreviatura de Vivienne.

—Ah —asintió con la cabeza—. Me llamo Franco Moretti.

Cuando por fin le soltó la mano, la impresión de sus dedos se quedó en los suyos.

—¿Sabes de cámaras?

—Sí. Bueno, sí, soy fotógrafa aficionada. ¿Y tú?

—Trabajo como *free lance* para varias revistas de viajes.

—Oh, guau.

El atractivo de Franco se multiplicó por diez. Vivi envidió su trabajo soñado. ¿Acaso puede haber algo mejor que cobrar por viajar por todo el mundo haciendo fotografías de los lugares más bonitos e interesantes del planeta?

Cat se aclaró la garganta.

—Oh, te presento a mi amiga Cat. —Vivi se apartó a un lado, dando por hecho que Franco y sus amigos preferirían centrar su atención en su preciosa amiga—. Cat, Franco.

Cat saludó con dos dedos sin levantarse de la silla. Franco saludó con la cabeza antes de apoyar la mano en la región lumbar de Vivi y de chasquear los dedos para llamar la atención de sus amigos. El roce de su mano envió otra sacudida de consciencia por su columna. No podía creerse que estuviera más interesado en ella que en Cat.

—Vivi, Cat, os presento a mis amigos Billy, Joe, Mike y Ross.

Vivi vio al resto de hombres saludar a Cat con gran entusiasmo antes de volver a sus asientos y retomar su conversación. Aquel grupo tan heterogéneo intrigaba a Vivi.

—¿Y qué os ha traído a Block Island? —preguntó Vivi a Franco—. ¿El trabajo?

—No, no estamos trabajando. Estamos celebrando los treinta y cinco años de un amigo común.

—Oh. —Vivi se preguntó si podría pasar por alto la diferencia de nueve años en favor de su acento sexi y su bonita cara—. ¿Un fin de semana de chicos?

—Una gran fiesta.

—Suena divertido.

—Una reunión de antiguos compañeros. Todos fuimos juntos a la misma universidad —dijo, mirando a sus amigos—. De hecho, algunos de estos chicos tocaban en una banda de *rock* en aquella época y están planeando volver a tocar para rememorar los viejos tiempos.

—¡Genial!

Vivi se quedó mirándolos e intentó imaginárselos quince años más jóvenes, dándolo todo sobre un escenario.

—Sí, aunque ahora no están tan emocionados porque a Sarah, la cantante, le ha surgido un imprevisto. Estos chicos son músicos, no cantantes.

—¡Vivi puede cantar! —interrumpió Cat.

—Oh, no —reaccionó Vivi con las mejillas encendidas—. No soy cantante de rock.

—Peca de modesta. Va a clases de canto y actúa en un bar local de Astoria los fines de semana.

La enérgica sonrisa de Cat sorprendió mucho a Vivi.

El comentario atrajo la atención de la banda y puso a Vivi en el punto de mira.

—¿En serio? —preguntó Franco—. *Il destino!*

Sus profundos ojos marrones persuadieron a Vivi para que admitiera la verdad. ¡Maldita sea su blando corazón!

Joe preguntó con escepticismo:

—¿Qué tipo de música cantas?

La mirada intensa de Franco interfirió en la capacidad de Vivi para concentrarse, lo que hizo que tartamudeara una respuesta.

—Mmm, canciones de Sheryl Crow, Sara Bareilles, Ingrid Michaelson y Patty Griffin. A veces hago versiones acústicas de canciones pop.

—¿Y de Avril Lavigne, Pink o algo así? —preguntó Joe.

La escudriñó de arriba abajo. *Oh, mierda.* Vivi dudaba que tuviera las habilidades necesarias para llegar a esos tonos vocales tan guturales del rock.

La ansiedad se aproximaba sigilosamente a su cuello. Tenía dos opciones: aceptar algo que seguramente la superaría o decepcionar a los demás. Y a ella no le gustaba nada decepcionar a los demás.

—Bueno, me sé algunas de sus canciones, pero jamás las he cantado.

Nadie le prestó atención a la timidez de su voz.

—¿Quieres probar? Podríamos arreglárnoslas solos, pero, con una vocalista, sería mucho mejor. —La mirada amable de Joe transmitía sinceridad—. Podrías invitar a la fiesta a tu amiga y a más amigos. El *disc-jockey* empieza a las nueve, así que habíamos pensado una actuación corta.

—No sé. —Vivi miró a aquellos hombres mientras se preguntaba en silencio si debería considerar semejante locura—. Nunca he cantado con una banda. Suelo actuar sola.

—Probemos una canción o dos. En el peor de los casos, cancelamos y nos tomamos unas cervezas.

Franco acarició su brazo con el reverso de sus dedos, haciendo que se le pusiera la carne de gallina.

—¿Por qué no le echas un vistazo a las canciones y pruebas? —añadió Franco con una sonrisa alentadora en la cara—. Sin obligaciones.

—¡Suena divertido! Vamos, Vivi. —Cat dio una palmada—. Venga. ¡Por favor! Será mucho más interesante que nada de lo que pudiéramos hacer hoy.

Vivi contempló el entusiasmo de su amiga y la actitud despreocupada de la banda. Pasar algo más de tiempo con Franco también resultaba más atractivo que quedarse viendo a Laney con David.

La aventura podría ser divertida. De hecho, empezaba a sonar a reto irresistible, que es como Vivi solía terminar metida hasta el cuello en problemas. Encogiéndose de hombros, se oyó a sí misma diciendo:

—Vale. Lo intentaré.

Treinta minutos más tarde, Cat y ella estaban aparcando sus bicicletas en el camino circular de una imponente casa azul a las afueras de Beacon Hill. Desde la propiedad había unas magníficas vistas de la isla y del océano. El repiqueteo de los martillos interrumpía el silencio que antes había reinado en el lugar a medida que los obreros revoloteaban por el jardín para montar placas de suelo en el exterior e izar grandes carpas blancas en la parte trasera de la casa. Vivi estaba pensando que cuando le habían dicho que sería una «gran fiesta» no estaban exagerando cuando un pastor alemán llegó dando saltos de un lateral de la casa.

Cat se quedó paralizada.

—¡Oh, Dios mío!

Vivi se quedó mirando cómo el perro meneaba su larga cola.

—No pasa nada, Cat.

Bajó la pata de cabra de su bicicleta, hizo un suave sonido con la lengua, se detuvo como a unos trescientos metros del perro y se agachó un poco. Le ofreció el reverso de la mano al perro para que le oliera. Cuando miró por encima de su hombro, se dio cuenta de que Cat no se había movido, con los ojos bien abiertos en señal de alarma.

—De verdad, no tienes de qué preocuparte. —Entonces volvió a centrarse en el perro—. Eres un buen chico, ¿verdad?

Franco apareció en la puerta delantera.

—Ya veo que habéis conocido al perro de John, Panzer. Le gustas.

—A Vivi se le dan muy bien los perros —dijo Cat, que por fin había reunido el valor para bajar de la bicicleta.

Si las personas fueran igual de fáciles de manejar que los perros, la vida de Vivi habría sido mucho más sencilla o, al menos, eso creía ella.

—Todo el mundo está dentro.

Franco apuntó con su mano en dirección a la puerta y las siguió a la entrada.

Los grandes ventanales permitían que el exterior penetrara en el interior. Aquella espaciosa e iluminada casa olía a limón y sol. La ausencia de cortinas y alfombras avivaba el sonido de los pasos, las toses o las sillas cuando se arrastraban por el suelo. Vivi admiró la yuxtaposición de arte contemporáneo y decoración típica de una casa de playa.

Tras una breve presentación del cumpleañero, John, Vivi se apoyó en la mesa de cristal del comedor para echar un vistazo a la lista de canciones. Alguien le sirvió una cerveza bien fría. No solía beber alcohol, pero un poco de coraje en forma de líquido no le iría mal, así que se tragó como un tercio de la botella mientras leía.

Joe se inclinó sobre su hombro, agitando el pulgar y las uñas repetidamente. Vivi se echó la mano al estómago tratando de ignorar el jaleo que la rodeaba para volver a concentrarse. Se sabía las tres cuartas partes de las canciones bastante bien, todas eran bastante conocidas.

—¿Habéis hecho vuestros propios arreglos o las tocáis tal como se grabaron originariamente? —preguntó.

—Nuestras versiones son bastante fieles a las originales.

Vivi asintió con la cabeza, suspirando.

—Estoy bastante familiarizada con muchas, pero eso no significa que me las sepa.

—Probemos con una y veamos qué tal. No es que nosotros seamos precisamente Coldplay.

Joe rasgueó la melodía de «Goodbye to You», de Michelle Branch, mientras Vivi cantaba la primera estrofa y los coros. Satisfecho con su capacidad vocal, decidieron las canciones que finalmente interpretarían. Tras eliminar varias canciones de la lista original, la redujeron a una actuación de sesenta minutos. Cuando terminaron con la lista, Vivi se volvió a sentar, asustada por el lío en que se había metido ella solita.

—Si tienes tiempo ahora, deberíamos empezar a ensayar —sugirió Joe—. Después, podríamos dar una vuelta y tomarnos algo.

—Vale —respondió Vivi, aturdida mientras observaba a Cat, charlando tranquilamente con Franco y John—. Hoy no habíamos hecho ningún plan.

Cat debió de percibir la aprensión de Vivi desde el otro lado de la estancia. Se giró y se acercó a ella para susurrarle:

—Pareces incómoda. Creía que querías un rollo playero con Franco. ¿Estás enfadada conmigo por haberte puesto en esta situación?

¡Sí! Pero gracias a este compromiso, Vivi no tendría tiempo para pensar en David y Laney durante los próximos días. Un paso en la buena dirección. Debería besar los pies de Cat.

—No, podría haberme negado. Solo espero no fastidiarla.

—¡No lo harás! Siempre te subestimas. ¡Ten fe! —Cat abrazó a su amiga—. Sé que será divertido.

Vivi esbozó una sonrisa de satisfacción. Seguro que sería divertido para Cat, no era ella la que asumía la responsabilidad ni el riesgo. Por otro lado, esta actuación haría que las vacaciones fueran memorables por algo más que por haber conocido a la novia de David. Además, ¿cuándo tendría la oportunidad de cantar con toda una banda?

Vivi siempre había creído que la diversión estaba en la emoción de lo desconocido. Sonriendo, se levantó de la silla y buscó un micrófono.

El grupo corrió a prepararse para el ensayo, que no empezó demasiado bien cuando Vivi la pifió con la letra. Avergonzada, podía sentir el sudor en el nacimiento del pelo. Se mordió el labio inferior, pero entonces se cruzó con la mirada cálida de Franco. De pronto, subió su temperatura corporal y, en un instante, sus miedos y dudas se transformaron en determinación. Se dio cuenta de que Cat estaba sonriendo y levantando ambos pulgares, así que volvió a acercarse al micrófono.

¿Qué es lo peor que podría pasar?

Capítulo 7

Las uñas perfectamente recortadas de Laney repiquetearon en su copa de vino, alejando la atención de David del puerto y atrayéndola hacia su manicura gris topo, un tono neutro y aburrido. La mayoría de los días, su ropa y su aspecto eran fiel reflejo de su personalidad.

Seria. Monocromática. Profesional.

El hecho de que no se hubiera dado cuenta antes le sorprendió. Cuando vivía en Hong Kong, dedicaba la mayor parte de su atención y energía a trabajar en la fusión Kessler.

—Gracias por invitarme a venir esta semana. —Laney se sentó en el borde de su silla—. Ha sido bonito conocer a una parte de tu familia, aunque siento la tensión.

—He estado mucho tiempo fuera —respondió David, irguiendo su postura.

—¿Va a venir tu padre este fin de semana? También me gustaría conocerlo.

David respiró profundamente.

—Como también habrás intuido, él y yo no estamos bien en estos momentos.

—Sí, me he dado cuenta. —Laney se estiró para tocar la mano de David al otro lado de la mesa—. ¿Te gustaría hablar de ello?

—La verdad es que no. Todo lo que debes saber es que mi madre me hizo prometerle que mantendría en secreto algo que mi padre hizo y estoy algo resentido con él.

—Lo siento mucho, David. —Laney le apretó la mano—. Pero si es un secreto, ¿por qué está afectando a tu relación con Cat y Jackson?

—Ellos saben que él y yo ya no nos hablamos y me culpan a mí. Además, mantengo las distancias con ellos para evitar que esto salpique a todo el mundo.

—Quizá deberías contárselo sin más. ¿Por qué deberías sufrir tú solo?

—Mejor que yo sufra que cargarles con la repulsión que siento ahora por mi padre. —David no les haría daño destruyendo los recuerdos familiares solo para satisfacer sus ansias de justicia—. Además, mi madre confiaba en que yo mantuviera mi palabra. Jamás la traicionaría.

—Jamás se enteraría. Si tu padre merece quedar expuesto, Cat y Jackson ya son adultos para escuchar cualquier cosa. —Laney se encogió de hombros con exasperada indiferencia—. Al final, todos lo superarían.

—Da igual si mi madre no se entera. Yo lo sabría. —La actitud displicente de Laney respecto a su integridad lo ofendió—. En cuando a lo de superarlo, obviamente, en lo que respecta a mi familia, es más fácil de decir que de hacer.

Estaba claro que Laney no era capaz de entender que para él haber dado su palabra era algo vinculante. Era una cuestión de honor, uno de sus rasgos más preciados. Vivi lo entendería, pero esa era una de las pocas cosas de su vida que jamás le confiaría.

—Mejor no estropear la tarde mortificándonos con esto, ¿vale?

David apartó su mano de la de ella.

—Esa es tu forma educada de dejarme al margen.

Laney volvió a acomodarse en su silla y bebió un sorbo de su vino justo cuando la agobiada camarera llegó para llevarse los platos.

—Ya era hora —masculló Laney—. Estoy muerta de sed.

La camarera se sintió herida.

—Lo siento mucho. Ahora mismo le traigo más agua.

—Hoy hay bastante ajetreo, ¿vedad? Debe de estar agotada —dijo David a la camarera, intentando compensar la grosera observación de Laney. Recogió todas sus cosas y se las entregó, deseando que Laney no se enfurruñara como cada vez que se sentía frustrada—. Gracias.

Agitando la cabeza, Laney espiró con exasperación. Una vez que se fue la camarera, retomó la conversación.

—Cambiemos de tema. —Su mirada arqueada se fijó en David—. El alojamiento que me ha cedido gratuitamente de manera temporal el bufete termina en dos semanas. ¿Debería alquilar mi propio apartamento o me mudo contigo?

Solo con pensarlo sintió picores por todo el cuerpo. Aclarándose la garganta, reprimió el impulso de rascarse los brazos.

Aprovechando sus dudas, Laney preguntó:

—¿Cuál es el problema? En Hong Kong ya pasaba la mayoría de las noches contigo. ¿Son las contadísimas noches de soledad tan importantes?

El pánico y el resentimiento hicieron desaparecer cualquier expectativa de pasar un rato agradable. Aquello no era buena señal. Jamás habían hablado antes de vivir juntos. ¡Maldita sea, ni siquiera habían pronunciado la palabra amor! ¿Por qué de repente ella había decidido transformar su relación en algo permanente?

Si alguna vez decidiera casarse, Laney poseía muchas cualidades compatibles con su vida, pero todavía no estaba preparado para semejante compromiso con ella y, la verdad, quizá nunca lo estuviera.

—Cuando sugeriste la posibilidad de venirte a Nueva York, me convenciste de que tenías tus propias razones para volver a los Estados Unidos, la principal era avanzar en tu carrera profesional. Nunca te hice ninguna promesa de un futuro juntos. Ahora siento que me están arrastrando al altar.

El ardor de la indigestión se apoderó de su pecho al haberse visto obligado a hacerle daño. ¿Acaso había malinterpretado sus sentimientos desde el principio?

—No espero una propuesta de matrimonio. —Su expresión imperturbable no dejaba lugar a dudas—. Compartir gastos resulta más económico. ¿Por qué malgastar dinero alquilando otro apartamento que va a estar vacío la mayor parte del tiempo?

No podía rebatir ese punto. Por supuesto, sus argumentos lógicos eran exactamente lo que le habían colocado en esta posición. ¿Acaso Laney había estado manipulándolo desde el principio?

—Lo siento mucho, Laney. No creo que vivir juntos sea lo mejor para nosotros.

La mirada de Laney cayó hasta su regazo. Aunque David cuestionaba sus motivos, la culpa hizo que se inclinara hacia delante y puso su mano sobre la de ella.

—No es por ti. —Eso era cierto. Muchos hombres habrían matado por estar en su lugar—. No quiero hacerte daño. Sabes que eres guapa e inteligente y me gusta pasar tiempo contigo. Es solo que no estoy buscando algo más de lo que ya tenemos. ¿Te he podido confundir de alguna forma? Creía honestamente que buscábamos lo mismo.

—Relájate. Solo lo he sugerido porque parecía práctico —dijo ella esbozando una leve sonrisa—. No pasa nada, David.

Esperaba que no estuviera mintiendo, pero no podía evitar sentir que más bien estaba haciendo una interpretación digna de un Oscar.

Tras almorzar, pasearon por la pintoresca población costera victoriana, echando un vistazo a los artículos que ofrecían las tiendas que se alineaban a lo largo de Water Street y los barrios colindantes. Laney insistió en entrar en todas las tiendas, desde Water Gallery and Gift a Mad Hatter y Full Moon Tide.

De vez en cuando, David se sorprendía a sí mismo oteando a la muchedumbre en busca de signos de su hermana y de Vivi entre las tiendas. Mientras Laney rebuscaba entre miles de estanterías y baldas, analizando todas sus opciones, el aburrimiento ofreció a David el marco perfecto para divagar sobre el comportamiento distante de Vivi.

Todo lo que hacía parecía perturbarlo ahora. El dolor que su feo arrebato le había provocado, su indiferencia, los sorprendentes sentimientos totalmente fuera de lugar de atracción por ella, todo eso lo había vuelto un poco loco. Por primera vez desde que se conocieron, no tenía ni idea de cómo comportarse ni qué quería exactamente. Deseaba que las cosas volvieran a ser como antes, cuando ambos podían leerse el pensamiento, cuando los ojos de Vivi se cruzaban con los suyos, llenos de confianza y afecto.

—David, ¿a que esto es divino?

Laney sostenía un vestido playero amarillo cortísimo.

No creía que el color mostaza le sentara especialmente bien, pero después de la conversación tensa del almuerzo, se limitó a asentir con la cabeza.

Dos horas más tarde, volvieron al coche cargados con cerámica, zapatos, gafas de sol y ropa.

Cuando llegaron a la casa, David abrió el maletero y ayudó a descargar las innumerables bolsas de compra. Juntos, subieron el botín a la habitación. Una vez que el último paquete estuvo sobre la cama, David se quedó esperando instrucciones. Laney empezó a examinar las bolsas sin ni siquiera mirarlo. Suspirando, la dejó allí, admirando sus nuevas adquisiciones, y se fue a buscar a su hermano.

Jackson y Hank estaban en la cocina ensartando trozos de pollo y ternera en pinchos de barbacoa. David miró el reloj. Las cinco y media.

—¿Dónde están las chicas?

Abrió una cerveza y se unió a Jackson y Hank.

—Ni idea. —Jackson pinchó otro trozo de ternera y cerró el cajón de los cubiertos que David había dejado abierto—. Llevan toda la tarde fuera.

Como si le hubieran oído, la puerta delantera se abrió de un portazo. Cat y Vivi aparecieron en la entrada, riendo de manera exagerada.

—¡Parece que las chicas ya han empezado la fiesta! —exclamó Jackson.

Gritaron algo ininteligible y Hank soltó una risita. David se preparó para hacer frente al comportamiento extraño de Vivi, pero cuando las chicas entraron en el salón, ella sonreía. De hecho, brillaba. Verla así, tan resplandeciente, le subió la temperatura, algo que lo perturbó por completo.

—Creo que nos hemos perdido algo divertido —canturreó Jackson—. ¿Dónde habéis estado todo el día?

—En la casa del amigo de Franco, con la banda... ensayando para la fiesta de cumpleaños.

A Vivi le entró un ataque de hipo y se deshizo en una risa nerviosa.

Jackson, Hank y David hicieron una pausa, confusos por su explicación sin sentido. Por suerte, Cat rellenó los huecos.

—Durante el almuerzo, conocimos a Franco y a una banda de rock llamada Disordered. Están aquí para celebrar el cumpleaños de un amigo durante dos noches. La cantante de la banda no ha aparecido, así que convencí a Vivi para que diera un paso adelante y cantara unas cuantas canciones con ellos antes de que empezara el *disc-jockey*. Por cierto, todos estamos invitados. Por lo que hemos podido ver, ¡va a ser un fiestón!

—Genial. V, hace meses que no te oigo cantar —dijo Jackson mientras acababa el último pincho. Sujetó la bandeja—. *Voilà!*

¿Vivi cantaba? ¿Ha estado cantando algo nuevo o algo que nunca había compartido con David antes de irse a Hong Kong? Ella no tenía secretos con él. Al menos eso creía. Perturbado por el hecho de que se había perdido una parte de su vida, frunció el ceño al pensar que su hermana y Vivi se habían pasado todo el día con completos desconocidos.

—¿Las dos os habéis ido a un lugar remoto con una panda de extraños? —La preocupación ocupó el lugar de la consternación y le provocó un dolor de cabeza—. ¿Quién es Franco?

—Oh, relájate, David. Estamos bien. —Cat hizo un gesto con la mano—. Franco es un guapo italiano que se deshace por Vivi. Les unió el amor por su lujosa cámara.

Cat la lanzó una mirada sensual a Vivi antes de que ambas mujeres se echaran a reír otra vez.

Las mejillas y las orejas de Vivi enrojecieron, dejando claro que le había gustado flirtear con ese italiano. David se preguntaba qué habría pasado con su interés por Hank, pero se mordió la lengua. Desvió su atención hacia los pinchos de verduras mientras Hank bromeaba con Vivi. A diferencia de David, Hank no parecía nada resentido por el nuevo enamoramiento de Vivi. *¿Habré entrado en La dimensión desconocida?*

—Vete a la ducha. —Jackson abrió la puerta corredera para ir a encender la barbacoa—. La cena estará en treinta minutos.

—Sí, mi capitán —bromeó Vivi.

Cat y ella se dieron la vuelta y salieron del salón tambaleándose.

David, a quien también le costaba mantener el equilibrio, le pasó los pinchos a Hank antes de subir las escaleras para ir en busca de Laney.

Cuando Laney y él bajaron unos minutos después, de los altavoces emanaba música del Café Paris Lounge. Vivi y Cat estaban sentadas en la mesa y había velas encendidas. El efecto combinado de la música y la iluminación había transformado la casa de la playa en un bar sofisticado.

Por suerte, la ducha había tenido un efecto calmante para Vivi y Cat. Quizá David no tendría que sufrir más risitas nerviosas por Franco y su alegre panda de amigos. Oír más detalles solo habría servido para intensificar las desagradables imágenes de Vivi flirteando con otro hombre.

Su hermana iba vestida con unos preciosos pantalones cortos de lino y un espectacular top blanco. Laney llevaba su nuevo vestido sin mangas color mostaza con un collar y unos pendientes turquesa. Por su parte, Vivi parecía una pilluela limpia pero desaliñada con sus pantalones cortos caídos con cordón en la cintura y una camiseta de tirantes ajustada color verde lima.

Cada vez que se inclinaba sobre la mesa para encender otra vela, se levantaba el dobladillo de su camiseta, revelando una parte de su cintura. Su pelo ondulado y húmedo caía sobre su cara de forma sensual y provocadora. David se moría por tocarlo, como tantas veces antes, pero ahora ese impulso suyo parecía peligroso. Concentró su mirada en Cat, que estaba rellenando las copas con grandes cantidades de vino.

—¿De verdad vosotras dos necesitáis más alcohol? —preguntó David mientras retiraba una silla para Laney.

Su hermana puso los ojos en blanco. Aquel comentario había sonado retrógrado incluso para él. A pesar de estar en uno de sus lugares favoritos del planeta con sus más allegados, hasta el momento no había encontrado consuelo alguno.

—Sí, lo necesitamos. —Vivi imitó su postura y su entonación—. De hecho, no estaría mal que tú también te sirvieras del alcohol.

Soltó una risita y huyó corriendo a la encimera para escapar de su respuesta.

Cat, encantada con la nueva actitud de Vivi, se rio disimuladamente mientras extendía una servilleta en su regazo. A través de la ventana, pudo ver la mano de Vivi sobre el hombro de Jackson cuando ella se inclinó para hablar con él. Al parecer ya eran uña y carne. David volvió a centrar su atención en Cat, sospechando que su hermana debía de sentir cierto alivio ahora que su mejor amiga había dejado de estar colada por él.

Él no se sentía aliviado.

Se sentía a la deriva.

Vivi y Jackson trajeron grandes bandejas llenas de carne de la barbacoa. El aroma ahumado de la ternera y el pollo despertó el apetito de David. Vivi cogió tres pinchos de la bandeja y rellenó cada centímetro libre de su plato con una montaña de arroz integral y ensalada. Laney abrió los ojos como platos al ver a Vivi sirviéndose semejante cantidad de comida y luego se inclinó hacia delante.

—David me ha dicho que esta semana iremos a una fiesta en la que vas a actuar con una banda. No sabía que fueras cantante.

—No soy cantante. Canto de vez en cuando en pequeños locales de mi barrio para divertirme y ganar un dinero extra, pero no es mi profesión. —Vivi se chupó los dedos y cogió otro trozo de pollo. La salsa hizo que sus labios brillaran, como si se hubiera puesto una gruesa barra de labios—. Oh, Jackson. ¡Están buenísimos!

—Estoy confusa. —Laney bajó el tenedor sin dejar de mirar a Vivi—. ¿Estás de broma?

—No —respondió Vivi—. ¡Están riquísimos!

91

—No, hablo de lo de cantar. ¿Y has aceptado cantar sin ser cantante?

—Fue idea de Cat y a todo el mundo pareció gustarle la idea, así que me dije, ¿por qué no?

Vivi se encogió de hombros y atrapó un champiñón.

—Vivi nunca se achanta ante un reto —añadió David, guiñando un ojo.

Su elogio hizo que Vivi esbozara una leve sonrisa. Un paso más cerca de la normalidad.

—¿Y cómo vas a aprenderte todas las canciones en solo tres días? —Laney frunció el ceño antes de comerse un trozo de su filete—. ¿No sería un poco embarazoso que mezclaras las letras?

—¡Sí! Espero que eso no pase. —Vivi arrugó la nariz—. Y, si pasa, no creo que ni a la banda ni al homenajeado le importe. Al menos esa es la impresión que me han dado hoy. Además, tampoco creo que vaya a volver a verlos nunca más después de la fiesta.

—Oh, a Franco sí que lo volverás a ver —interrumpió Cat—. Estoy segura.

Vivi se inclinó hacia delante para mirar a Cat.

—Eso espero.

David cerró los ojos bien apretados para intentar apartar de su mente el entusiasmo que reflejaba la expresión de Vivi. En un vano intento por evitar otro incipiente dolor de cabeza, se pellizcó el puente de la nariz.

—¿Franco? —preguntó Laney, que se había perdido la explicación anterior sobre el famoso italiano.

—Es fotógrafo. Todo esto ha sido a través de él —ofreció Cat—. Estaba comiendo con la banda.

Laney se echó hacia delante movida por el interés.

—¡Detalles!

David no quería escuchar nada más y percibió un aparente malestar en Vivi. Al menos no era el único en la mesa que se sentía incómodo. Se preparó para la respuesta de Vivi, intentando convencerse a sí mismo de que tenía que alegrarse por ella. Se merecía encontrar a alguien capaz de valorar sus dones.

—Bueno, es fotógrafo. Nació en Italia, pero luego se mudó a Canadá siendo adolescente antes de venir a Nueva York para estudiar en la universidad. Es mayor que yo, guapo y sexi.

Vivi se rio para sus adentros con el último comentario, una observación que no escapó a la atención de David. De hecho, le hizo sentir... algo muy desagradable.

—Pásame el vino —le pidió Jackson antes de sonreírle—. Creo que es genial. Como en los viejos tiempos. Siempre es una aventura cuando andas cerca, Vivi.

—Bueno, como apenas puedo permitírmelas, me gusta darlo todo cuando estoy de vacaciones.

Una mirada de melancolía se cruzó en sus ojos.

—Oh, ¿por qué no? —preguntó Laney—. ¿No tienes mucho tiempo libre?

—El problema no es el tiempo libre —respondió Vivi con risa nerviosa—. Soy profesora de dibujo en un centro de primaria. Mucho tiempo libre, pero poco dinero.

—Oh, lo siento —se disculpó Laney, claramente incómoda—. No lo había pensado.

—No tienes por qué disculparte. Me encanta mi trabajo. Nunca cambiaría el afecto de mis alumnos por un sueldo más alto y, además, me deja mucho tiempo libre para mis aficiones.

—Eso está bien. Yo no recibo nada de amor por mi trabajo y además me muero de hambre.

Cat frunció el ceño socarronamente y Vivi y ella se echaron a reír.

—Nada de amor, pero una bonita paga —dijo Vivi—. ¡Lo difícil es encontrar las dos cosas en un mismo trabajo!

—David y yo tenemos eso, ¿verdad?

Laney acarició la espalda de David y le dio un beso en el hombro. Este se ocultó tras su bebida mientras diez pares de ojos se clavaban en él. ¿Acaso no había escuchado lo que le había dicho durante el almuerzo? Vivi volvió a centrar su atención en el plato, pero una sombra cruzó antes su mirada. Su reacción le indicó que todavía sentía algo por él, al menos un poco. Por primera vez en todo el día, las emociones de David se aplacaron. Entonces miró a Laney e intentó apagar la mecha que había encendido.

—Creo que Vivi estaba hablando del amor por el trabajo, no de una relación amorosa en el trabajo —dijo David.

Laney arqueó una ceja y apartó la mirada. ¿Desde cuándo su vida se había convertido en un campo de minas infinito del que no tenía mapa? Salvo por la música de fondo que se oía como la aburrida banda sonora de una película, solo se oía los tenedores y cuchillos arañando los platos.

No quería hacerle daño a Laney delante de todo el mundo, pero no podía dejar que fingiera que estaban enamorados. Ahora se sentía un cabrón. El tipo de tío insensible que jamás había respetado.

Su puto padre.

Por suerte, Hank rompió el silencio.

—A mí me encanta mi trabajo. —Y empujó su plato hacia delante para poder apoyar los codos en la mesa—. Pero sí que envidio tu tiempo libre, Vivi.

—Te queda margen para la creatividad y la espontaneidad —añadió Vivi con el mentón apoyado en su palma—. Ahí es donde reside lo bueno de la vida.

Laney resopló.

—A menos que no te puedas permitir lo bueno de la vida, como las vacaciones o los viajes.

Su tono burlón hizo que David le diera una patada por debajo de la mesa, pero a Vivi parecía no haberle afectado semejante comentario mordaz.

—Podría viajar más si no fuera a clases de música, fotografía, yoga, etcétera. Todo es cuestión de prioridades. —Vivi se acomodó en su silla y esbozó una sonrisa discreta—. Podría trabajar doce horas al día como hacéis vosotros, pero, la verdad, tampoco he sido jamás una estudiante tan brillante y motivada.

Vivi guiñó un ojo a David, aparentemente en deferencia por las muchas veces en las que ella se había lamentado con él por eso mismo.

—En fin, yo soy un tema aburrido. Cambiemos de tema. Jackson, ¿qué habéis hecho vosotros hoy?

—Fuimos a hacer piragüismo.

—Oh, estoy celosa. —Vivi formó un puchero con sus suaves labios rosados—. Yo también quería hacer piragüismo.

David se relamió los labios y luego se quedo inmóvil. *¡Déjalo ya!*

—Podemos ir otro día. —Jackson se inclinó hacia atrás y se dio una palmadita en el estómago—. Pero cuéntanos más sobre esa fiesta.

—Cat conoce más los detalles. Entre los ensayos y la cerveza, no presté mucha atención a lo demás.

Vivi se giró hacia Cat y sonrió.

—John Slater es un corredor de bolsa de Wall Street que ha invitado a cien amigos para celebrar su treinta y cinco cumpleaños. Habrá un servicio de *catering*, más luego la banda, por supuesto, y un *disc-jockey*. Todos estamos invitados gracias a Vivi.

Cat cruzó las piernas.

—¿Cuál es el código de etiqueta? —preguntó Laney.

—Buena pregunta. No tengo ni idea. —Vivi se echó a reír—. Preguntaré mañana cuando vuelva a ensayar.

Los músculos de David se tensaron. Cada día que pasara con Franco le robaría la oportunidad de reconstruir su amistad. Dios, ¿por qué Cat no le había dicho que pensaba traer a Vivi?

—¿Tienes ensayo otra vez? —preguntó Jackson.

—Sí. Y pasado mañana, también.

—¿Qué música tocaréis? —preguntó Hank.

—Principalmente, pop rock y un poco de indie. Compusimos una lista con canciones que ya me sabía. —Se encogió de hombros mientras sonreía—. Breve y dulce, como yo.

Todos estallaron en carcajadas. Y, aunque Vivi proyectaba confianza, David detectó que se mordía un poco el labio inferior. Entonces deseó dejar de fijarse tanto en sus labios y se preguntó por qué no podía dejar de mirarla.

¿Sería por el año que habían pasado lejos? ¿Sería por su indiferencia? La sospecha creciente de que podría ser algo más lo angustió.

Después de fregar los platos y recoger la cocina, todo el mundo salió al porche para tomarse algo. David se quedó de pie, apoyado en la barandilla, mirando al océano mientras el viento alborotaba su pelo.

Se puso a escuchar el lento susurro del océano con la esperanza de que calmara sus pensamientos y le recordara que no tenía derecho a interponerse entre Franco y Vivi. Maldita sea, de todas formas, prácticamente ya no le dirigía la palabra. En ese momento, su voz llamó su atención y se giró para mirar al grupo. Parecía ser que había conseguido liar a todo el mundo en uno de sus juegos absurdos.

—¡Si fueras un perro, Jackson, serías un retriever! —Un poco de su vino salió volando de su copa y fue a caer en su regazo—. ¡Ups!

David apartó la mirada en cuanto el líquido empezó a deslizarse por el interior de su muslo.

—¿Por qué un retriever? —preguntó Jackson—. ¿Grande y desordenado?

—¡Ja! Sí. Pero eres un retriever de corazón: entusiasta, juguetón y ansioso por agradar.

Le dio una palmadita en la rodilla con el dorso de su mano.

Jackson sonrió y se puso a ladrar:

—Guau, guau.

A David se le escapó una risita. Luego miró a Laney, cuyo bostezo indicaba que se estaba aburriendo con los juegos de Vivi. ¿Era igual de sosa también en Hong Kong? Sí, él también había sido un estirado. No es de extrañar que estuviera teniendo problemas para reconectar con su familia.

—¿Puedo preguntar yo? —Cat se inclinó hacia delante con curiosidad y lanzó una mirada de advertencia a Vivi—. ¿Qué clase de perro soy?

—Oh, fácil —sonrió Vivi—. Un shiba inu.

—¡Ni siquiera sé qué perro es ese! —Cat entornó los ojos para retar a su amiga—. ¿Debería tomármelo como un insulto?

—¡Es independiente, listo, testarudo... y ruidoso!

Vivi miró a Jackson y ambos se echaron a reír mientras Cat se acomodaba en su silla con expresión de satisfacción.

La conversación, aunque absurda, le trajo a la memoria las muchas tardes improductivas pero entretenidas que había pasado con su familia. Buenos tiempos que echaba de menos y que ahora querría que volvieran... junto con Vivi.

Cuando volvieran a Nueva York, sacaría tiempo de su agenda para recuperar el contacto. Podrían redescubrir sus antiguos lugares favoritos, echar un vistazo a las últimas exposiciones y observar a la gente en el parque.

—¿Y yo? —preguntó Hank.

—Mmm. No te conozco demasiado bien, así que imagino que un Clumber Spaniel: tranquilo y leal.

Hank sonrió, aparentemente feliz con su designación.

Vivi se arrellanó en su silla y le dio un trago a su vino, cerrando los ojos. Nadie se dio cuenta o a nadie parecía importarle que Laney y David se hubieran quedado fuera del juego. Una vez más, se sintió invisible. Una tendencia inquietante.

—¿Y qué pasa conmigo?

No pudo evitarlo: tenía curiosidad por saber cómo lo veía Vivi. Sus ojos se abrieron de repente por la sorpresa, lo que hizo que él sonriera.

—Nunca me había visto a mí mismo como un perro, pero ahora necesito saber cuál es mi raza.

Vivi dudó, dejando que el silencio repentino se apoderase del porche. El aire crepitó por la electricidad hasta que por fin respondió:

—Un doberman. Un guardián orgulloso, distante e inteligente con una parte sensible.

Su respuesta hizo que una sonrisa se dibujara en su rostro. Al menos seguía conociéndolo. Un punto a su favor.

—Puedo vivir con eso, Vivi.

—Bueno, ¿y yo qué? —preguntó Laney a regañadientes.

Una vez más, el aire de la noche vibró con energía nerviosa. Jackson lanzó a David lo que parecía ser una mirada de «buena suerte».

—Un caniche. Inteligente, elegante y educadamente reservado.

La respuesta de Vivi fue amable y apropiada. Cuando llegó a la isla, a David le preocupó las posibles consecuencias de que Vivi conociera a Laney. Jamás habría predicho su aceptación relajada ni que acabara persiguiendo a un fotógrafo italiano. David no solía equivocarse y, cuando se había dado el caso, no le gustaba nada.

En ese caso, nada de nada.

—¿Sabes? Eres una persona poco común, Vivi —observó Laney con indiferencia.

—Gracias.

Vivi sonrió y volvió a cerrar los ojos antes de apoyar la cabeza en la silla de jardín.

David sonrió, sin tener nada claro que el comentario de Laney fuera un cumplido o no. Volvió a mirar a Vivi, curioso. ¿Seguía viéndose como una inadaptada de treinta años a pesar de todo el tiempo que se había pasado intentando convencerla de que era la extraordinaria persona que él siempre había visto?

—¿Qué tipo de perro eres tú? —le preguntó entonces él.

Vivi levantó la cabeza. Sus ojos violetas lo observaron durante largos segundos hasta que su voz interrumpió el efecto hipnotizante de su mirada.

—Un bóxer... amante de la diversión, enérgico y leal.

Su mirada se volvió traviesa y sintió que un poco de su antigua conexión resucitaba. *Por fin.*

—¡Perfecto!—exclamó Jackson levantando su cerveza a modo de saludo.

—Gracias, Jacks.

A las diez en punto, Cat se escabulló del grupo con su teléfono en la mano, seguramente con la idea de llamar al estúpido de Justin. Aunque Hank y Jackson invitaron a Vivi a unirse a ellos para salir esa noche por el pueblo, ella rechazó la propuesta. Prefirió quedarse fuera, bebiendo vino y contemplando las estrellas. La expresión de su cara dejaba entrever un pensamiento que no estaba dispuesta a compartir. David se preguntaba si estaría fantaseando con Franco.

Cerró los ojos, deseando desesperadamente que Laney lo dejara a solas con Vivi un rato. Se dijo a sí mismo que solo quería un poco de tiempo para hablar con una vieja amiga. Había llegado el momento de enfrentarse a aquella situación. Había llegado el momento de reparar el daño que él mismo había causado al haberla desatendido durante tanto tiempo.

En lo más profundo de su ser, sospechaba que se estaba engañando.

Laney entrelazó sus dedos con los de él y apoyó la cabeza en su hombro. Por lo general, habría agradecido ese tipo de afecto. Esta noche, su actitud le resultaba demasiado posesiva. Se acercó a su oído y le susurró:

—Vámonos arriba. Estoy lista para irme a la cama.

—Es pronto —murmuró él—. Todavía no estoy cansado.

—Yo tampoco —dijo, mordisqueándole el lóbulo de la oreja.

David se puso tenso. ¿Se habría dado cuenta Vivi? No, no le estaba prestando atención ni a Laney ni a él. De hecho, desde que se habían conocido, esa era la primera vez que no la había pillado observándolo en la distancia. Esa certeza le produjo una repentina y profunda sensación de pérdida.

—Pues vamos entonces. —Le plantó un beso en la frente de Laney, que se levantó para irse—. Subiré en un rato.

—Buenas noches, Vivi.

Laney hizo un gesto con la cabeza antes de entrar en la casa.

David se inclinó hacia Vivi y apoyó los codos en las rodillas, juntando las manos.

—Espero que no te sintieras insultada antes cuando expresé mi preocupación por cómo habías pasado el día. Solo me preocupa que te hagan daño. Prométeme que tendrás cuidado.

Vivi arqueó las cejas y luego las volvió a bajar para enmarcar sus ojos traviesos.

—Gracias por preocuparte, David. Sé que me he apoyado en ti todos estos años, pero ya no tienes que preocuparte más por mí. Ya soy adulta.

—Es posible, pero no puedo evitar preocuparme. —David se quedó mirando a sus propias manos y frunció el ceño. Cuando levantó la cabeza, se encontró con su mirada—. Siempre lo haré.

—Por supuesto. Eso es lo que hacen los amigos. Nos preocupamos los unos por los otros.

Colocó su mano sobre la de él y una intensa descarga de energía reverberó entre ellos. Vivi se alejó, como si hubiera cometido un error, y bebió un sorbo de vino.

—Laney te está esperando.

—Prefiero quedarme charlando contigo un rato más. No me has contado nada de lo que está pasando en tu vida. ¿Y tus obras? ¿Cómo van las cosas entre tu padre y tú? Cuéntame tu última aventura o háblame de tu alumno favorito del último curso. Me vale cualquier cosa, Vivi. Tú solo háblame.

Se volvió a inclinar hacia delante en su silla, con los codos apoyados en las rodillas, como si suplicara una respuesta.

Vivi se quedó mirando a la luz de luna que trazaba un camino sobre las aguas del mar antes de dirigir su mirada a David.

—Hoy ha sido un día largo y extraño. Lo que de verdad me apetece ahora mismo es desconectar un rato. —Se acabó el vino—. Lo siento mucho, pero estoy segura de que entenderás que necesito espacio.

Un cierto sentido de la justicia atemperó su frustración. Quizá se merecía probar algo del tratamiento que él mismo le había dispensado durante los últimos dieciocho meses. Se había alejado y replegado y, ahora, las puertas que había cerrado no serían fáciles de reabrir.

—Lo entiendo —dudó David—. Antes de entrar, ¿podría preguntarte si tienes planes para tu cumpleaños el mes que viene? Hace poco he visto algo sobre ese fotógrafo australiano que tanto admiras, Peter Link, que expondrá una nueva serie en Nueva York. Quizá podríamos echar un vistazo a su galería del SoHo y luego darnos una vuelta por el barrio esa noche. Podemos pasarnos por todas las tiendecitas y los puestos callejeros que tanto te gustan para que escojas tu regalo.

Vivi se quedó inmóvil, como si estuviera conteniendo la respiración.

—Suena bien. Pero vamos a ver qué pasa, ¿vale? Quién sabe lo que estaremos haciendo para entonces.

Su rechazo a hacer planes le envió una señal clara y fría: Vivi estaba decidida a mantener la distancia con él. Vale, por el momento lo aceptaría, pero no para siempre.

—Hasta mañana.

David esperó una respuesta. Ella lo miró, enarbolando una sonrisa serena que no alcanzaba su mirada.

—Que duermas bien, David.

Roto e insatisfecho, se dio por vencido.

—Buenas noches, Vivi —dijo con un suspiro.

Apretó suavemente su hombro, dejando que sus dedos se pasearan unos segundos antes de soltarla, y entró.

CAPÍTULO 8

Refunfuñando una maldición por otra noche en vela, Vivi apartó el reloj y fulminó con la mirada el techo. Las seis de la mañana. ¿Por qué no podía dormir como una persona normal estando como estaba de vacaciones?

Al otro lado de la habitación, el pecho de Cat subía y bajaba a un ritmo lento y constante. Vivi estudió la fotografía enmarcada de un velero antiguo que colgaba de la pared. Unos minutos después, renunció definitivamente a todo intento de relajarse. Se arrastró fuera de la cama para ir al cuarto de baño a echarse un poco de agua fría en la cara.

Con las manos apoyadas en el lavabo, se miró al espejo. De forma natural, su enmarañada melena iba en seis direcciones diferentes. Tras varios intentos dolorosos de peinar con los dedos semejante masa indisciplinada, se rindió y lo colocó como pudo detrás de las orejas. «Laney se despertará con un pelo perfecto», pensó. ¡Puf! Volverse loca con las comparaciones no le serviría de nada.

De todas formas, a Franco le gustaba así. Se emocionó ante la expectativa de volver a verlo. Por suerte, entre él y la inminente actuación, tenía algunas distracciones interesantes.

Cerró los ojos y se imaginó el acento de Franco. ¡Muy sexi! Más de una vez se había preguntado por qué un hombre maduro y guapo con una carrera impresionante podría encontrarla interesante. Seguro que escondía algo y, tarde o temprano, lo descubriría. Se encogió de hombros: en cualquier caso, le gustaba la distracción.

Satisfecha con su pelo mañanero y tras asegurarse de que su aliento no era letal, salió del cuarto de baño. Sus suaves pisadas resonaron en el hueco abierto de la escalera. Cuando llegó a la planta principal, el aroma a café recién hecho la sorprendió. ¿Quién más estaba despierto... y silbando? Al doblar la esquina, se topó con Hank.

—¡Vaya! —Abrió el armario de la cocina y sacó la taza más grande que pudo encontrar—. ¿Qué haces levantado tan pronto?

—La costumbre. —Paseó los dedos por su grueso pelo antes de sentarse en la mesa del comedor—. De todas formas, prefiero la calma antes de la tormenta, por decirlo de algún modo.

Siguiendo sus pasos, Vivi se sentó y aspiró el aroma del café mientras se llenaba la taza. *Mmm, maravilloso.*

—¿Jackson todavía está durmiendo?

Bebió un sorbo rápido.

—Imagino que tardará en levantarse. —Hank estiró las piernas—. Se emborrachó bastante anoche.

—Soy consciente. No parece feliz ni sano. —Vivi espiró largamente mientras pensaba en la senda de autodestrucción de su padre—. Perdona que te ponga en esta situación, pero ¿está bebiendo más de lo normal?

Hank hizo girar dos veces su taza con los dedos antes de suspirar en señal de resignación.

—Sí —replicó con los ojos fijos en su taza—. Ha estado bebiendo un poco más desde que Alison y él rompieron hace un par de semanas.

—¿Por qué rompieron?

—No lo ha dicho y yo tampoco le preguntaría —advirtió Hank, mirando detenidamente a Vivi por debajo de sus pestañas.

Sintió un escalofrío al considerar la posibilidad de que Jackson siguiera los pasos de su padre.

—No soportaría ver a otra persona de mi vida recurriendo al alcohol para escapar de un corazón roto. ¿Crees que deberíamos decirle algo a David?

—Eso solo empeoraría las cosas. Quizá antes fueran íntimos, pero estos últimos meses Jackson no está nada contento con David. —Hank deslizó sus dedos rítmicamente de arriba abajo por su taza de café—. A Jackson le va bien en el trabajo. Y estamos de vacaciones. Hasta tú bebiste mucho anoche. Démosle la oportunidad de exorcizar sus propios demonios.

Vivi hizo una mueca.

—Prométeme que considerarás la posibilidad de hablar con David si ves que las cosas van a peor.

Hank apartó la taza, se inclinó hacia atrás y se cruzó de brazos.

—Tienes demasiada fe en David, pero él parece ensimismado en su propia vida.

—Ese es el segundo comentario poco halagador que haces de él —apretó los dientes—. ¿Por qué te cae tan mal?

—No me cae mal. Apenas lo conozco. Todo lo que sé es que se fue sin mirar demasiado atrás y que Jackson se sintió abandonado.

Aflojó la mandíbula como si intentara evitar un golpe mortal.

—No me había dado cuenta de que te debía una explicación —bromeó—. Estoy segura de que debe tener una buena razón para su comportamiento. En cuanto a su familia, haría cualquier cosa si lo necesitaran.

Volvió a clavar su mirada en Hank, que retorcía la boca en señal de escepticismo.

—Confía en mí, conozco bien a David.

—Vale, tú lo conoces mejor. —Hank movió las piernas—. Lo siento.

—Por supuesto, no voy a fingir que su comportamiento reciente no ha dolido—admitió ella.

Vivi bostezó y se frotó los ojos. Incómoda con aquella conversación, se dio la vuelta y empezó a estudiar la gran obra de arte que había apoyada en el marco de la chimenea del salón.

Su enorme marco rodeaba una extraña pintura al óleo de la casa de la playa y del acantilado. Las exageradas proporciones y las líneas onduladas captaban la atención. En la técnica del *impasto*, las pinceladas se realizaban en grandes capas de color sobre el lienzo. En vez de optar por tonos naturales ocres y marrones oscuros para reflejar la realidad, se había decantado por tonos vivos como el marrón tierra, el bermellón y el verde esmeralda con la intención de que la pintura gritara amor y calidez.

Hank se inclinó hacia delante.

—¿Te gusta el cuadro?

—Sí. —Sonrió solapadamente—. ¿Y a ti?

—Es extraño. —Volvió a examinarlo—. Pero vivo. No sé si eso tiene sentido.

—Todo el sentido del mundo. —Su sonrisa se hizo todavía más amplia—. Está vivo, lleno de amor y de recuerdos.

—¿Cómo lo sabes?

Hank se acomodó en su silla y bebió un sorbo de café.

—Lo pinté en el instituto, después de conocerlos, y se lo regalé a la familia por Navidad. La madre de David lo entendió al instante. —Vivi se inclinó hacia delante, soltando una risita—. Todos los demás debieron de pensar que estaba borracha cuando lo pinté.

—¿Lo estabas? —bromeó Hank.

—Borracha de alegría, quizá. Aquellas fueron mis primeras vacaciones de verdad desde que se mataron mi madre y mi hermano.

Hizo una mueca de dolor por el remordimiento que siempre sentía cuando pensaba en ellos. Sin prestar atención a la ola de calor que subía por su cuello, se aclaró la garganta y continuó:

—Cuando tuve la idea de pintar la casa, quería representar más cómo me había sentido que el aspecto que realmente tiene. Por aquella época estaba enamorada de Van Gogh, así que intenté imitar sus olivos y sus lirios. No me salió demasiado bien, pero...

De repente, Vivi recordó la reacción de David por el regalo. Impresionado, ese mismo año, le compró un caro juego de pinceles Winsor & Newton de pelo rojo de marta cibelina para su cumpleaños. Había investigado para encontrar el mejor juego, hecho con pelo de la cola de una marta Kolinsky macho.

Cat entró paseando en la habitación con un vestido de seda color crema ribeteado con un lazo negro y así Vivi salió de sus pensamientos. Al igual que Laney, Cat jamás lucía un mal peinado. Ella siempre estaba imponente, incluso con ojos de sueño. De hecho, sus ojos somnolientos la hacían parecer todavía más guapa. Si no fuera porque Vivi la quería, la habría odiado.

Mientras Cat deambulaba por la cocina, Vivi se dio cuenta de que Hank la estaba observando con el rabillo del ojo.

—¿De qué estáis hablando? —Cat se sirvió una enorme taza de café y se sentó con ellos en la mesa—. Parece que estáis en mitad de algún tipo de conspiración.

—No hay ninguna conspiración, solo estamos hablando de amor y de la familia.

Vivi le guiñó un ojo a Hank, en ese momento completamente encajado en su silla.

David emergió de su habitación y bajó corriendo las escaleras en cuanto Hank respondió a Vivi.

—Mucho que decir de la familia, sobre todo de los hermanos. Me encanta formar parte de una familia tan grande.

El comentario de Hank flotó en la mesa. Vivi se quedó helada porque sabía que esa observación iba dirigida a los oídos de David.

—Te has levantado temprano hoy, Cat. —David sonrió con suficiencia—. ¿Quieres venirte conmigo? Te apuesto lo que sea a que todavía puedo ganarte en nuestro viejo circuito.

Su sonrisa optimista recordaba a la de la víspera, antes de que Vivi le negara una conversación que solo habría alimentado más su deseo.

—Quizá mañana.

—Vale.

David borró la decepción de su cara antes de ponerse los auriculares y salir a correr. Cuando Vivi volvió a centrar su atención en la mesa, pilló a Cat mirando a Hank con disimulo.

Hank y Cat seguían con su danza educada y distante, pero relajada para con todos los demás. Quizá ese día Vivi llegara al fondo del enigma.

—Yo no tengo una familia grande, a menos que cuentes a mi loca familia adoptiva. —Cogió a Cat de la mano, apretándola y luego soltándola—. ¿Qué opinas, Cat? ¿Ejerzo bien de hermana?

—Eres una gran hermana.

Cat sonrió de forma afectuosa, una de las pocas sonrisas de verdad que Vivi le había visto en toda la semana. El constante acoso telefónico de Justin le estaba pasando factura.

Parecía que todo el mundo excepto Hank y Laney estaba luchando con sus demonios esos días. Vivi comprendía los problemas de Cat. Las luchas de Jackson y David seguían siendo un misterio, pero lo verdaderamente preocupante para ella era que Jackson estuviera bebiendo.

Si alguien hubiera hablado con su padre hacía ya unas cuantas décadas, quizá sus vidas no se habrían desmoronado de una forma tan estrepitosa. Tenía dudas en cuanto a la sugerencia de Hank de dar tiempo a Jackson para que las cosas volvieran a su sitio por sí solas. Tampoco creía que involucrar a David fuera a empeorar la situación. Pero, por otra parte, Vivi solía juzgar mal todo lo relacionado con las relaciones... y con David. Quizá debiera seguir el consejo de Hank.

—Vivi, ¿damos una vuelta en bici?

La voz de Cat interrumpió sus reflexiones.

—Lo siento. No me apetece. —Entonces, tuvo una idea—. Eh, ¿por qué no te llevas a Hank y le enseñas la isla?

—No, gracias —interrumpió Hank—. Anoche Jackson propuso alquilar un bote de pesca.

Cat borró su expresión de indignación a la velocidad del rayo.

—Menos mal.

Hank se puso de pie y asintió con la cabeza.

—Me voy a la ducha.

Mientras se alejaba, Vivi le lanzó una mirada inquisitoria a su amiga.

—¿Qué?

Cat se quedó cortocircuitada.

Vivi se tragó el último sorbo de café y dejó la taza frente a ella.

—Nada.

Cat gruñó.

—Vale, pues yo voy a darme una vuelta en bici para quemar todas las calorías extras que me bebí anoche. ¿Seguro que no quieres venir?

—No. ¡A diferencia de tu jefe, al mío le da igual que engorde!

En cuanto Cat se fue, Vivi buscó una tumbona y puso los pies en alto en la barandilla. El sol naciente borró los últimos toques de lavanda y rosa del horizonte. Le encantaban las tonalidades del amanecer y del atardecer. Cada pocos minutos, los colores cambiaban y se alteraban, como castillos de arena que van ocupando su lugar.

Al contemplar aquella obra artística de Dios por fin tuvo el primer auténtico momento de tranquilidad del viaje. Inspirando una profunda bocanada de brisa marina, saboreó el silencio.

Unos minutos después, Jackson apareció a su lado con aspecto severo.

—Eh, tío, ¿qué te pasa? —preguntó Vivi—. ¿Dónde está Hank?

—¡Guau! —Hizo un gesto de dolor por su tono alegre—. ¿Por qué no bajamos el volumen a nivel susurro? Hank está al teléfono.

Al contrario de lo que dicta el buen juicio, Vivi aprovechó el pie que le habían dado con ese comentario.

—¿Demasiada fiesta?

Su tono despreocupado ocultaba su inquietud.

—¿Existe eso, V?

Cierto remordimiento teñía su broma.

—Sabes que soy incapaz de bromear sobre el consumo excesivo de alcohol.

Vivi escondió todo rastro de culpa que pudiera sentir por echarle en cara la situación de su padre.

—Lo siento. —Tomó un largo sorbo de café—. Lo había olvidado.

—Bueno, ¿a qué se debe ese nuevo peinado? —Vivi toqueteó las puntas de su pelo, con la esperanza de que el cambio de tema lo relajara un poco—. Sinceramente, no estoy segura de cuál es peor, si el tuyo o el mío.

—¿Qué? —Tiró de sus caprichosos mechones—. ¿No te gusta?

—No, me parece exagerado, como la melena de un león. Te hace falta cortarte el pelo, cariño. —Cuando cerró los ojos sin responder, ella decidió continuar—. No es propio de ti que seas tan dejado ni que bebas tanto. ¿Todo bien?

—Sé que eres ultrasensible al tema del alcohol, pero estoy bien. —Ocultó todo rastro de emoción—. Estamos de vacaciones, ¿vale? ¿Puedo desahogarme un poco sin que me analices?

Jackson repitió lo que había dicho Hank, palabra por palabra. Ante otro St. James hermético, decidió claudicar.

—Por supuesto. Siempre y cuando recuerdes que, si necesitas hablar, estoy aquí.

—Tomo nota.

Miró por la ventana, hacia el océano. Aunque evitó el contacto visual directo, estiró los brazos y le cogió la mano.

Ese gesto la hizo sentir mejor. Vivi estrechó su mano con las suyas. Ambos permanecieron sentados, juntos, en amable silencio, cada uno perdido en sus propios pensamientos.

Al poco tiempo, David apareció, con la camiseta empapada en sudor, pegada a sus pectorales. La respiración de Vivi se hizo superficial. Maldijo su reacción involuntaria en su presencia.

David se apoyó en la barandilla, con la mirada clavada en sus manos entrelazadas y luego en Jackson. Arqueó una de sus cejas.

—¡Qué monos estáis los dos!

Jackson puso los ojos en blanco mientras Vivi abría los suyos como platos. Si no lo conociera, juraría que David parecía dolido. Fulminó a Jackson con la mirada.

—¿De juerga toda la noche y ahora buscando consuelo?

David se mantuvo con los brazos en jarras.

Jackson se puso en pie y entró en la casa sin pronunciar palabra, pero el comentario hiriente dejó a Vivi estupefacta.

—¿Pero qué te pasa? —preguntó una vez que pudo recuperar la voz.

—¿A mí? —preguntó David a su vez con incredulidad—. ¿Qué te pasa a ti? Cada vez que me doy la vuelta, estás con otro tío: Hank, Franco, ahora Jackson. ¿Quién va a ser el siguiente, Vivi?

En respuesta a su insinuación, ella entrecerró los ojos.

—¿Quién eres? Te pareces a David, pero actúas como un desconocido.

—Seguramente es porque me has estado tratando como a un extraño desde que has llegado.

David cruzó los brazos a la altura del pecho.

—¡Oh, eso tiene gracia viniendo de ti! —se burló ella.

—¿Qué quieres decir con eso?

Sus ojos oscuros se hicieron más grandes.

Vivi se quedó boquiabierta. *¡Tendrá cara!*

—¿Estás de broma? —El dolor enterrado y la confusión hicieron saltar por los aires su compostura—. Te fuiste de mi vida sin la más mínima explicación. ¿Y ahora apareces y quieres que finjamos que no ha cambiado nada?

Los duros rasgos de la cara de David se suavizaron. Con el pie, tiró de la silla de Vivi para acercarla a él y se agachó frente a ella.

—Lo siento mucho, Vivi. Las razones que me llevaron a irme no tienen nada que ver con mis sentimientos hacia ti, hacia Jackson ni hacia Cat. Me conoces y sabes que mi intención no era herir a nadie. Incluso te escribí para decírtelo.

Aunque sabía que debía andarse con cuidado, Vivi decidió hacer caso omiso a las palabras de David. Su dolor eclipsó cualquier deseo de reconfortarlo.

—No me des lecciones sobre intenciones. Nada excusa tu total abandono. Quizá no sea tan lista como tú, pero he captado el mensaje alto y claro.

David se incorporó de un salto y lanzó los brazos al cielo.

—¡No había ningún mensaje! Solo necesitaba estar solo para aclararme las ideas. ¿Acaso todos los años de buen hermano y amigo no cuentan para nada? ¿Mi fiel amistad no me otorga el derecho de esperar que me des algo de cancha?

David miró al océano y, aferrándose a la barandilla, continuó:

—¿Entonces qué? ¿No tengo derecho a nada de compasión ni de comprensión?

—Alégrate, David. Ya no tendrás que soportar que una sombra indeseada te siga a todas partes.

Vivi acercó sus rodillas a su pecho, como una niña con miedo a enfrentarse a su padre enfadado.

Con todo, una parte desconocida y fea de ella se alegraba de hacerle daño.

—No, no me alegro. —Se dio la vuelta, se inclinó y plantó las manos sobre los brazos de la silla de Vivi, rodeándola—. No me gusta esta distancia. No está bien, en ningún sentido. Dime qué puedo hacer para arreglarlo. Haré lo que sea.

Sus ojos se clavaron en los suyos, implorando misericordia.

—Y yo no te he llamado nunca mi sombra. Son cosas de Jackson, no mías…

Su proximidad la aturdía. Se sorprendió a sí misma con los ojos fijos en su boca, deseosa. De repente, apartó la mirada antes de que él se diera cuenta. Vivi frunció el ceño, sin tener muy claro qué más decir.

—Dime —repitió él antes de arrodillarse y agarrar su mano—. Por favor, dime qué tengo que hacer para arreglarlo.

Ese simple contacto hizo que subiera su temperatura corporal. Mierda.

—¿Qué quieres de mí? —preguntó Vivi, disfrutando de la sensación de su mano sobre ella mientras luchaba por comprender sus sentimientos contrapuestos de amor y odio—. No he sido antipática.

David negó con la cabeza.

—No me tratas igual. Con los demás, eres la Vivi de siempre: risueña, alegre, expresiva. Conmigo, eres reservada y cautelosa. Apenas me miras y no me hablas. —David acarició la suave piel de la mano de Vivi con el pulgar, mirándola fijamente—. Te echo de menos. Echo de menos cómo éramos antes. La comodidad de ser simplemente nosotros.

David dudó.

—Estar aquí con vosotros ahora solo me hace ser más consciente de la ausencia de mamá y de cómo eran las cosas antes. Sabía que iba a ser difícil volver, pero no esperaba que todo fuera tan duro. Sobre todo no esperaba que todo fuera tan duro contigo.

Vivi sintió la atracción de su mirada. Sus ojos se habían oscurecido aún más debido a la frustración y la desesperación. La empatía se apoderó de ella, pero no podía transigir por completo. No mientras siguiera ocultando la razón de su desaparición.

—Siempre tendrás mi amistad, pero ahora todo ha cambiado. Tengo mi propia vida. —En la expresión de David, Vivi podía ver emociones confusas. Él estaba tan cerca que le costaba respirar—. Tienes a Laney. No me necesitas.

Sus rasgos se comprimieron antes de fruncir levemente el ceño.

—Yo siempre te voy a necesitar —susurró—. *Muñequita*, nadie puede reemplazarte. ¿Acaso todavía no me conoces? Nuestra amistad es la relación más importante de mi vida.

Sin aviso previo, tiró de ella para acercarla a su pecho. Vivi sentía que su corazón desbocado iba a salir disparado de sus costillas. Él solo la había necesitado en sus sueños... Ahora estaba despierta. De forma instintiva, apoyó la cara en su cuello. David acababa de llegar de correr y a Vivi le encantaba el olor de su piel.

Esas palabras llenas de cariño que acababa de pronunciar la tentaron a reconfortarlo, pero, si lo que estaba diciendo iba en serio, no tendría secretos.

—Demuéstralo.

—¿Cómo? —preguntó David.

—Dime por qué te fuiste. ¿Qué te ha pasado con tu padre?

David se encogió como si ella lo hubiese abofeteado. Su rostro parecía turbado mientras se ponía en pie y empezaba a andar como un animal enjaulado. Un minuto después, se detuvo y se quedó mirando al océano, con las manos en jarras. Ella aguantó la respiración, sintiendo que de él salían oleadas de tensión.

Por fin, David se giró con expresión deshecha. Le ofreció su mano a Vivi.

—Ven conmigo.

CAPÍTULO 9

David cogió la mano de Vivi y, en silencio, descendieron hasta la mitad de las escaleras de bajada a la playa. Se detuvieron en un descansillo donde él la dejó sobre el banco antes de apoyarse en la barandilla y clavar la mirada en los acantilados.

Allí, de pie, en las escaleras, aferrado al borde del precipicio, se sintió como si estuviera al límite de otro punto de inflexión. ¡Si al menos pudiera ver el resultado antes de saltar!

Vivi no tenía ni idea de lo que le había pedido, pero la desesperación lo había debilitado. Solo eso podía explicar por qué siquiera había considerado contarle la verdad. Cerró los ojos, suplicando a su madre que lo perdonara por incumplir su promesa. En rigor, no estaba rompiendo su palabra. Su madre le había pedido que protegiera a su familia. Y, aunque todo el mundo la consideraba parte de la familia, lo cierto era que Vivi no pertenecía ni jamás había pertenecido a su familia.

Ella no era su hermana. Era su mejor amiga y mucho más. Ella era... Ella era tantas cosas para él que desafiaba cualquier etiqueta.

Sí, la necesitaba en su vida. Le había hecho daño al alejarla y ahora ya no confiaba en él. Esa era su única opción.

Incapaz de mirarla, empezó a hablar:

—Bajo ninguna circunstancia le cuentes nada de esto a Cat o Jackson. Necesito que me des tu palabra, Vivi. Sin excepciones.

—Te lo prometo.

Vivi se sentó, alerta, en el borde del banco, con las manos apoyadas en las rodillas.

—Lo digo en serio. Ni siquiera puedes darles a entender que sabes algo. Tendrás que fingir, que mentir, para siempre.

Vivi asintió. Dios, no tenía ni idea de lo que estaba haciendo. David sabía exactamente cuánto le iba a desgastar guardar ese secreto.

—Vivi, créeme, te pesará muchísimo este secreto. No puedes arreglar lo que se ha roto entre mi padre y yo. Todo lo que conseguirás es cargar con un peso y no quiero eso para ti. ¿No hay otra forma de que tú y yo recuperemos…?

Los ojos de Vivi seguían bien abiertos, mirándolo fijamente mientras sopesaba sus palabras.

—Aunque no pueda cambiar aquello que pueda haber pasado, sí podría ayudarte, al menos tendrías a alguien con quien hablar. Dices que nuestra amistad es importante. Que quieres que vuelva a confiar en ti. Entonces, también tendrás que confiar en mí.

David dejó caer la cabeza, con los hombros hundidos. Antes de sentarse junto a ella en el banco, inspiró lentamente. Una vez sentado, empezó a hablar sin mirarla a los ojos.

—Me fui a Hong Kong para no romper una promesa que le hice a mi madre antes de que muriera —dijo antes de mirarla—. Sabes que, durante los últimos meses, solía visitarla siempre que podía. Un día que iba a verla, paré en un Starbucks para comprar un café. Camino del coche, vi el Maserati de mi padre al otro lado del aparcamiento, así que corrí para darle una sorpresa, pero la sorpresa me la llevé yo cuando me lo encontré en una situación comprometida con una mujer que reconocí de nuestro club, Janet.

Los labios de Vivi se separaron.

—¿Janet? ¿La misma Janet con la que ha estado saliendo este año?

David asintió, cerrando los ojos para controlar la explosión de ira que sentía cada vez que oía el nombre de Janet. Ya sospechaba que su padre jamás dejaría de verla, pero al menos esperaba que lo hiciera público pasado el luto.

Volvió a abrir los ojos para encontrarse a Vivi mirándolo, paralizada.

—Me fui de allí antes de que pudiera decirme nada. Cuando llegó a casa, mi madre nos escuchó discutiendo sobre lo que había visto. Supo lo de la infidelidad antes de morir por mi culpa.

David se inclinó y se tapó la cara con las manos al recordar aquel fatídico día. El único día que podía recordar en el que había permitido que sus emociones lo superaran. Si hubiera sido capaz de controlarse como de costumbre, su madre podría haber muerto sin saber de la traición de su marido.

—¿Y qué pasó después?

La pregunta de Vivi lo devolvió al presente.

—En vez de enfadarse con él, me suplicó que no se lo contara ni a Cat ni a Jackson. Le preocupaba que la noticia desuniera a la familia una vez que ella muriese. Me siento responsable de que ella lo averiguase, así que prometí cumplir su deseo. —David esperaba que eso le diera, al menos, un poco de paz—. Sus últimas semanas fueron muy duras por muchas razones. Yo estaba enfadado con mi padre por su repugnante comportamiento, conmigo mismo por no proteger a mi madre y con Dios, por llevársela.

Relatar los acontecimientos le hizo revivir el dolor. Se extendía a toda prisa con una fuerza brutal que le quemaba igual que el día que su madre murió. Se tragó el nudo de la garganta y, con voz áspera, continuó:

—Cuando ella murió, no podía quedarme y ver a mi padre interpretando el papel de marido afligido. Resultaba demasiado tentador gritarle que era un mentiroso y un fraude. Así que me he mantenido lejos hasta estar seguro de que podría mantener mi promesa. Desde entonces me he dado cuenta de que no quiero que Cat ni Jackson acaben desencantados con la idea de familia y matrimonio, como me ha pasado a mí. Nada puede cambiar el pasado y no incumpliré el deseo de mi madre a costa de separar a la familia. Es así como expío mi culpa por haberle roto el corazón.

De repente, David se giró hacia Vivi y apretó la cabeza contra su pecho antes de apoyar la mejilla en su frente, como siempre había hecho hasta entonces. Sus manos acariciaron la cabeza y los hombros de Vivi mientras la abrazaba todavía con más fuerza que antes.

El corazón de David latía deprisa mientras un temblor atravesaba su cuerpo. Entonces la besó en la coronilla y luego en la sien. Cerró los ojos, saboreando la forma en que Vivi acariciaba su espalda. La forma en la que le susurraba palabras reconfortantes, iluminando la oscuridad con rayos de luz.

Vivi se aferró a David con todas sus fuerzas. Los dos se quedaron sentados en el banco, balanceándose suavemente. Sus propios pensamientos iban a mil por hora, incapaz de procesar el hecho de que el señor St. James hubiera tratado a su increíble mujer de forma tan horrible.

¿Cómo podría mirarlo a la cara, a él o a Janet, la próxima vez que los viera? ¡Oh, Dios mío! El pánico se apoderó de su cuerpo. Las lágrimas brotaron de sus ojos mientras sus músculos se tensaban. ¿Cómo podría guardar el secreto con Cat y Jackson? Seguro que se daban cuenta en cuanto la vieran.

David tenía razón. No quería esa carga. Daba igual cuántas horas se pasaran hablando, nada cambiaría para él y ahora ella tendría que vivir con ese secreto. Y, lo peor de todo, no tenía ni idea de cómo ayudarlo.

David por fin se calmó y se secó las lágrimas con los pulgares. Con la cara de Vivi en sus manos, la miró directamente a los ojos con tal intensidad que la dejó sin respiración. Su mirada se fijó momentáneamente en su boca y algo brilló en sus ojos.

—Vivi.

El tiempo se detuvo. La brisa que barría el acantilado parecía más intensa. El sonido del oleaje parecía diez veces más fuerte. Su cuerpo se estremeció al ser consciente de todo. El momento cargado de emoción...

—¿David? ¡Vivi!

El viento arrastró el grito de Cat por la escalera antes de que ella apareciera.

David soltó bruscamente a Vivi y se sentó erguido en el banco, apartando la cara, presumiblemente para recuperar la compostura. Vivi, por supuesto, no pudo pensar con la suficiente rapidez y se limitó a mirar a Cat.

Cat dudó, como si se diera cuenta de que había interrumpido algo. Entonces, en vez de irse, se apoyó en la barandilla.

—Laney te está buscando, David.

Él miró a su hermana y asintió con la cabeza. Mientras se levantaba para irse, miró a Vivi, rogándole con la mirada que no rompiera su promesa. Ella hizo todo lo posible por tranquilizarlo sin palabras, aunque ni ella misma estaba convencida de que pudiera cumplirla.

Una vez que David se fue, Cat ocupó el lugar que él había dejado.

—¿Te importaría explicarte?

—¿Explicar qué?

Vivi fingió ignorancia, ganando tiempo así para pensar.

—Bueno, podríamos empezar por explicar la escena que acabo de presenciar y podríamos seguir por tu intento de ejercer de Cupido o viceversa. —Cat arqueó una ceja—. Tú decides.

—No he ejercido de Cupido. —Vivi se dio cuenta de que mentir se había convertido en un mal hábito esa semana, pero, en esos momentos, prefería hablar de Hank que de David—. No me apetecía pasear en bicicleta y pensé que a Hank le podría gustar. Y, al parecer, no me equivoqué.

—No intentes liarnos para alejarme de Justin.

—Vale. —Vivi agitó las manos en el aire—. Tomo nota.

—En serio, Vivi. Ya me siento suficientemente incómoda con él sin tu intromisión.

—¿Y por qué demonios estás incómoda con él? —Vivi inclinó la cabeza—. Es el chico más dulce del mundo.

Cat se dio un golpecito en el pie mientras miraba hacia el gran arbusto que ocultaba la vista de su casa desde ese punto.

—Porque hace unos meses, durante una de mis breves rupturas con Justin, fui a una pequeña fiesta en casa de Jackson y me pasé toda la noche flirteando con Hank. Estuvimos tonteando un poco. Dos días después, Justin y yo nos reconciliamos, así que, cuando Hank me llamó, ignoré sus llamadas. Sé que no estuvo bien por mi parte. Digamos que no esperaba encontrármelo cara a cara aquí ni en ningún otro sitio.

—Joder, Cat. ¡No me puedo creer que no me lo hayas contado! —Vivi se pasó la mano por su pelo alborotado por el viento—. Ahora entiendo por qué os estabais comportando así.

—Bueno, no quiero hablar más del tema, sobre todo aquí, con él y Jackson merodeando —dijo Cat—. Y, además, tenemos algo más importante de lo que hablar.

—¿De qué? —soltó Vivi con la esperanza de evitar lo inevitable.

—Sabes perfectamente de qué —respondió Cat sin dejarse intimidar—. Mi hermano.

—¿Jackson?

Vivi sonrió con dulzura.

—Ja, ja. ¿Ahora te crees Ellen DeGeneres? —Cat adoptó esa mira de aburrimiento que había perfeccionado ya hacía tiempo—. ¿Qué está pasando entre David y tú?

Vivi suspiró, en un intento de ponerse a la altura de la actitud apática de Cat. *Oh, Dios, ayúdame a mantener mi promesa.*

—Se siente aislado y pensó que yo sería comprensiva con él.

Vivi tenía la esperanza de que su vaga explicación satisficiera a Cat y no la sometiera a una batería de preguntas personales. Preguntas que mejor no debería ni plantearse.

Porque ni la confesión ni las dulces palabras de David sobre su amistad hacían desaparecer a Laney. Daba igual cuánto se preocupara por Vivi como amigo, jamás demostraría el más mínimo interés romántico por ella. Por muy tentador que resultara, no podía seguir leyendo entre líneas sus palabras y acciones.

—Entonces, ¿lo has sido? —preguntó Cat.

—¿Que si he sido qué?

—Comprensiva. —Cat frunció el ceño antes de girar la cara para mirar a Vivi con expresión de preocupación—. Por favor, no vuelvas a albergar esperanzas. Que te esté usando para hacer las paces con todo el mundo no significa que vaya a dejar a Laney. ·

Vivi retrocedió ante el comentario, no estaba acostumbrada a que fueran tan directos. ¿La estaba utilizando? No es así cómo él la había hecho sentir.

—No he pensado que fuera a hacerlo.

Cat puso los ojos en blanco antes de volver a fijar su mirada, compasiva, en Vivi.

—Vivi, sabes que te quiero, pero jamás te has enfrentado a la triste verdad en cuanto a tu relación con David. Me he mantenido al margen porque me resulta demasiado incómodo, pero ha llegado el momento de que diga lo que pienso. Por supuesto que te quiere, pero como amiga, y no puedes seguir esperando más. Y, aunque se sintiera atraído por ti, le daría demasiado miedo cómo podría afectar eso a todas nuestras relaciones. David jamás corre riesgos. Seguro que lo sabes.

Si Cat le hubiera clavado un machete en el corazón, habría sido más amable y rápida.

—Guau. Ya te he dicho que ya no me aferro a mis viejas fantasías sobre David. —Vivi la fulminó con la mirada para intentar compensar las lágrimas que sentía que se acumulaban en sus ojos. Los últimos treinta minutos habían saltado los fusibles de todas sus emociones—. Pero muchas gracias por dejármelo tan claro.

—Te había creído hasta que os he interrumpido a los dos. —Cat cogió la mano de Vivi—. Los últimos días ha estado genial poder teneros a los dos cerca sin sentirme incómoda porque él no correspondía a tus sentimientos. Solo me preocupa que lo que acabo de ver te haga retroceder. Por favor, no lo hagas.

Como si sintiera que había dicho demasiado en una sola vez, Cat acabó con tono amable.

—Solo quiero que seas feliz, V. Lo sabes, ¿verdad?

—Lo sé.

Pero Vivi había percibido cierto alivio en su voz y eso le dolió. Teniendo en cuenta las circunstancias, quizá eso fuera lo que cabía esperar. Vivi se levantó del banco.

—Necesito más café. ¿Quieres algo?

—No. Estoy bien. —Cat hizo una pausa, se estiró y apretó la mano de Vivi—. Estamos bien, ¿no?

Vivi asintió con la cabeza y vio a Cat cerrar los ojos y absorber el sol de la mañana como si el mundo entero no hubiera cambiado en un instante.

Se alejó con pasos irregulares y vacilantes, como si el suelo de repente fuera blando y maleable. Las mordaces observaciones de Cat daban vueltas en su cabeza, invocando esa baja autoestima que le era tan familiar. Y una baja autoestima no la ayudaría a lidiar con David y con lo que le había contado.

Saber la verdad le permitía perdonarlo por la forma en la que la había apartado este último año. Le había demostrado lo mucho que confiaba en ella, pero no podía dejar volar su imaginación y pensar que esos sentimientos escondían algo más que una simple amistad. Y aunque no quería alejarse de él después de lo que había compartido con ella, tampoco podía correr el riesgo de que Cat y Jackson acabaran oyendo sus conversaciones con David ni de que empezaran a sospechar algo por su comportamiento y descubrieran la verdad.

Por el momento, David tendría que buscar apoyo en Laney.

Al entrar en la casa, oyó el sonido de las notificaciones de mensaje de su móvil. Su teléfono, iluminado, estaba sobre la encimera, entre un montón de elegantes *smartphones*. El mensaje de Franco le confirmaba que la recogería a la una en punto. Sus pulgares, veloces, respondieron: *Te espero con las pilas cargadas.*

Los acontecimientos de la semana la habían hecho salir del caparazón protector que siempre había asociado a la familia St. James. Un escalofrío recorrió sus extremidades al pensar en una vida en la que ellos estuvieran menos presentes, pero ya había abusado bastante de su buena disposición.

Nunca había querido escapar de ellos y recomponerse sola. Por suerte, Franco y los ensayos le ofrecían la coartada perfecta. Una vez que volviera a Nueva York, tendría tiempo y espacio para procesarlo todo y decidir los siguientes pasos. *Solo cuatro días más.* Se veía capaz de aguantar hasta entonces.

Mientras se servía una muy necesaria taza de café, Jackson apareció en bañador, con una nevera vacía que colocó junto al frigorífico para llenarla con botellas de agua, cerveza y hielo.

—¿Qué pasa? —preguntó Vivi.

—He pensado que deberíamos ir a Town Beach.

—¿Sí? Hank me ha dicho que ibais a pescar.

—No. He cambiado de opinión. Me apetece mezclarme con la gente hoy. Además, creo que hay música en directo.

—¿Con la gente? —Vivi sonrió en un intento de esconder sus nervios de tensión—. ¿O con chicas, Jackson?

—Con chicas. Sí, con chicas. —Sus hoyuelos hicieron una breve aparición y Jackson le dio un golpecito en su muslo con el dorso de la mano—. Prepárate. Podemos comer allí.

—Dame cinco minutos. —Vivi cogió su teléfono—. ¿Y qué pasa con Cat?

—Se lo diré ahora. Se apunta todo el mundo.

¡Maldita sea! La situación era tan penosa que presentarse a los exámenes finales sonaba mejor que pasar tiempo en la playa con sus amigos. Vivi miró a la coronilla de Jackson, sintiendo un ataque de melancolía. Ayudar a David a arreglar todas estas relaciones requeriría tiempo e inteligencia. Ese día simplemente esperaba con impaciencia que Franco la rescatara a la una en punto.

Jackson cerró la nevera y se puso de pie. No parecía afectado por el encontronazo con su hermano, pero Vivi no podía evitar darle un empujoncito, por el bien de David.

—¿Estáis bien tú y David?

Jackson se rascó el mentón y se agachó para coger la nevera.

—Quién sabe. David es incapaz de contarle a nadie qué diablos le está pasando —refunfuñó mientras levantaba la nevera. Vivi apartó la mirada, preocupada por si Jackson fuera capaz de ver a través de ella—. Está imposible estos días.

—Confía un poco en él. Deja que él y tu padre resuelvan sus propios problemas —le sugirió Vivi—. Solo habla con él, Jackson. Sé que quiere recuperar el contacto contigo y con Cat.

—Las mujeres habláis de vuestros sentimientos. Los hombres no —dijo Jackson con una risita—. Al final se solucionará.

«No es tan fácil», pensó ella. No podía decir más sin levantar sospechas. Encogiéndose de hombros, escribió un segundo mensaje a Franco pidiéndole que la recogiera en Fred Benson a la una y fue a cambiarse.

Veinte minutos más tarde, todo el mundo se metió como pudo en el Jeep. Jackson y Hank se sentaron delante. David le lanzó a Vivi una mirada de preocupación antes de encaramarse al asiento de atrás con las tablas de *boogie* y la nevera. Laney trepó hasta el regazo de David y se acurrucó contra él.

Vivi se tragó su envidia inclinándose hacia delante y masajeando suavemente los hombros de Jackson.

—¿Todos dentro?

—Sí —le dio una palmadita en la mano—. Todos dentro.

El coche puso rumbo al pueblo, levantando gravilla a su paso.

Capítulo 10

Vivi se acomodó en una tumbona del jardín de Cat para observar la fiesta de graduación de Jackson. Velas flotantes iluminaban la piscina cubriendo su superficie cristalina con una tenue luz amarilla. Sabía que aquellas pobres velas acabarían empapadas más tarde, cuando los invitados empezaran a tirarse al agua, como en la fiesta de David hacía dos años.

Mesas y sillas, decoradas con los colores del equipo de la Wilton High School, se extendían por el cuidado césped. En los altavoces del patio sonaba «Beautiful Day» de U2. Largas mesas atestadas de comida y bebida ofrecían manjares para todos los paladares. Era una fiesta preciosa en un día igual de bonito.

—Eh, tú.

David enmarañó el pelo de Vivi antes de sentarse en el borde de su tumbona.

El calor atravesó su cuerpo. David estaba madurando. Su comportamiento y sus pensamientos siempre habían sido propios de una persona madura, pero ahora su cuerpo también estaba alcanzando esa madurez. Esa noche estaba especialmente guapo, con una camisa blanca impoluta y unos pantalones cortos de corte recto en color azul marino, y olía igual de bien. Sus ojos se daban un banquete cada vez que flexionaba un músculo de sus brazos y piernas cuando se movía. Ya se lo estaba imaginando sin camisa antes de lanzarse a la piscina. Nadar con la familia de Cat se había convertido en uno de sus pasatiempos favoritos. Sus pensamientos hicieron que se ruborizaran sus mejillas.

—Sálvame de esta gente —dijo David—. Y dime que Cat no se está convirtiendo en una de esas chicas.

Vivi siguió su mirada hasta donde Cat estaba hablando con sus compañeras animadoras.

—No te preocupes, Cat sigue siendo Cat. Al menos conmigo.

—Bien.

Entonces apartó una libélula murmurando:

—¡Bicho de trescientos millones de años!

—¿Por qué sabes esas cosas? —dijo Vivi echándose a reír.

—Porque me parecen interesantes —se encogió de hombros—. Y, hablando de cosas interesantes, vayamos a la exposición AUTObodies del MoMA. Quiero ver el clásico Pininfarina y el Ferrari de Fórmula 1. También hay una exposición de fotografías tomadas en Astoria y otros barrios de Queens. Quizá después podríamos comer sushi en la ciudad.

—Suena genial.

Como una cita perfecta. Vivi sabía que no lo era, aunque habría fingido que sí con mucho gusto. Aunque Cat y Jackson también solían estar presentes, ella interpretaba ese papel cada vez que iban a comer pizza y un helado o al cine.

—Estupendo. —David se inclinó hacia delante y apoyó el codo en sus rodillas—. ¿Y por qué estás sentada aquí, sola?

Vivi se quedó mirando a Jackson, que estaba haciendo payasadas por el jardín con sus compañeros y flirteando con las chicas más guapas.

—No conozco a casi nadie.

Costaba reconocerlo en voz alta.

—¡Gracias a Dios! Eres mucho más interesante que cualquiera de ellos.

David se acercó a ella y apoyó su mano en su tobillo, trazando círculos en su piel con su pulgar de forma mecánica. Vivi se preguntaba si era consciente de lo mucho que la tocaba cada vez que hablaban.

—Pero eres amiga de Cat. Podrías pasar el rato con ella en vez de quedarte aquí sentada, sola.

—No quiero ser una carga ni para ella ni para Jackson. Además, todo el mundo está de celebración y yo lo único que veo son despedidas. Y ya sabes que odio las despedidas.

Cuando David abrió la boca para responder, alguien empezó a llamarlo por su nombre. Levantó un dedo en respuesta y luego se giró a Vivi.

—No es una despedida. Solo es un cambio. Nosotros jamás nos despediremos.

Apretó su mano antes de cruzar el césped y colocarse debajo del antiguo arce azucarero, rodeado de amigos de Jackson.

Hacía dos años, él había sido su capitán en el equipo de lacrosse. A juzgar por las miradas ansiosas de los otros chicos, Vivi sospechaba que estaban interrogándolo sobre la vida en la universidad y por las fiestas de las fraternidades.

Apartó de su mente pensamientos sobre David rodeado de una bandada de chicas de hermandad. Aunque nunca hablaba de sus novias delante de ella, había oído a Cat y a la señora St. James mencionar un nombre o dos. Vivi se imaginaba el tipo de chica con la que debía salir: alta, segura y con buen cuerpo. Todo lo que ella no era.

Los celos la volvían loca. ¿Alguna vez sería algo más que su amiga? Como si le leyera el pensamiento, David miró hacia arriba, se cruzó con su mirada y le guiñó un ojo antes de volver a centrar su atención en sus amigos. A Vivi le encantaba el verano. No tenía que enfrentarse a los deberes ni que evitar a los grupitos. Y, lo que era más importante, David volvía a casa, pero en septiembre, tanto él como Jackson se irían. Frunció el ceño al pensarlo.

El rugido de su estómago la obligó a abandonar la seguridad de la tumbona y dirigirse a una de las mesas de bufé. Por desgracia, tres de las chicas más guapas de la escuela se interpusieron entre ella y la comida. Respirando profundamente, agachó la cabeza e intentó pasar desapercibida.

—Mira lo que ha traído el gato —se burló Janine, una de las graduadas y antigua capitana de las animadoras—. Interesante modelito. Combina a la perfección con las mechas moradas de tu pelo. Es casi tan raro como tú.

Janine, encantada con aquella escena, le lanzó una mirada desdeñosa y arrogante. Las otras dos chicas se reían con disimulo.

A Vivi nunca le había gustado Janine ni su séquito. Se paseaban por los pasillos del instituto actuando como si su ropa y sus peinados caros las hicieran mejores que los demás. Pero ella jamás estropearía la fiesta de Jackson montando un numerito ni tampoco forzaría a Cat a abandonar a sus compañeras.

Vivi apreciaba su amistad con Cat, sobre todo sabiendo que su vida social podría haber sido mucho más fácil si la hubiera dejado de lado cuando entraron en el instituto. A Cat, guapa y fuerte, la aceptaban y la buscaban. Vivi, con su cuerpo de niña y su ropa barata, era una marginada. Por suerte, Cat no era superficial.

Con una sonrisa serena en la cara, Vivi dijo:

—Perdón, solo voy a comer.

Se apartó a la izquierda para rodear al grupo. Janine dio un paso al lado para impedir que avanzara.

—Buena idea. Quizá comiendo consigas echar algo de cuerpo.

La risa sarcástica de Janine cruzó el aire.

Cuando Vivi vio a David a unos metros de allí, sintió que su mundo se derrumbaba. Aunque ya le había hablado alguna vez de sus experiencias en el instituto, jamás pensó que acabaría presenciando su humillación. Arrinconada, respiró profundamente y apretó los dientes.

—Hola, David —le arrulló Janine. Se acarició su sedosa melena rubia con los dedos y le puso el canalillo en las narices—. Esperaba que vinieses a hablar conmigo.

Vivi pudo ver las estrellas en los ojos azules de Janine y rezó para que su coqueteo no llamara la atención de David. Sus ojos escrutaron a Janine con fría indiferencia y luego la despachó como si le aburriera.

—He venido a buscar a Vivi. —Le dio la espalda a Janine, que se quedó sin aliento, y le ofreció su mano a Vivi—. Estoy muerto de hambre. Ven y nos hacemos compañía.

Mientras la alejaba del séquito de Janine, le echó el brazo por el hombro y le susurró:

—Ignóralas. Prométeme que jamás cambiarás, por nadie. Eres absolutamente perfecta como eres.

Vivi prácticamente flotaba por encima de la hierba mientras calientes ríos de sangre recorrían su cuerpo por el contacto. Con la mejilla pegada a su costado, cerró los ojos por un instante.

—Tú eres el único que así lo cree.

David se giró hacia ella y le levantó la barbilla con la mano libre. Con una voz terriblemente seria aunque suave, preguntó:

—¿Acaso alguien más importa, muñequita?

Le guiñó un ojo antes de agacharse para plantarle un beso en la frente y arrastrarla hasta el bufé.

No, nadie más importaba.

Capítulo 11

David bajó la ventanilla para ver si entraba algo de aire fresco en sus pulmones oprimidos. No paraba de repetir mentalmente el mantra *Soham*, pero pronto se dio cuenta de que meditar en un coche atestado de gente resultaba un ejercicio inútil.

Su hermana se había colocado estratégicamente entre Vivi y él a modo de escudo humano. Una vez más, Vivi parecía necesitar protección de su comportamiento errático. Sentía mucho haberla cargado con sus secretos, pero no podía negar que había experimentado cierto alivio al compartir sus confidencias. Durante aquellos minutos de charla en el banco, todo entre ellos parecía haber vuelto a estar bien, mejor que bien.

Dios, seguro que la habría acabado besando si Cat no hubiera aparecido. Por supuesto, la presencia de Cat y Laney eran dos grandes recordatorios glaciales de por qué no debería actuar nunca llevado por los sentimientos que lo dominaban esos días, unos sentimientos en los que no debería confiar teniendo en cuenta su maltrecho estado mental.

Con aire sombrío, miró por la ventanilla abierta mientras el peso de la presencia de Laney presionaba algo más que su regazo.

Jackson aparcó cerca del centro Fred Benson. La humedad se aferró a la piel de David en cuanto puso un pie fuera del coche. Se quedó mirando las nubes grises que cubrían el horizonte amenazando tormenta.

Laney se recogió el pelo bajo otro sombrero enorme y le lanzó su bolso playero a David. Como siempre, iba estupenda, con unas chanclas con lentejuelas, un pareo verde esmeralda y un biquini minúsculo. Se le ocurrió pensar que cualquiera que acabara con ella terminaría gastándose un millón de dólares para que pudiera mantener ese aspecto el resto de su vida.

Miró hacia atrás, hacia su hermana y Vivi. Las gigantescas gafas de sol de Cat le tapaban casi toda la cara. Charlaba con Vivi, que parecía distraída, lo que tenía toda la lógica del mundo teniendo en cuenta todo lo que le acababa de contar. Una toalla de playa colgaba con torpeza de sus hombros. Su gorra de béisbol desgastada le oscurecía la cara.

Vivi nunca se preocupaba demasiado por su aspecto. A diferencia de su hermana y de Laney, la gente buscaba su compañía por su carácter alegre y no por sus estilismos. Con todo, a pesar de no preocuparse en absoluto por las últimas tendencias, siempre se las apañaba para resultar adorable.

El grupo cruzó el pabellón abierto y, tras superar la horda que se congregaba cerca de las escaleras, atravesó su plataforma para llegar a la playa. Una amplia gama de sombrillas de playa de todos los colores se esparcían por la costa. Los niños correteaban por la arena. Los aromas que emanaban del chiringuito completaban la típica experiencia de playa pública.

Los ojos de Jackson escanearon a la multitud, presumiblemente para localizar a las mujeres disponibles. El comportamiento adolescente y el excesivo consumo de alcohol de su hermano durante esa semana disparaban las alarmas, pero David se reservó el comentario.

Jackson clavó dos enormes sombrillas color naranja en la arena. Laney se instaló a la sombra de una. David dejó el bolso de playa junto a ella. A su izquierda, vio como Vivi se quitaba los pantalones cortos y la camiseta, revelando un biquini desteñido apenas perceptible. Reprimiendo el impulso temerario de tocarla, se sentó junto a Laney y cerró los ojos.

Tras quince minutos, el resto de la pandilla se separó para jugar al voleibol con un grupo de desconocidos. David se quedó con Laney, viendo como los demás reían y chocaban los cinco cada vez que conseguían algún tiro con suerte. Vivi parecía estar bajo presión, cosa que le sorprendió mucho.

Tras su confesión, David casi esperaba que lo rondara, le hiciera sugerencias, le ofreciera consuelo. Para ser sincero, se moría por que le prestara atención. En contra de sus deseos, ella parecía estar evitándolo incluso más que antes.

Quizá necesitara distancia para guardar el secreto. O quizá a Vivi ya no le importaran sus sentimientos. Se frotó la cara con las manos para aliviar la sensación de estar contemplando uno de esos espejos de las casetas de feria. Cuando abrió los ojos y miró hacia los jugadores, se dio cuenta de que todos se estaban divirtiendo, todos menos él.

De repente, a pesar de que no le gustaba especialmente el voleibol, quiso ir a jugar. Inclinándose hacia delante en su tumbona de la playa, le dio un golpecito en el brazo a Laney.

—Unámonos al grupo.

Ella arrugó la nariz.

—Hace demasiado calor. Además, no me van mucho los deportes. —Sus ojos iban de su familia a él—. Ve tú. Yo estoy bien aquí, debajo de la sombrilla.

En los equipos ya eran pares, así que no podía unirse a ellos sin desequilibrar las fuerzas. Volviendo a acomodarse en la tumbona, frunció el ceño y sacó una botella de la nevera.

Mientras bebía un largo sorbo, miró a Laney y se preguntó cuándo exactamente habían perdido la sincronía. Pensándolo bien, no es que hubieran pasado demasiado tiempo yendo al cine, hablando sobre libros o visitando museos. Habían discutido de fusiones y adquisiciones, de leyes y de la abogacía. Habían hecho eso y habían tenido sexo. De hecho, el sexo con ella no estaba mal. Pero sabía muy poco de su familia, su pasado, sus pasiones o sus esperanzas.

Cuando se dio cuenta de que, en realidad, tampoco es que quisiera saber más, se sintió fatal. Ahora que sospechaba que Laney no estaba siendo sincera con él en cuanto a sus necesidades, él tenía que poner fin a la relación. Romper y, a la vez, mantener una relación afable en la oficina requeriría mucha habilidad, pero no podía cortar allí, delante de toda su familia. Cerró los ojos y respiró por la nariz antes de volver a centrar su atención en la playa.

Cuando acabó el partido de voleibol, el cuarteto se adentró en el suave oleaje. Vivi chilló cuando el agua glacial del Atlántico norte le salpicó en las piernas. En vez de salir corriendo del mar, se metió de cabeza en una pequeña ola. Salió del agua aullando y temblando mientras se secaba la cara.

David sonrió. Siempre había sido una chica de todo o nada. Debería haber supuesto que a él lo trataría de igual forma. Durante años, le había dado todo y ahora ya no le quedaba nada.

Su sonrisa se borró tras ese pensamiento.

Oculto tras sus gafas de sol, David observó a Vivi subir a los hombros de Hank para pelear contra Jackson y Cat.

La escena le hizo recordar cuando jugaban al mismo juego en la piscina de su infancia durante las calurosas noches de verano, rodeados de luciérnagas. Su madre les servía piononos y otros dulces deliciosos. Haciendo valer su ventaja en altura, su equipo ganaba la mayoría de las veces, lo que significaba que Jackson y Cat solían hundirse primero. Sí, allí iban, justo al fondo del gran azul.

Vivi levantó el puño por encima de su cabeza en señal de victoria sin parar de reír y luego se inclinó para besar a Hank en la cabeza y darle un golpecito en los hombros. La respiración de David se interrumpió y sus dedos apretaron la botella. Lanzó una mirada de disgusto en dirección a Laney antes de soltar la botella y echar los hombros hacia atrás. Jackson y Cat se reagruparon para una segunda ronda.

Ver los muslos de Vivi rodeando la cabeza de Hank hizo que todo su cuerpo se volviera a tensar. David se dio cuenta de que se estaba mordiendo el labio inferior, lo que hizo que captara su atención su labio superior, algo más relleno, que siempre daba la impresión de que había sufrido la picadura de una abeja. *Besable.*

Su pelo alborotado se quedaba pegado a sus hombros, haciendo que el agua rodara por su brillante piel. Parecía una pequeña sirena, una fantasía en carne y hueso. Ya estaba dispuesto a salir de su tumbona y ocupar el lugar de Hank en el juego cuando se dio cuenta de que un hombre de pelo oscuro llegaba y se arrodillaba en la arena para fotografiar a Cat y Vivi. David se incorporó en la silla, dispuesto a ir a tirarle la cámara al agua, cuando Vivi lo saludó con la mano.

Franco.

Ahora Franco tenía fotos de ella con un biquini minúsculo. Cuando David se imaginó lo que Franco podía hacer con esas imágenes tan sexis, le empezaron a punzar las venas del cuello. No podía ver la cara de Franco, pero Vivi sonreía mientras caminaba por el agua para saludar a su nuevo amor.

Verla mirar a otro hombre de la misma forma que solía mirarlo a él lo dejó sin respiración.

Entonces, la furia sustituyó a la sensación de vacío de su pecho. ¿Cómo podía barrer de un plumazo todo lo que le había dicho e irse corriendo con ese tipo? Había hecho lo que le había pedido

—abrirse en canal— y, aun así, lo seguía ignorando. Por ese tío. Ese tío que, todo sea dicho, era demasiado viejo para ella.

David apretó las yemas de los dedos contra los brazos de su silla para armarse de valor ante la inminente presentación.

—David, Laney, os presento a Franco. —Vivi recogió sus cosas, aparentemente deseosa de irse—. Nos vamos a ensayar.

—Encantado de conocerte —lo saludó David agitando la cabeza educadamente mientras Laney le decía hola.

—Igualmente —dijo Franco sonriendo sin dejar de mirar a Vivi.

La pulsación del cuello de David se disparó hasta la sien.

Al instante le desagradó todo de Franco. Y no, no necesitaba más tiempo para realizar su valoración. A excepción del error de juicio que había cometido con su padre, evaluar la integridad de los demás siempre había sido su fuerte.

Conocía a los hombres como Franco que desplegaban todo su encanto fácil para ampliar su ámbito de alcance. Esos tíos solo querían captar a unas cuantas mujeres el tiempo suficiente para satisfacer sus necesidades. Luego cortan con ellas. ¿Por qué Vivi no veía lo tóxico que era realmente para ella?

—Vale, ya estoy lista. —Vivi se giró hacia David—. Nos vemos luego.

—Adiós —dijo Laney—. Ah, ¿y qué pasa con el código de etiqueta para la fiesta?

Franco esbozó otra sonrisa asquerosamente encantadora.

—Estoy seguro de que estarás guapa con cualquier cosa que te pongas.

Laney se sonrojó ante la mierda de adulación de Franco. David apretó los ojos. ¿Cómo podía Laney, una mujer acostumbrada a captar la atención masculina, no detectar a un donjuán? David sabía que Franco no era trigo limpio y se aseguraría de que Vivi también lo supiera antes de que acabara aquella semana.

Abrió los ojos a tiempo para ver cómo la mano de Franco se deslizaba por la delicada curva de la espalda de Vivi. David sintió un peso en el corazón, pero su mirada siguió pegada a la mano de Franco. Entonces volvió a cerrar los ojos antes de que el pánico se apoderara completamente de él.

Jamás había sentido nada romántico por Vivi, si es que era eso lo que estaba sintiendo. Dios, estaba tan perdido desde que se había muerto su madre que ya no sabía distinguir entre arriba y abajo, correcto o incorrecto. Tenía que poner fin a esos sentimientos amorosos.

No cabe la menor duda de que Jackson se horrorizaría al saber de su recién descubierta obsesión por su «hermana». David solo podía pensar en la reacción desfavorable de Cat. Y, sin embargo, el estómago le ardía con tan solo imaginar a Vivi con Franco.

¿Estaría ella con él si David no hubiera aparecido con Laney y si no se hubiera distanciado tanto aquel último año? ¿Acaso importa teniendo en cuenta que ni siquiera podía confiar en estos nuevos y extraños sentimientos y mucho menos actuar en consecuencia?

Abrió los ojos de repente para ver a Cat llegar y tirarse sobre su toalla, al cobijo de la sombrilla.

—Cat, no le habíais hecho justicia al atractivo de Franco —dijo Laney—. Su acento... guau. Además, también es guapo.

Se giró intencionadamente hacia David.

—Bien por Vivi.

—Sí. —La risa divertida de Cat captó la atención de David—. Parece interesado en ella.

«Interesado en añadir a Vivi como muesca en su cinturón», pensó David. Se había marchado y, durante su ausencia, todo el mundo se había vuelto loco.

Atrapado entre las dos mujeres embelesadas con el italiano, se debatía contra los amargos sentimientos que lo invadían. Para escapar de la locura, se alejó unos metros, hasta donde se encontraban Hank y Jackson charlando.

—¿Aburrido de estar sentado esperando a tu chica? —se burló Jackson cuando se acercó David.

—Preguntó el tío que está aquí más solo que la una —replicó David.

—*Touché*, hermano.

La alegre sonrisa de Jackson provocó la lenta sonrisa de David.

—¿Por qué Cat no se ha ido con Vivi y Franco? —preguntó Hank.

—No lo ha dicho. —David se encogió de hombros—. Quizá esté planeando llamar a Justin. ¿Qué les pasa, Jackson?

—No estoy seguro. —Jackson se sacudió la arena del muslo—. No cuenta nada.

Nada sorprendente. Los St. James no eran mucho de compartir su intimidad con los demás.

—¿Debería preocuparme? —presionó David—. ¿Por qué aguanta a ese imbécil?

Hank se tiró del lóbulo de la oreja; parecía estar estudiando a David. No era la primera vez que lo pillaba observándolo.

—Pregúntale a Vivi —sugirió Jackson—. Ella quizá sepa la verdad.

—Jamás traicionaría la confianza de Cat. Y, de todas formas, se ha ido con Franco. —David se pasó la mano por el pelo—. ¿Crees que está segura con él?

—Vivi tiene veintiséis años y está viviendo un romance de verano —suspiró Jackson—. Está bien.

David, poco convencido, se frotó la barbilla e intentó no pensar en lo que podía conllevar el «romance de verano» de Vivi. Se le cerró el estómago en cuanto resurgió el recuerdo de la mano de Franco en su espalda. Una vez más, percibió el escrutinio intenso de Hank. En vez de tratarlo como un rival, quizá David debería convertirlo en su aliado en una campaña contra Franco.

—¿Coincides con Jackson, Hank? —preguntó David.

—Bastante. —Hank arqueó una ceja—. Dudo mucho que haga algo que pudiera hacerle daño.

—Quizá no intencionadamente.

A David no le convencieron esas palabras. Ninguno de los dos veía la verdad sobre el adulador fotógrafo.

Insistir en el tema no haría más que hacerles sospechar sobre sus motivos, así que lo dejó estar. Se quedaba solo en su campaña para detener los avances de Franco.

Tres chicas interrumpieron su conversación, proyectando sus caderas y sus pechos hacia delante, jugando con su pelo y riéndose con nerviosismo. Cuando Jackson empezó a flirtear, David se disculpó y volvió a su silla, pero Laney no estaba por ninguna parte.

Se sentó junto a su hermana. Cat escondió su teléfono al instante en su bolso. *¿Justin otra vez?*

—¿Dónde está Laney?

—Ha ido al baño —masculló ella.

—Oh —se quedó observando a su hermana, que apartaba de forma mecánica la arena de su toalla, sin mostrar signos de preocupación por Vivi—. ¿Por qué no te has ido con Vivi y Franco?

—Prefiero quedarme aquí, en la playa, con vosotros, todo el día.

Cat volvió a aplicarse protector solar en la cara y los hombros.

—¿Y qué pasa si Franco se aprovecha de ella?

—¡Ja! —se rio Cat en su cara y se dio la vuelta en la toalla—. Lo veo poco probable.

—¿Qué quieres decir con eso?

Cat, apoyándose en los codos, lo estudió.

—Vivi es la última persona del mundo de la que podría aprovecharse un hombre.

—Pareces muy segura. —David se inclinó hacia delante, apoyando los codos en las rodillas—. ¿Y qué pasa si te equivocas?

—Bueno, pues casi que preferiría equivocarme. Dios sabe que ya ha malgastado bastante tiempo reservándose para ti durante años. Por un momento, llegué a creer que jamás perdería la virginidad.

David se sentó, estupefacto. Saber que Vivi había intentado guardar su virginidad para él despertó un sentido primario de satisfacción. La temperatura en la playa aumentó al instante quince grados. Enterró sus pensamientos antes de que su excitación se hiciera evidente para su hermana y todos los presentes.

Como si hubiera recordado algo que Vivi le había contado, Cat esbozó una sonrisa y entonces continuó:

—Gracias a Dios, conoció a Alex en la universidad y, finalmente, la convenció de los beneficios de tener un novio vivo y real en vez de uno imaginario, pero, con todo, todavía se toma las cosas con mucha paciencia.

—Demasiada información.

David se reclinó en su silla y rememoró el día en que Vivi y él, estirados en el césped trasero de sus padres, miraban las estrellas y hablaban de su inminente graduación. Estaban los dos tumbados, uno al lado del otro, riéndose y recordando. En esa ocasión, él no había sentido nada remotamente sexual. Simplemente había sido... natural.

Ahora todo estaba cambiando. Desde luego no se convertiría en una muesca en el cinturón de Franco, al menos ese día no. Y, si podía evitarlo, nunca. Su dolor de cabeza se apaciguó y los músculos de sus hombros se destensaron.

—Quizá. Pero tú más que nadie deberías dejar que pasara página. Sobre todo con Laney aquí. —Cat se incorporó—. Vivi ha necesitado mucho tiempo para superar lo tuyo. Gracias a Dios por fin ha pasado. ¿Te imaginas lo raro que habría sido para todos nosotros si vosotros hubieseis salido alguna vez? O, peor, salido y luego cortado. Lo habría arruinado todo.

El alma de David encajó el golpe que suponía el alivio de su hermana y la confirmación de que no habría soportado que fueran pareja. Mantuvo una expresión neutra mientras Cat seguía verbalizando sus pensamientos.

—Lo irónico aquí es que si hubiera sabido que tú venías con Laney, yo no me habría traído a Vivi. ¿Cómo podía saberlo, teniendo en cuenta que jamás habías mencionado que estaba aquí y mucho menos que se había mudado aquí?

Ignorando su tono acusatorio, David se rio para sus adentros ante el doble rasero de su hermana. Tampoco Cat contaba mucho más sobre su vida privada que él, pero no tenía ganas de discutir con ella.

—Laney se ha mudado aquí por su trabajo. Créeme, si tuviera algo importante que anunciar, lo sabrías. —David no apartaba la mirada de Cat—. No querría dejarte al margen. Te he echado de menos. Soy el único responsable de esta distancia entre nosotros, pero quiero recuperar nuestra relación, Cat.

Ella ladeó la cabeza y le devolvió la mirada.

—¿Eres feliz?

Si estuvieran comiendo o paseando juntos, quizá habría sido un poco más sincero, pero Laney estaría al caer y Jackson y Hank podrían reaparecer en cualquier momento. No era ni el momento ni el lugar para confiarse, así que evitó la pregunta.

—¿Y tú?

Cat cerró los ojos y se encogió de hombros para luego volver a ponerse boca abajo en su toalla.

—Si te preguntara por Justin, ¿me contarías algo que mereciera la pena escuchar? —apretó David—. Estos últimos días, te he estado observando fingiendo que lo tienes todo bajo control, pero estoy seguro de que no estás bien.

—No te cae bien. Eso lo tengo claro. —Cat giró la cara para poder verlo—. Dudo que puedas ser objetivo.

—No creo que pueda ser objetivo cuando se trata de ti, por supuesto. Me gustaría que me dejaras intentarlo. —David se inclinó para poder tirarle del pelo—. Al menos, prométeme que recurrirás a mí si necesitas algo.

—Relájate. —Cat le dio un golpecito en la mano—. Siempre te preocupas demasiado.

—Eso no es una respuesta.

—Sí, David, recurriría a ti. —Puso los ojos en blanco y sonrió—. ¿Satisfecho?

—Por ahora.

David sonrió al oír a Cat resoplar y cerró los ojos.

Cuando Laney reapareció, se inclinó para besarlo en la frente. David volvió a abrir los ojos para encontrarse con los suyos, verdes, mirándolo directamente. Laney le acarició el y dejó que su dedo pulgar hiciera lo propio con su mandíbula antes de sentarse y coger su libro.

Aquellos gestos le supusieron una oleada de remordimientos. Se había pasado los últimos días buscándole defectos por culpa del nudo de emociones que le provocaba Vivi. Ambas se merecían algo mejor.

Cat tenía razón. No debería entrometerse en la incipiente relación de Vivi cuando él no tenía nada mejor que ofrecer. Seguramente este nuevo deseo desaparecería en cuanto pasaran más tiempo juntos, como siempre. Todo volvería a la normalidad en unos meses de cruda realidad en la ciudad.

Y Laney se merecía a alguien que pudiera darle lo que necesitaba, que aparentemente era mucho más de lo que él había imaginado.

Cuando volvieran a Manhattan, encontraría la forma de dejarla sin hacerle demasiado daño. Respirando profundamente, miró las nubes, cada vez más oscuras, y decidió asumir el control de su vida sin hacer más daño a la gente que lo quería.

A media tarde, el cielo tormentoso descargó una pesada cortina de agua en el tejado y el aguacero torrencial resonó en toda la casa. David agradeció la tormenta porque le ofrecía la excusa perfecta para ir con más calma y relajarse. Mientras oía el sordo estruendo sobre su cabeza, deseó estar en la cama con un buen libro. No podía recordar cuándo había sido la última vez que había disfrutado de una tarde apacible en soledad.

Por otra parte, preparar la cena con Jackson había sido una agradable forma de desconectar. Su hermano silbaba mientras troceaba el ajo y aderezaba con él el solomillo. David había picado cebolla, champiñones y perejil. Siempre había pensado que la actividad rítmica era buena para meditar. Después, lo salteó todo con vino blanco y mantequilla. El aroma a hierbas frescas y ajo despertó su apetito.

A pesar de la vorágine de emociones que le despertaba Vivi, había conseguido salvar la tarde con su familia, el primer paso firme hace la reparación del daño creado por su larga ausencia. Un sentimiento olvidado de esperanza brotó en su pecho.

Miró a su alrededor mientras fregaba. En el salón, Laney estaba trabajando en su ordenador, mientras Hank descansaba abajo. Cat estaba poniendo la mesa.

—Creía que Vivi ya habría vuelto a estas horas. Debe de haberse quedado a cenar con Franco. —Cat frunció el ceño—. Si llego a saber lo mucho que iba a trastocarlo todo este concierto, jamás la habría animado.

—Mándale un mensaje —le sugirió Jackson.

—Si está ensayando, no lo oirá. —Cat colocó los últimos cubiertos antes de volver a la encimera—. En fin.

—Anímate, hermanita. —Jackson le pellizcó la nariz—. Nos tienes a nosotros.

—Yupi —respondió Cat con indiferencia, pero las comisuras de sus labios esbozaron una sonrisa.

Los pulmones de David se tensaron al pensar en lo mucho que su madre habría disfrutado de ese momento con sus hijos. Se pasó la mano por el punto tenso de su pecho y se alejó de Jackson y Cat hasta que dejó de sentir un hormigueo en la nariz.

Minutos después, la puerta delantera se abrió justo cuando un relámpago atravesaba el cielo.

—Hola, chicos, ya estoy aquí... empapada —dijo castañeteando los dientes—. En cuanto me seque, podré ayudaros.

El eco de sus pasos emergía de las escaleras.

El estado de ánimo de David mejoró al instante, aunque reprimió una sonrisa. No se había quedado con Franco.

Después de la cena y el postre, Vivi recogió la mesa.

—Dejad todo esto. Yo me encargo.

—Gracias, Viv —dijo Jackson, levantándose de la mesa.

Cat, Hank y Laney siguieron a Jackson al salón. David recogió todos los vasos y siguió a Vivi a la cocina.

—Sé que no podemos hablar ahora, pero quería asegurarme de que todo iba bien. Siento que debo disculparme por haberte soltado todo esta mañana.

—Y yo debería disculparme por haberte puesto en una situación tan complicada. —Vivi echó un vistazo rápido al grupo del salón—. Cambiemos de tema antes de que alguien nos pille.

—Buena idea. —David sonrió mientras Vivi abría el lavavajillas—. Es como en los viejos tiempos, los dos fregando los platos.

—Pues sí —dijo Vivi con una sonrisa—. Aunque no les hubiese ofrecido una salida, estoy bastante segura de que Cat y Jackson habrían encontrado otra excusa para escabullirse de la cocina, como cuando eran niños.

—Algo que tú nunca has hecho.

Cogió los vasos después de que Vivi los enjuagara.

—Bueno, tenía una intención oculta.

David vio cómo las comisuras de sus ojos se arrugaban al sonreír. El agua caía sin cesar mientras enjuagaba los platos y se los entregaba para que él los metiese en el lavavajillas.

—¿Sí? —preguntó, asumiendo que se refería a su antiguo enamoramiento por él.

—Por supuesto —respondió Vivi con la mirada perdida en la ventana—. Tenía que agradar a tu madre para que me volviera a invitar.

—Y le gustabas —dijo David con voz suave al recordar lo mucho que su madre quería a Vivi. Le resultaba preocupante averiguar ahora que todos esos años Vivi se había sentido insegura en cuanto a la posición que ocupaba en su familia—. Y yo que siempre había creído que te ofrecías voluntaria para ayudar porque mi compañía lo merecía.

La sonrisa de Vivi se hizo más grande y le dio un golpecito en la cadera con la suya.

—Por eso también, David. —Vivi sumergió las manos en el agua jabonosa del fregadero y empezó a frotar la sartén—. He encontrado nuevas piezas de cristal marino en mi equipaje cuando he ido a cambiarme. ¿Alguna idea de cómo han llegado allí?

—Has sido rápida. Pensaba que no los encontrarías hasta finales de semana. Es el bolso de viaje más desordenado que he visto en mi vida. —David sonrió—. Supuse que seguirás teniendo esa gran jarra de cristal marino en tu apartamento, así que cuando vi unos cuantos hoy en la playa, me los metí en el bolsillo. Una pequeña muestra de aprecio por tu discreción y amistad.

—Gracias —dijo ella—. Quedarán muy bien en mi colección. Obviamente, no he tenido tiempo de buscar demasiado por la playa debido a los ensayos.

—¿Cómo han ido hoy? —preguntó él tratando de mostrarse amable—. Has estado fuera muchas horas.

—Hemos avanzado mucho. —Vivi le pasó la pesada sartén para que la secara—. Haremos un ensayo general final mañana por la mañana y, luego, que pase lo que tenga que pasar.

David se quitó un pegote de espuma del brazo y secó la sartén mientras Vivi le pasaba el trapo a la encimera. Cuando acabó, David preguntó:

—¿Por qué nunca me has contado que cantabas?

Vivi se inclinó sobre la encimera y se miró las manos. David colgó el paño de cocina para secar, evitando así su mirada, para darle tiempo a hablar. Una nube de tensión y melancolía rodeó a Vivi.

—Fui a mi primera clase de canto tres días antes de que supiéramos que tu madre tenía cáncer de mama. Su enfermedad hizo que mi nueva afición pareciera demasiado frívola como para hablar de ello. Y luego te fuiste a los pocos días de su funeral...

Vivi hizo una pausa, dejando una acusación velada.

—Lo siento mucho, Vivi —dijo él con voz suave—. Siento mucho haberte dejado al margen tanto tiempo. Siento mucho no haberte ofrecido consuelo cuando los dos estábamos llorando la muerte de mi madre. Y siento mucho haber dado nuestra amistad por sentada.

—Sé que lo sientes —susurró ella, apartando la mirada.

David suspiró en señal de alivio al sentir que sus disculpas por fin atravesaban la pared invisible que los había estado separando esa semana. De repente, agitó su mano con ligereza y sonrió con demasiada intensidad.

—Pero ahora has vuelto y mañana tendrás que oírme cantar. Por favor, dime que te has traído tapones para los oídos.

—Dudo que los necesitemos. Jackson dice que cantas bien.

—¿Y él cómo lo sabe? —preguntó Vivi con una sonrisa de satisfacción, apartando el foco de ella—. Bueno, ¿y qué tal si jugamos a las adivinanzas?

—Mejor al Cranium —sugirió David, animado por el ritmo familiar de su conversación.

—De ningún modo. Todo el mundo menos yo es inteligente, así que sería un lastre para mi compañero de equipo.

—Sabes que me disgusta que digas ese tipo de cosas, Vivi. —David colocó su mano en la parte trasera de su cuello—. ¿Cuántas veces te lo he dicho ya? Eres inteligente en todo lo que importa, independientemente de tu estúpida nota media.

—Muchas —reconoció ella—. Y estúpida sí describiría bien mi nota media.

—Eso no es lo que quería decir y tú lo sabes.

La rodeó con su brazo en los hombros y acarició su cabeza con los nudillos. A diferencia de las muchas veces anteriores, en ese momento, tocarla le provocaba un intenso deseo de abrazarla, de ir más allá. De ir hasta el final.

Algo alterado, se obligó a soltarla.

—No quieras ser diferente. Si alguna vez cambiaras, me romperías el corazón.

Un rubor apenas visible tiñó sus mejillas.

—Gracias, David. —Vivi acarició sus labios con un dedo—. Entonces, ¿un Pictionary?

—Ah, muy bonito, ahora eres tú la que estás buscando tener ventaja.

David apartó la mirada de aquellos malditos labios. Vivi estaba tan cerca de él que podía oler el aroma a vainilla de su crema corporal. Contuvo el impulso de cerrar los ojos e inspirar.

—¿Ves como eres muy lista?

Vivi puso cara de exagerada sorpresa.

—¿Quién dijo que los milagros no existen? —Y, dándose la vuelta sobre sus talones, gritó al grupo—: Pictionary, ¿quién se apunta?

Antes de que se fuera, David la cogió del brazo y le susurró:

—Reúnete conmigo fuera, en la parte delantera de la casa, a medianoche.

Sus ojos se abrieron como platos.

—¿Por qué?

—Tú solo abrígate bien y no se lo digas a nadie. Será una aventura.

David la soltó y Vivi lo dejó en la cocina, mirando por encima de su hombro con expresión de desconcierto. Cuando por fin la siguió, se dio cuenta de que Laney los estaba observando con expresión afligida. Mierda.

CAPÍTULO 12

Vivi salió de la casa y se encontró a David sentado en la escalera de entrada con dos latas de pintura a los pies. Se puso un dedo en la boca para pedirle que guardara silencio y luego le pasó una linterna y cogió la pintura.

—¿Qué vamos a hacer? —susurró ella.

—Sígueme.

David sonrió mientras ella se colocaba a su lado.

Le llevó veinte segundos darse cuenta de que se dirigían hacia Painted Rock, una famosa atracción turística cercana a la casa de los St. James. Los veraneantes solían pintar aquella roca a su antojo. Vivi la había visto repintada más de una vez en una misma semana en sus anteriores vacaciones. En su adolescencia, Cat y ella la habían convertido en una enorme cara sonriente.

—¿Vamos a la roca pintada? —preguntó Vivi—. ¿Cuándo compraste la pintura?

—Son restos de pintura de la casa que he encontrado en el cobertizo. —David levantó las latas de pintura a la altura de sus ojos—. Blanco del interior y algo llamado azul calipso... No hay demasiado con lo que trabajar. Cuento contigo como directora creativa.

Cuando llegaron a la roca, parecía una bandera norteameri-cana. Los artistas más recientes debieron de hacer ese grafiti durante las últimas vacaciones del Cuatro de Julio. Es curioso que nadie la hubiera cambiado desde entonces.

David sacó dos viejas brochas rígidas y un abrelatas de los bol-sillos de sus pantalones de chándal.

—Mira a ver si puedes hacer algo con estas cerdas mientras abro y mezclo la pintura.

—¡Madre mía! Sin vinagre ni aceite de linaza, no hay mucho que podamos hacer. —Vivi intentó manipular las cerdas con las manos—. Por lo menos no están manchadas de pintura seca, pero, hagamos lo que hagamos, quedarán rayas.

David se colocó en jarras sobre las latas de pintura abiertas.

—Bueno, pues qué le vamos a hacer. A ver, dime, ¿qué pode-mos hacer con pintura blanca y azul?

—¡No mucho! —Vivi se echó a reír hasta que David sonrió. Verlo relajado con ella casi hacía que conocer su inquietante secreto hubiera merecido la pena—. Vale, dame un minuto para pensar.

David se tumbó en la tierra mojada, apoyado en un solo codo, mientras observaba a Vivi rodeando la gran roca. Una vez más, a pesar de su tristeza de fondo, una sonrisa optimista se esbozó en la boca de David y en las comisuras de sus ojos.

—¿Me has traído aquí para hablar de tu padre...? ¿Sobre cómo encontrar una forma de perdonarlo? —preguntó ella.

Salvo por el sonido de los grillos a su alrededor, la noche era extrañamente silenciosa.

—No, solo te lo he contado para que me perdonaras. No tiene sentido seguir hablando del tema. —El rostro de David era todo un poema mientras se sentaba y se abrazaba las rodillas—. Esta semana he estado rememorando viejos recuerdos. Por primera vez, estar aquí me ha resultado doloroso. Hoy quería crear un nuevo recuerdo en vez de ahogarme en el pasado.

Una pequeña sonrisa arqueó una de las comisuras de sus labios.

—En cuanto a por qué ahora, contigo... Bueno, para empezar, es el único momento que podemos pasar juntos sin todos los demás. En segundo lugar, no me gustó que Cat y tú no contarais conmigo cuando hicisteis esto hace años. Y, en tercer lugar, ¿quién mejor para crear nuevos recuerdos felices que tú, la persona que siempre me ha animado a divertirme? No quiero ni imaginarme lo aburrido que podría haber sido si no hubieras estado en mi vida.

—Un auténtico muermo. —Vivi le dio una patadita a la suela del zapato de David y se giró hacia la roca para ocultar la oleada de emociones que la invadía. Se quedó mirando aquel monumento, buscando la inspiración. Tardó un minuto o dos en llegar—. Vale, tengo una idea. Primero tenemos que pintar toda la roca de blanco.

—¿Cuál es la idea?

—Solo pinta, David.

Quince minutos después, la roca blanca parecía brillar en la oscuridad.

—¿Y ahora vas a decirme qué tienes pensado hacer con la pintura azul? —preguntó David.

—Siéntate.

Vivi señaló el suelo antes de agacharse para pintar un símbolo que parecía una especie de letra *L* mayúscula con una curva extra en el trazo inferior derecho.

—¿Qué es eso? —preguntó David mientras Vivi empezaba a pintar otra serie de caligrafías cursivas con florituras al otro lado de la roca.

—Los símbolos zibu de la amistad —dijo apuntando al primero y luego al segundo— y de los nuevos comienzos.

Vivi lo miró por encima de su hombro y le sonrió.

—Me encantan —dijo él con voz suave, escudriñándolos con mayor atención—. Son perfectos. ¿Dónde has aprendido los símbolos zibu? Jamás había oído hablar de ellos.

—Estos símbolos conectan el amor, la inspiración y la energía sanadora de los ángeles. —Vivi se puso de pie para estirar las piernas, sonriendo ante la expresión de incredulidad de David—. He olvidado el nombre de la mujer que los creó. Según ella, la visitaron unos ángeles que le explicaron su significado cuando empezó a pintarlos. Sí, ya sé que suena raro, pero quién sabe. Quizá sea verdad. No hacen daño a nadie y son bonitos.

David sacó su teléfono del bolsillo de su sudadera.

—Siéntate ahí, junto a la roca —le indicó.

Vivi le dio un toque divertido a la escena poniéndose de rodillas y colocando las manos en posición de oración mientras miraba al cielo.

—Muy divertido. Ahora mira a la cámara. Quiero una bonita foto para recordar este momento. —David la fotografió al lado de cada símbolo y luego volvió a meterse el móvil en el bolsillo—. Imagino que podemos tirar todo esto.

—Sí, no sirven para nada. —Vivi se puso de pie y se sacudió los restos de piedras y de barro del trasero —. Será mejor que volvamos pronto. Laney se puede enfadar si descubre nuestra pequeña escapada de medianoche.

David soltó las latas de pintura y luego las volvió a coger antes de empezar a andar de regreso a la casa.

—No te preocupes por Laney.

—Bueno, podría hacerse una idea equivocada y complicar bastante que podamos ser amigos.

Vivi mantuvo los ojos fijos en el haz de luz delante de ellos mientras cruzaban el camino de vuelta a la propiedad de los St. James.

—No interferirá —dijo él sin mirarla—. Las novias vienen y van, Vivi, pero tú siempre formarás parte de mi vida.

—Oh.

En los diez segundos posteriores, el corazón de Vivi empezó a latir a mil por hora. La vieja Vivi habría visto más en ese comentario de lo que realmente él había dicho, pero la nueva y mejorada Vivi se centró únicamente en sus palabras. Que las novias vengan y se vayan y que ella siempre estará ahí significa claramente que jamás ha tenido la intención de convertirla en su novia.

—Con todo, siempre es mejor no agitar las aguas. No quiero causar problemas.

David se metió en el cobertizo para dejar la pintura. Cerró las puertas y se giró hacia Vivi mientras se dirigían a las escaleras delanteras.

—Gracias por venir conmigo esta noche.

—Gracias por pedírmelo. —Vivi suspiró, reprimiendo la oleada de «qué pasaría si» que sentía en su interior. *¡Para ya!*—. Ahora tengo que dormir. Mañana tengo la actuación.

David cogió su mano y la besó.

—Buenas noches. Que duermas bien.

Vivi bajó las escaleras hasta su habitación, exhausta por los extremos giros emocionales del día. Debía lograr que su corazón dejara de querer más que la amistad que David le ofrecía.

Al romper el alba, Vivi se dio cuenta de que en apenas unas horas podría ocurrir el desastre. Presa del pánico, era incapaz de recordar los títulos de las canciones que iba a cantar y mucho menos sus letras. La decisión impulsiva de actuar con los Disordered estaba entre las diez primeras ideas locas de su lista. Teniendo en cuenta su larga lista de hazañas, no estaba nada mal.

Su experiencia en el escenario se limitaba a una docena de actuaciones en las instalaciones modernas e íntimas del Winegasm, en Astoria, a cuyos clientes les gustaba apoyar a los músicos locales. Esa ocasión sería muy diferente, sobre todo porque David estaría allí. Franco y Laney eran fuentes adicionales de ansiedad, pero la opinión de David era la que más le importaba.

«Solo son los nervios», se repetía Vivi. Después de todo, el último ensayo fue bastante decente. Todo iría bien. Seguro. ¿O quizá no? Se tapó con la colcha hasta la barbilla. Inspiró profundamente por la nariz, aguantó la respiración y luego la soltó despacio. Como no funcionó, volvió a repetir el ritual varias veces.

En vano.

Tras arrastrarse fuera de la cama, subió las escaleras para buscar café y se encontró a Hank, David y Laney conversando en la mesa del comedor. Para variar, Laney estaba impecable y vestida para el día. *Por supuesto.*

—Interesante peinado. ¿Te sale así de forma natural?

La broma de Laney no podía ocultar un punto de maldad.

Quizá Vivi no se esperaba que perdiera la compostura; quizá Laney se hubiera despertado aquella noche y se hubiera preguntado dónde había ido David.

—¿Quieres el nombre de mi estilista? —Vivi levantó sus mechones enmarañados con ambas manos y esbozó una sonrisa malvada—. No todo el mundo puede alcanzar esta perfección.

Vivi percibió el ceño fruncido que David le dirigió a Laney. Se dio la vuelta para ocultar su propia expresión de desprecio y cruzó la estancia para abrir las puertas de la despensa. Dirigió su cara hacia el sol y sonrió al saber que los insultos de Laney activarían el instinto protector de David. La guapa señorita sabelotodo pronto hundiría su propio barco.

—¿Preparada para la gran noche?

Afortunadamente, Hank interrumpió la desagradable réplica ingeniosa.

—Por supuesto. —Vivi fingió calma—. De una forma u otra, será una noche para recordar. Como mínimo, el *disc-jockey* será bueno. ¿Me reservarás un baile, Hank?

—Estoy deseando oírte —interrumpió David, con una sonrisa en la cara, sin dejar de mirarla—. Todavía no me puedo creer que no me contaras que cantabas.

Antes de que Vivi pudiera responder, Laney agitó la cabeza.

—Yo todavía no me puedo creer que aceptaras actuar.

¡Hala! El cuerpo de Vivi se tensó y le subió la temperatura por aquel insulto nada sutil. Tras enterrar sus propios sentimientos durante días, no pudo evitar saltar:

—Yo me dejo guiar por el corazón, no por la cabeza.

Vivi miró a Laney.

—Interesante estrategia.

La sonrisa de superioridad de Laney puso a Vivi al límite.

—Laney... —empezó David antes de que Vivi lo interrumpiera.

—Sí, estoy segura de que eso es inconcebible para ti porque para ello deberías tener corazón para entenderlo. —Las fosas nasales de Vivi se hicieron más anchas—. Pero gracias por el voto de confianza.

David parpadeó sorprendido. *¡Maldita sea!* ¡Y eso que era Laney la que iba a hundir su propio barco! Vivi hizo una mueca a Hank antes de bajar corriendo las escaleras. Al salir de allí, se imaginó a sí misma como un personaje de dibujos animados, con vapor saliéndole de las orejas y dejando un rastro tras de sí.

Teniendo en cuenta su experiencia siendo objetivo de arpías, ¿cómo es que no tenía piel de elefante todavía? En cualquier caso, jamás entendería qué motivaba a esas tías a mostrarse tan crueles con los menos favorecidos. Si hubiera nacido guapa, inteligente y grácil, habría utilizado sus dones para animar a los demás, no para aplastarlos.

Abrió de golpe la puerta de su habitación y se tiró en la cama. En ese momento, no le podía importar menos que su estruendosa entrada despertara a Cat.

—¿Qué pasa? —Cat se dio la vuelta—. Cualquiera diría que vas a comerme.

—Laney ha sacado las garras. —Vivi frunció el ceño—. Me ha tocado las narices y yo le he contestado. Me estoy escondiendo aquí hasta que esté preparada para disculparme.

El arrepentimiento de santurrona ya había desplazado a su indignación. Se tapó la cara con las manos y balbuceó:

—¿Puedo echarle la culpa a los nervios?

—¿Qué te dijo ella?

—Mmm... Que soy una idiota mal preparada que terminará haciendo el ridículo en público esta noche. —Vivi miró hacia el norte—. Como te podrás imaginar, no es que necesitara precisamente que alguien me lo señalara. De hecho, llevo dándole vueltas la última hora.

—Lo siento mucho. Tú solo aceptaste porque yo te lo pedí. También he estropeado nuestras vacaciones. —Cat frunció el ceño—. No soy una buena amiga.

—Oh, venga ya. —Vivi se encontró frente a su arrepentida amiga—. Sabes que siempre salto antes de mirar. Podría haberlo dejado en cualquier momento. Para ser sincera, ha sido divertido cantar con la banda. Y, aunque no he pasado tiempo a solas con él todavía, Franco es un extra y ha sido amable conmigo.

—Me alegra que mañana vuelvas a estar libre. Y sé que vas a estar genial esta noche. Si olvidas la letra, solo sonríe y haz un «la, la, la» o algo así.

—Ah, sí, el famoso truco del «la, la, la». ¡Seguro que nadie se da cuenta! —gruñó Vivi antes de tumbarse boca arriba en la cama, perdida en sus pensamientos. No es que Laney hubiera sido especialmente amable, pero, hasta esa mañana, tampoco había sido cruel—. La actitud de Laney hacia mí definitivamente ha tomado una deriva negativa.

Cat arqueó una ceja.

—¿Quizá David y ella están teniendo problemas?

—¿Por qué lo dices?

—Obvio. Se ha mudado a la otra esquina del mundo y no hay anillo de diamantes. —Cat agitó la cabeza cuando Vivi fue incapaz de hacer la conexión—. Quizá se sienta insegura y te vea como una rival por su cariño.

—Oh, pues ponla al corriente. —Vivi soltó una carcajada—. No hay nadie con menos posibilidades de convertirse en su rival que yo. Si supiera lo estrepitosamente que he fracasado en conquistar su corazón, se relajaría.

Cat agitó la cabeza. Vivi sintió el pinchazo del alivio que sentía Cat por ello, pero lo dejó pasar.

Tras cinco minutos de enfado, Vivi estiró el brazo e hizo una señal con el pulgar.

—Levántate. Necesito apoyo moral para disculparme.

Cat la siguió obediente escaleras arriba y se quedó de pie junto a ella mientras se enfrentaba a su oponente.

—Siento mucho haber saltado, Laney. Es que estoy nerviosa por lo de esta noche. —Vivi pegó la lengua al paladar para evitar mordérsela—. Pero eso no es excusa.

Laney miró a David y entonces respondió:

—Y yo siento que mi comentario haya podido menoscabar tu confianza. No era mi intención.

Oh, vale. Vivi asintió con la cabeza, intentando controlarse para no plantarle un puñetazo en la nariz. Miró a David. Un fogonazo de frustración atravesó sus extremidades. ¿Por qué era Laney el tipo de mujer con la que le gustaba salir? De todas formas, la opinión de Vivi importaba poco. Laney era su novia, al menos por el momento. Vivi solo tenía que evitarla todo lo posible durante el resto de la semana.

—¿Nos unimos a Jackson y Hank en el porche antes de que me tenga que ir a ensayar? —preguntó Vivi a Cat.

—Claro —respondió Cat, que le soltó una mirada de enojo a David antes de salir.

Jackson y Hank estaban haciendo planes para reformar la cocina. Vivi solo prestó atención a medias. Su otra mitad no podía evitar observar a David y Laney a través de las ventanas. David apretaba los labios mientras miraba a Laney, quien, desde el otro lado de la mesa, le apuntaba con el dedo. Torció el gesto antes de apartarse de la mesa y subir corriendo las escaleras. En vez de seguirla, David entrelazó las manos detrás de su cabeza inclinada y la apretó con fuerza.

Teniendo en cuenta la gravedad del dilema de David, Vivi no podía soportar verlo sometido a más sufrimiento. Se disculpó en el porche y se metió en la casa. David la miró cuando entró. Por un instante, sus miradas se atrajeron como imanes mientras una energía palpable los atravesaba. Vivi cerró la puerta tras de sí.

—Lo siento mucho, David. ¿Mi pataleta te ha causado problemas con Laney o ha sido nuestra aventura de medianoche la que la ha hecho enfadar?

David negó con la cabeza, suspirando, antes de ponerse de pie y acercarse a ella. Sus ojos escudriñaron cada centímetro de su cara. Apartó un mechón de pelo tras su oreja.

—No te disculpes. —David le acarició el antebrazo con las manos. A pesar de sus votos de desconexión, Vivi seguía adorando su contacto—. No le permitiré que arruine tu día o tus expectativas para esta noche.

—Para ser sincera, Laney no es la razón por la que estoy de los nervios. —Vivi refrenó su deseo de abrazarlo. Siempre esa atracción. Siempre—. Me gustaría tener la confianza que tú tienes. Nunca pareces preocupado.

Los labios de David se arquearon hacia arriba.

—No podrías estar más equivocada. Me cuestiono todo y más después de lo sucedido.

—Circunstancias presentes al margen, no te he creído ni por un segundo, pero gracias por intentar hacerme sentir mejor. —Vivi miró el reloj de la cocina y suspiró—. Tengo que cambiarme para ir al ensayo general.

David le estrechó la mano, haciendo que un hormigueo placentero subiera por su brazo.

—Esa banda no habría seguido adelante si no creyeran que estás a la altura.

Acercó la mano de Vivi a su boca y le besó los dedos.

Siempre le había dedicado esas dulces atenciones, pero esos días parecían diferentes. La sujetó de la mano, mirándola fijamente con intensidad, como si quisiera decirle algo más. La carcajada de Jackson al otro lado de la ventana puso fin a aquel momento. David apretó su mano antes de soltarla y salir fuera.

Vivi se fue preguntándose qué más querría decirle.

Tres horas después, la banda ya había terminado el último ensayo. Joe parecía bastante contento y se lo agradeció varias veces. Vivi miró a su alrededor, a todos los trabajadores, que corrían de un lado para otro dando los últimos toques a la carpa y colocando las cosas para la fiesta.

—¿Te apetecería comer conmigo? —preguntó Franco, mientras Vivi bajaba de un salto del escenario recién montado.

—Suena bien.

Esa semana apenas había hecho progresos en su batalla por superar lo de David. Almorzar con Franco sería un paso más en la dirección correcta. Además, cuanto más tiempo pasara alejada de los demás miembros de la familia St. James, menos posibilidades habría de que acabara revelando de forma accidental el secreto de David y menos oportunidades de que Laney le soltara más insultos.

Franco sugirió volver al Beachhead y a Vivi le pareció bien. Una chica de vacaciones podría comer y comer miles de rollitos de langosta. Al igual que la otra vez, comieron fuera. Varias banderas en el porche se habían roto bajo la presión de la constante brisa marina. Si cerraba los ojos, podía creer que estaba en un velero.

Después de pedir, Vivi empezó un interrogatorio.

—¿Tienes familia en Italia?

—Mis padres volvieron hace dos años. Viven a las afueras de Florencia.

—¿Y los visitas a menudo?

Vivi se inclinó hacia delante, apoyando la barbilla en sus manos. Franco copió su movimiento.

Tan de cerca, ella pudo ver los reflejos dorados de sus ojos marrones. Sus pestañas oscuras eran cortas y gruesas en vez de largas y curvadas como las de David.

—Dos veces al año. Más si tengo algún encargo cerca.

Los rostros de la madre y del hermano de Vivi aparecieron en su mente. Si hubieran sobrevivido, nada habría podido alejarla de ellos. Diablos, si, a pesar de su difícil relación, visitaba a su padre al menos una vez al mes. Pero, por otra parte, ¿quién era ella para juzgar?

—Nunca he estado en Italia. Parece muy romántica en las películas. Me encantaría ir algún día a la Toscana a pintar.

Desconectó momentáneamente de la conversación y se imaginó a sí misma en el balcón de una antigua villa de piedra con un tejado de tejas rojas, mirando a un patio decorado con maceteros de terracota rebosantes de hiedra y flores, haciendo el boceto del paisaje ondulado dorado y verde.

—Música, fotografía y pintura. —Franco sonrió, devolviéndola al presente—. Una verdadera artista.

—No demasiado buena, pero me gusta hacer arte con los niños de mi colegio. —Vivi sonrió al pensar en sus entusiastas alumnos. Mancharse de pintura con ellos. Su alegría—. Un público fácil de impresionar. Mi favorito. De hecho, deberíamos hacerlos venir para la fiesta de esta noche.

—Tú solo acepta el cumplido. —Franco se sentó hacia delante—. De todas formas, la pasión mueve más que las habilidades en lo que respecta al arte y tú, obviamente, eres una mujer apasionada.

Cuando cruzó la mesa para cubrir su mano con la suya, el oscuro destello de deseo en sus ojos la aturdió. Vivi sospechaba que Franco no tenía que esforzarse demasiado para llevarse a las mujeres a la cama. Advertiría enseguida que ella no era de ese tipo de mujeres.

—Apasionada de la vida. —Vivi apartó la mano y le dio un sorbo a su refresco—. Me encantan los paseos por la naturaleza, el cine, la comida india... Bueno, todo tipo de comida, en realidad. ¿Y tú?

Vivi siguió sonriendo. Si él no estaba realmente interesado en que se conocieran mutuamente, esa sería su única cita. Vivi jamás sería un polvo fácil.

—¿Que si soy apasionado? —dijo esbozando una sonrisa pícara—. Eso creo. ¿Quieres que te lo demuestre?

—Pobre Franco, esto va a ser una absoluta decepción para ti. —Vivi se rio para no sentirse su presa—. Siempre advierto a todo el mundo de los peligros de las expectativas excesivas.

—Me gusta tu franqueza. —Franco soltó una risita—. Relájate. Solo estaba bromeando. Me gustas, así que no haré nada que te pudiera asustar.

Le gustaba. Qué reconfortante.

—Vale, pues déjame viajar a través de tus experiencias. ¿Cuál es tu lugar favorito del planeta? —Vivi se acomodó en su silla—. Nunca he salido de los Estados Unidos.

—¿En serio? —Franco se inclinó hacia delante, extendiendo las palmas de las manos en la mesa—. Quizá podríamos solucionar eso con mis próximos encargos. Podría ayudarte a mejorar tu fotografía paisajística.

—¡Me encantaría que me dieras clases de fotografía! ¿Pero podríamos empezar en Central Park? —continuó antes de beber un poco de té y cambiar de tema—. Pero volvamos a mi pregunta. ¿Cuál es tu lugar favorito?

—No sabría escoger uno, pero prefiero las ciudades a los lugares como este —afirmó, señalando la isla—. Necesito el ruido de la gente, el tráfico, las luces... signos de vida.

Vivi prefería la belleza de la naturaleza: las montañas, los lagos, los bosques y los océanos. Por supuesto, las ciudades extranjeras con edificios antiguos también tenían su encanto. Soñaba con sentarse en el borde de la Fontana di Trevi con un expreso en la mano, y luego pasear por el Vaticano y la Capilla Sixtina para ver la obra maestra de Miguel Ángel.

En esos sueños, siempre estaba con David, que sabría tanto sobre cada lugar que visitaran como los guías turísticos.

Miró al otro lado de la mesa, a Franco, decepcionada con su vaga respuesta. Siguió interrogándolo sobre su familia, sus amigos y sus aficiones. Al final del almuerzo, él había evitado todas las preguntas importantes con respuestas informales.

Aunque se había reído y la conversación no había resultado forzada, Vivi se sentía como si se hubiera comido un postre sin azúcar. Una imitación barata de algo real.

Por supuesto, ese solía ser el patrón. Conocía a un chico, se emocionaba y luego no salía nada favorecido de la comparación con David. Sus músculos se tensaron. Mientras Franco pagaba la cuenta, se frotó el ceño y reflexionó sobre su crítico historial.

Nunca más. A Franco no le pasaba nada malo. Había sido muy amable. Ningún hombre se desnuda en cuerpo y alma en una primera cita. Tenía que dejar de proyectarse tanto en el futuro. Dejar de centrarse en lo que faltaba en favor de lo que sí estaba presente.

Cuando Franco la cogió de la mano mientras volvían al coche, no la apartó. Se iba de la isla al día siguiente. Aquel era un día para la aventura y la posibilidad, no para la duda y la preocupación.

Cuando Franco se paró frente a la casa de los St. James, Vivi vio los coches de Laney y de Jackson aparcados en el camino de gravilla. Ella intentó quitarse el cinturón mientras él rebuscaba en el asiento de atrás.

—Espera.

Sacó una bolsa de regalo.

—¿Qué es esto? —Metió la mano en la bolsa de tela y sacó un vestido de punto ultrasuave con cuello *halter* en azul Francia, lavanda y blanco—. ¿Para mí?

—Dijiste que no te habías traído nada bonito que ponerte en la fiesta. Vi este vestido en el pueblo y me acordé de ti.

—Muy considerado de tu parte. —Sus ojos se abrieron como platos por la sorpresa. La desconfianza se impuso a la gratitud—. Pero no puedo aceptarlo.

—¿No te gusta?

Franco ladeó la cabeza, intentando sondearla.

—Me gusta mucho. ¡Pero mira qué colores! —Deslizó el tejido, parecido a la seda, por sus dedos—. Apenas nos conocemos. No deberías comprarme regalos caros.

Volvió a meter el vestido en la bolsa y quiso devolvérsela.

—Quiero que lo tengas.

Sin apartar la mirada de la bolsa, la boca de Franco se crispó.

Mierda. Todo en su expresión le decía que se sentía insultado. Vivi no era buena en muchas cosas, pero se le daba de miedo sabotear la felicidad.

—Vale, entonces me lo quedo. —Vivi tocó su antebrazo—. Es muy bonito, Franco. Tienes muy buen gusto.

Franco sonrió y volvió a mirarla.

—Me alegra que pienses eso.

—Sí, lo pienso. De verdad. —Apretó su brazo—. Eres adorable.

—Solo cuando estoy debidamente motivado.

Franco le dedicó una sonrisa voraz que lo hacía parecer de todo menos adorable.

Vivi se echó a reír y él la besó en la mejilla antes de que ella se despidiera con la mano. Cuando Franco salió del camino de entrada, entró en la casa.

—Ya he vuelto. —Su grito fue recibido con un silencio—. ¿Hay alguien?

Se puso un bañador y empezó a bajar las escaleras del acantilado. Cuando giró la primera curva, vio al grupo debajo, lo que le hizo acelerar el paso.

—¡Eh! —Extendió su toalla junto a la sombrilla de Cat. David le sonrió. Laney apenas sí despegó la mirada de su libro—. ¿Dónde están Jackson y Hank?

—No sé. —Cat se incorporó y entrecerró los ojos—. Bueno, ¿ya está todo listo?

—Sí. Todo ha ido bien. —Vivi se hizo una cola de caballo y la dejó caer sobre un hombro—. Por supuesto, sugerí que se obligara a todos los invitados a beberse al menos un chupito de tequila en cuanto llegaran para que no notaran mis errores.

—Me alegra que puedas bromear. —Cat se echó hacia atrás sobre los codos—. Me he preocupado al ver que tardabas tanto en volver.

—Franco me ha invitado a comer después del ensayo.

Vivi empezó a jugar con su pelo.

—Oh, oh. ¿Esa mirada? —Cat escudriñó la cara de Vivi—. ¿Ha pasado algo?

La mirada de David también se clavó en ella. La atención de ambos la puso nerviosa. Se encogió de hombros mientras dejaba que la arena cayera entre sus dedos.

—Me ha comprado un vestido para que me lo ponga esta noche.

—*Oh, la, la.* —Cat dibujó una sonrisa cómplice en su cara—. Eso es interesante.

—Al principio le dije que no podía aceptarlo. —Vivi frunció el gesto—. Después, al darme cuenta de que había herido sus sentimientos, lo acepté.

—¿Y por qué no deberías aceptarlo? —dijo Laney.

Vivi giró la cabeza en dirección a Laney.

—No nos conocemos tanto. Esta comida ha sido nuestra primera cita de verdad. Me parecía algo demasiado personal.

—Es un regalo de un hombre guapo, no algo siniestro. —Laney dejó el libro sobre sus muslos y cruzó las piernas—. Disfrútalo.

—No quiero crearle falsas expectativas.

Vivi frunció el ceño.

—Le das demasiadas vueltas a las cosas. Te ha hecho un regalo. No te ha dado las llaves de un hotel y un condón.

Laney puso los ojos en blanco y retomó la lectura, ajena a la reacción de estupefacción de Vivi.

—Si no te sientes cómoda, devuélveselo —interrumpió David.

Laney bajó el libro, dedicándole una mirada burlona a David.

—¡Qué interesante, David! —Entrecerró los ojos—. Quizá debiera haber rechazado tus regalos en vez de aceptarlos como muestras de cariño.

—No tergiverses mis palabras, Laney. —El tono irascible de David hizo que Vivi tragara saliva—. Si Vivi no se siente cómoda, debería devolverlo.

David se inclinó hacia Vivi con la mano estirada hacia su pierna.

—Siempre has confiado en tu intuición. No dejes de hacerlo ahora.

La temperatura de la playa no podía competir con el enfrentamiento corrosivo que mantenían David y Laney. Al parecer, no habían resuelto la pelea que había empezado durante el desayuno.

A pesar de los esfuerzos de Vivi por ser amable, cada día le resultaba más difícil. Las mentiras, las medias verdades y las señales confusas le estaban pasando factura a su paz mental. Aunque le habría encantado que David rompiera con Laney, no quería ser la causa de sus problemas.

—Quizá esté exagerando. —Vivi esbozó una sonrisa forzada—. Es un vestido muy bonito. Dijo que me lo había comprado porque yo había comentado que no tenía nada que ponerme para la fiesta. Sí, la verdad, su regalo ha sido todo un detalle.

El silencio de Cat no engañó a Vivi, que sabía que su amiga se estaba mordiendo la lengua. Por fin, Cat se puso en pie y fijó la mirada en Vivi.

—Vamos a darnos una vuelta.

Una vez lejos de la pareja, Vivi preguntó:

—¿Has averiguado que pasa entre esos dos?

—No tengo ni idea. Laney no ha parado de llorar en todo el día. Me sentiría mal por David si no fuera porque todavía estoy un poco enfadada con él. —Cat se rio disimuladamente—. El karma es una zorra. Por lo visto, una zorra de Chicago.

Aunque Vivi no hubiera sabido las razones de la ausencia de David, tampoco habría disfrutado con su tristeza.

—Eso no está bien, amiga.

Vivi le dio un golpecito en el brazo y luego caminó en silencio unos cuantos metros. Con cuidado para no despertar suspicacias, dijo:

—David quiere que las cosas vuelvan a ser como antes contigo y con Jackson. ¿Puedes al menos darle el beneficio de la duda? Habla con él.

—Mi hermano evita las preguntas directas. —Cat agitó la mano en señal de indignación—. ¡Cómo se nota que es abogado!

—Sea lo que sea lo que esté pasando entre tu padre y él, es algo que tienen que solucionar ellos. No dejes que eso afecte a tu relación.

Vivi entrelazó sus manos a su espalda y miró las olas.

¿Habría hablado demasiado? Dios, y todavía quedaban tres días con sus tres noches. ¡Jamás sobreviviría a toda esa tensión! Por primera vez en su vida, deseaba que los días de vacaciones pasaran rápido.

Cuando volvieron a sus toallas, Laney se había ido. Cat miró a su hermano, esperando una explicación.

—¿Qué está pasando entre Laney y tú?

—Por favor, Cat, no preguntes ahora. He estado a la defensiva todo el día.

Volvió a concentrarse en su libro, cerrando así la puerta a hablar del tema. Cat le lanzó a Vivi una mirada de «te lo dije», levantó la barbilla y recogió sus cosas.

—Bueno, si esta noche vamos a salir de fiesta, será mejor que me eche una pequeña siesta. —Cat puso rumbo a las escaleras, con su toalla y su botella de agua—. ¿Vivi?

—Voy en un minuto.

Vivi dudó, atraída por David a pesar de todo. Sabía que, con el tiempo, su corazón herido sanaría y que su amistad era un raro regalo que merecía la pena conservar.

Se sentó y estiró las piernas.

—¿Quieres hablar?

—De hecho, tengo un pequeño amuleto para que te dé buena suerte en caso de que te pongas nerviosa esta noche. —Le entregó una hoja de papel que sacó de su libro—. No es tan caro como un vestido nuevo, pero me ha salido del corazón. Ten en cuenta que es una versión reducida y no es perfecta para la ocasión. Espero que entiendas por dónde voy.

—Gracias, David. Es un bonito detalle.

Vivi desdobló la nota y leyó las secciones abreviadas del poema que había copiado.

«Los cantantes»

Dios envió a sus cantantes a la Tierra
con canciones de tristeza y de alegría,
para que toquen el corazón de los hombres
y los hagan regresar al cielo algún día.
...
Estos son los tres grandes acordes de la fuerza
y aquel cuyo oído esté bien afinado
no oirá disonancia en los tres,
sino la más perfecta de las armonías.

Henry Wadsworth Longfell

Oh, Dios mío.

Vivi miró a la cara sonriente de David.

—¡Y hablas de nervios! ¿Para que toquen el corazón de los hombres? —Se rio entre dientes—. Solo a ti se te ocurre citar a Longfellow. ¿No podías haberme regalado un trébol de cuatro hojas o algo así?

—No, tenía que ser esto. Jamás dejaré de intentar que aprecies a los clásicos. —Le apretó el tobillo—. El significado del poema original no encaja, pero estas líneas son un recuerdo de que el poder y la belleza de la canción no radican en tener una voz perfecta. Ni siquiera necesito oírte cantar para saber que tu voz reflejará tu generoso espíritu y, por tanto, aunque desafines o te saltes una palabra o dos, tocará el corazón de los hombres.

—Veremos si luego eres capaz de mirarme a los ojos esta noche y repetir eso sin reírte —bromeó para disipar el deseo de lanzarse a sus brazos—. Pero valoro tu gesto. Gracias.

Volvió a doblar la nota y la guardó en su mano.

—Ahora dejemos de hablar de mí y cuéntame qué está pasando con Laney. Después de haberle contestado tan airadamente esta mañana, sabes que me siento responsable.

David negó con la cabeza.

—No puedo hablar sobre Laney contigo, Vivi.

—¿Por qué no?

—Porque... —dijo frunciendo el ceño mientras dejaba el libro sobre sus muslos—. Porque resulta raro hablar de nuestras vidas sentimentales. Jamás lo hemos hecho, ni una sola vez en trece años.

—Bueno, siempre hay una primera vez para todo.

Vivi esbozó una gran sonrisa para intentar convencerlo o quizá para intentar convencerse a sí misma de que había superado sus antiguos sentimientos.

—No quiero. Me gusta cómo hemos sido siempre, en nuestra propia burbuja donde el resto del mundo, de alguna manera, desaparece. —La sonrisa lánguida de David era fiel reflejo de la nota de melancolía de su voz—. Y yo no quiero saber nada de los detalles íntimos de tu relación con Franco ni con ningún otro, la verdad.

—¿Por qué no?

Las palabras brotaron de su boca antes de que pudiera siquiera pensarlas.

David tragó con fuerza y se removió inquieto en su tumbona, mirando a todas partes menos a ella. Su mirada siguió a la gaviota que se había lanzado en picado y luego salió volando por encima del brillante mar.

El tiempo se ralentizó. También su respiración.

Los segundos parecían horas antes de que, por fin, respondiera con voz tensa.

—Simplemente no quiero.

Las palmas de las manos de Vivi alisaron la arena que rodeaba sus piernas mientras intentaba ordenar sus pensamientos. Este tipo de conversaciones son las que le habían llevado a albergar esperanzas durante tanto tiempo. La frustración recorrió su cuerpo, haciendo que se enfadara, no sabía muy bien si con él o con ella misma.

—¿En serio? ¿Así que prefieres retirarte y enfadarte y dejar que los demás se sientan incómodos estos días a hablar sobre Laney? —Vivi lo apuntó con el dedo—. ¿Crees que no podría soportarlo? Ahora puedo.

—Quizá sea yo quien no pueda, Vivi. —David se frotó las manos en los muslos sin mirarla a los ojos un instante—. Por favor, déjalo estar.

Se produjo un momento de silencio hasta que Vivi soltó un largo suspiro. Por mucho que lo hubiera querido, jamás volvería a suplicar a David.

—Vale, pero no vengas a quejarte de los cambios que sufre nuestra relación para luego dejarme al margen cada vez que decides que algo está prohibido. No puedes marcar tú solo las normas. Podemos ser amigos o no. Infórmame cuando lo hayas decidido.

Vivi cogió su toalla y se marchó enfadada antes de que él pudiera responder.

No, aquello no había salido como esperaba. Nada parecía salir como ella esperaba.

Se aferró al poema que llevaba en la mano mientras subía las escaleras, como si las palabras bonitas pudieran mejorar las cosas.

A las seis y media, Vivi se colocó frente al espejo. Con la excusa de que tenían que verla bien desde el escenario, Cat había insistido en maquillarla. Vivi apenas podía reconocer aquel rostro que la miraba. Se hizo una trencita en cada sien y se dejó el resto del pelo suelto. No estaba mal, pero con tanta humedad, acabaría pareciendo un chia pet para cuando llegara la noche. Replegándose en sí misma, se puso el nuevo vestido y dio un paso atrás para poder ver el resultado final.

¡Oh, no!

—¡Cat! —Vivi se abrochó el cuello para luego tirar y empujar los tirantes de su sujetador en todas las direcciones—. No hay forma de que me pueda poner un sujetador con este vestido.

—No. Sin sujetador. —Cat acabó de abrocharse el cinturón de su propio vestido cruzado carmesí—. Está arrugado, ¿verdad?

—No mucho. Yo nunca voy sin sujetador. —Después de quitarse el sujetador, Vivi balanceó el cuerpo y movió los brazos en todas direcciones, frunciendo el ceño—. No van a parar de moverse mientras canto.

La sonrisa diabólica de Cat se hizo más grande.

—Bueno, ahora sabemos por qué Franco te compró ese vestido.

—¡Oh, Dios mío! —exclamó Vivi con los ojos desencajados y los brazos cruzados a la altura de su pecho—. Debería cambiarme.

—¡No! —Cat cogió a Vivi por los hombros—. Deja de esconderte de los hombres. Abraza tu sexualidad. Abraza la atención de Franco. Compórtate como alguien de tu edad y diviértete. En diez años, la gravedad hará que sea imposible ponerse un vestido como ese, así que disfruta del momento.

Desconcertada, Vivi descruzó los brazos y volvió a mirarse. Quizá Cat tuviera razón. Llevaba ocultándose detrás de ropa andrajosa tanto tiempo que ya no era capaz ni de recordarlo. Poniéndose firme, inspiró profundamente y siguió a Cat escaleras arriba.

Hank silbó cuando las chicas entraron en el salón. Jackson tiró la revista que estaba leyendo y mostró sus hoyuelos.

—Vamos.

Dio una palmada y le guiñó un ojo a Vivi.

—¿Dónde está David?

Cat miró a la luz que emanaba de la parte superior de la escalera.

—Llegan tarde. Creo que Laney se lo está haciendo pasar mal. —Jackson le lanzó a Hank una mirada de soslayo y una sonrisa de satisfacción—. Ahora vendrán.

—¿En serio? —resopló Cat, agitando la cabeza—. ¿Acaso no tendríamos que irnos todos juntos?

Vivi se puso a jugar con el dobladillo de su vestido para esconder su decepción. A pesar de los nervios y de su reciente discusión, quería que David viera su actuación esa noche. Ahora seguramente se la perdería. En su corazón, sabía que Laney había obligado a David a escoger y aquella elección dolía más de lo que quería que los demás vieran.

—Vámonos —dijo ella con sonrisa avergonzada—. Antes de que me raje.

—Estoy deseando verte actuar. —Hank le pasó un brazo por encima de los hombros—. Sé que estarás genial.

—Gracias. —Y le dio una palmadita en la mano—. Genial estaría bien, pero me conformaría con decente.

—Creo que todos los hombres estarán tan distraídos mirándote que no escucharán ni una sola nota. —La hizo girar—. ¿Eso te hace sentir mejor o peor?

—No lo sé.

Por dentro, sin embargo, sus palabras le complacieron. Nunca había atraído así la atención de los hombres.

Ya casi llegando al coche, Vivi cayó en la cuenta de que se había olvidado el bolso, así que volvió corriendo adentro para cogerlo. Al volver, David bajó corriendo las escaleras.

—Vivi. —Se detuvo frente a ella y la cogió de la mano—. Quería desearte suerte. Te prometo que estaré allí en cuanto sea posible. No pienso perderme tu actuación.

Entonces, de repente, sus ojos se oscurecieron al estudiar su vestido.

—¿Franco te ha comprado eso?

Tensó la mandíbula mientras sus ojos permanecían clavados en su pecho.

Sus mejillas se sonrojaron al instante por la vergüenza, pero entonces las palabras de Cat resonaron en su mente. *Deja de esconderte de los hombres.* Abrazando el mensaje, irguió su postura.

—Sí. —Vivi se dio la vuelta para enseñarle la parte trasera del vestido o, mejor dicho, la ausencia de parte trasera—. Divertido, ¿verdad?

A diferencia de Hank, David no le hizo ningún cumplido. La rigidez, desde la mandíbula hasta los puños, fue su única respuesta.

—Bueno —dijo ella—, tengo que irme. Gracias por desearme buena suerte.

Antes de que él pudiera decir nada, Vivi salió por la puerta.

Capítulo 13

David observó a Vivi desaparecer en la noche. Jamás la había visto con tanto maquillaje ni con los labios pintados de brillo rosa. Su nuevo vestido giraba en torno a sus muslos mientras corría hacia el coche de Jackson. Los lazos de su cuello *halter* le caían por la espalda.

Parecía un juguete sexual envuelto para regalo, un solo movimiento y el vestido caería hasta sus tobillos. Las intenciones de Franco atravesaron el cerebro de David en llamas.

Ver a toda su familia alejándose lo llenó de angustia. La culpa que sentía por sus impulsos cada vez más posesivos hacia Vivi le hicieron capitular a los juegos de Laney esa noche. Y ahora había dejado que Vivi se fuera para que un jugador acabara con ella. Cerró la puerta delantera de un portazo y subió las escaleras.

Empujó la puerta de la habitación.

—Dejemos todo esto apartado hasta mañana. No quiero perderme toda la fiesta.

Varias velas encendidas proyectaban su luz parpadeante por toda la habitación, lo que lo detuvo en seco. Laney estaba sentada a horcajadas sobre la esquina de la cama, vestida con tan solo lencería de encaje negra.

—Yo estaba pensando en una forma mejor de canalizar nuestra frustración.

Se inclinó hacia delante con las manos apoyadas en el colchón, entre sus muslos, dejando ver sus pechos.

—Guau, qué rápido cambias tú de marcha —esquivó David.

Lo último que le apetecía en esos momentos era sexo. Una reacción inquietante y poco usual.

Decidida a seducirlo, Laney se levantó y le tendió sus brazos. Rodeó su rostro con sus manos y lo besó, pero él se puso nervioso, no se sintió tentado. Ella lo empujó a la cama. David no parecía interesado.

—Ahora no, Laney. —Cero interés—. No tenemos tiempo.

Laney se apoyó en los codos.

—¿Prefieres irte corriendo a una fiesta con desconocidos a hacer el amor conmigo?

—No me vengas con esas ahora. —Se levantó, molesto por su manipulación—. Llevamos días planeando esta noche con mi familia. Quiero oír cantar a Vivi. Después tú y yo podemos resolver este asunto y pensar en sexo.

—Sexo —masculló mientras se sentaba sobre sus pantorrillas—. En Hong Kong no tenías problemas para encontrar tiempo para el sexo. Esta semana has estado distraído con otras cosas, con otra gente.

—No me hagas sentir mal por intentar recuperar el tiempo perdido con mis hermanos.

—No te olvides de Vivi. También estás intentando recuperar el tiempo perdido con ella, ¿verdad?

Laney se cruzó de brazos.

—¿Sabes? No pienso dejar que me arrastres a otra discusión. —David inspiró despacio mientras se dirigía a la puerta—. Ahora, podemos tomarnos algo rápido antes de la fiesta o no. En cualquier caso, no pienso disculparme por querer recuperar la relación con las personas a las que quiero.

—Ah, vale, así que hay personas a las que quieres. Entonces parece ser que sí puedes pronunciar la palabra amor.

Laney se levantó de la cama y cogió su vestido de la silla más cercana.

Los remordimientos de David disminuyeron un poco la rabia que sentía en aquel momento. Se había equivocado por completo en cuanto a la falta de interés de Laney por las cuestiones del corazón.

—Laney, siento mucho que estés molesta, pero ¿podemos dejar esto para mañana?

—Vale. —Se puso las sandalias—. Pero esta conversación no se ha acabado, David, ni de lejos.

—Como si no lo supiera —se dijo casi para sí mismo.

Maldita sea, nada iba según lo planeado y él odiaba los imprevistos.

David acompañó a Laney al Hotel Manisses para tomarse una copa solos. Se sentaron en una mesa alta, junto a una pared de ladrillo, que les ofrecía una vista completa del animado bar, pero ni el ambiente ni ningún tema de conversación le permitió sobrellevar la presencia de Laney.

Otras parejas estaban bebiendo o comiendo, susurrándose cosas al oído y tocándose. A su alrededor, David veía gente normal riéndose, disfrutando de sus vacaciones. Pero él no. No había dejado de dar pasos en falso, uno tras otro, hasta llegar al punto muerto actual con su futura exnovia.

—Dime la verdad, David. —Laney apoyó la barbilla en la palma de su mano—. ¿Qué hay en realidad entre Vivi y tú?

—Trece años de amistad.

Eso no era mentira.

—Nunca me habías hablado de ella, pero no has dejado de preocuparte por Vivi desde que hemos llegado. Siempre buscas excusas para pasar unos minutos a solas.

—Estoy intentando recuperar mi relación con ella, como también estoy intentando recuperar mi relación con Jackson y Cat. Nuestra amistad es... diferente, pero siempre ha sido algo platónico.

David sabía que su actitud defensiva no jugaba a su favor. También sabía que no quería mantener esa conversación en público.

—O me estás mintiendo o te estás mintiendo a ti mismo. —Laney se acomodó en su silla, con el ceño fruncido—. Quizá ambas cosas.

—Por favor, deja ya el interrogatorio. —David se pasó la mano por el pelo por enésima vez en el día—. ¿No podemos disfrutar de la copa e irnos juntos a la fiesta?

Laney se limitó a cruzarse de brazos y mirarlo fijamente.

Mentalmente, David levantó las manos en señal de rendición, pero ella no estaba dispuesta a dejar su propia ira a un lado. Tras echar un vistazo a su reloj, cayó en la cuenta de que la banda ya debía llevar media hora tocando. Decidido a no perderse toda la actuación, pagó la cuenta y acompañó a Laney al coche.

Cuando llegaron, ya era noche cerrada. Apenas se veía la propiedad, pero la luz salía de todas y cada una de las ventanas de aquella casa tan grande. Había coches aparcados a lo largo de todo el camino y en parte del jardín. David metió el coche de Laney cerca de la entrada de la casa.

La música se propagaba por el aire. Escuchó, incapaz de discernir la canción ni la voz de Vivi desde donde estaba. Buscó la mano de Laney como por costumbre. Pero ella lo detuvo y empezó a alejarse a toda prisa hacia el jardín trasero. Le dio una patada a la gravilla llevado por la frustración y luego consiguió ponerse a su altura.

Ambos se pararon momentáneamente cuando rodearon la esquina de la casa. John Slater sabía cómo montar una fiesta. Había miles de luces blancas colgadas a lo largo de una carpa inmensa. Colocadas a lo largo del perímetro de una pista de baile de parqué, había mesas de cóctel altas, cada una con un mantel oscuro y muchísimas velas. En las dos esquinas más lejanas de la zona cubierta, habían instalado dos barras. Los invitados estaban bailando, charlando y bebiendo.

La mirada de David recorrió a la multitud hasta que pudo atisbar a Vivi mientras la banda acababa una canción. Una sonrisa se dibujó en su rostro justo antes de localizar a Cat, Jackson y Hank en la parte derecha de la carpa. Se abrió paso entre la multitud para llegar hasta ellos, arrastrando a Laney detrás.

—¿Cómo va? —le preguntó a Cat justo cuando el tañido de las cuerdas de la guitarra y los golpes de batería brotaban del escenario.

—¡Genial! —gritó.

La música devolvió su atención al escenario. Vivi se acercó al micrófono. David se hizo a un lado para poder ver mejor a través de la muchedumbre. Ella se balanceaba al ritmo de la canción con una sonrisa taimada en los labios antes de empezar a cantar «My Oh My» de Tristan Prettyman.

Sus cejas se arquearon ante la sorpresa. La voz de Vivi era tan inesperada y conmovedora como ella. David se quedó quieto, fascinado por su presencia seductora sobre el escenario y por su voz de blues.

Cuando la gente a su alrededor empezó a dar palmas, el corazón de David empezó a latir al ritmo de la canción. Igual que cuando la vio por primera vez en el puerto después de tanto tiempo alejados, verla en el escenario arrojaba una luz diferente. Era la misma, pero a la vez distinta. Y, maldita sea, su voz sexi le hizo desearla.

La banda anunció su última canción, una a la que Vivi aportaba armonía. Calculó que tendría como unos cuatro minutos para salir a hurtadillas y pasar unos minutos con ella a solas después de la actuación.

Con la mano en la oreja de Laney, David le preguntó:

—¿Quieres algo de beber? Voy a por una cerveza.

—Vale. —Se encogió de hombros—. Un vino blanco para mí, por favor.

El semblante tranquilo de Laney apenas le afectó mientras se iba en busca de Vivi. Rodeando a la gente, se acercó al escenario mientras la música llegaba a su fin y la banda se despedía. Desde la distancia, vio cómo se bajaba del escenario, directa a los brazos de Franco.

No vio a David, que estaba de pie a unos metros de distancia, oculto tras otros invitados. Pudo ver cómo sus labios dibujaban una sonrisa deslumbrante en respuesta a algo que Franco le había susurrado al oído. De su columna brotaron escalofríos cuando Franco puso su mano en la nuca de Vivi y la besó, un beso al que ella respondió.

El aire salió de los pulmones de David como si le hubieran dado una patada de kárate en el pecho. La fuerza de sus celos lo hizo retroceder y sintió un profundo dolor en el corazón.

Se había convencido a sí mismo de que jamás podrían estar juntos. De hecho, así seguía creyéndolo, pero por primera vez, se había dado cuenta de que un día, quizá no demasiado lejano, Vivi pertenecería a otra persona. Algún día iluminaría la vida de otro hombre en vez de la suya. Y fuera quien fuera ese hombre, esa relación haría imposible una amistad con otros hombres, entre ellos, David.

Y, lo que era peor, David estaría obligado a ver a su pareja en los eventos importantes y en vacaciones, porque Vivi siempre formaría parte de su familia. Jamás había pensado en cómo se sentiría cuando él perdiera su lugar en la vida de Vivi.

Ahora lo sabía.

Devastado.

En una nube de pensamientos deprimentes, fue tambaleándose hasta la barra y pidió las bebidas. Cuando volvió con su familia, Jackson ladeó la cabeza con curiosidad.

—¿A qué se debe ese ceño fruncido? —preguntó Jackson, levantando su cerveza.

—A nada.

David le ofreció su vino a Laney. La imagen de Vivi besando a Franco volvía a su mente una y otra vez. Odiaba la huella que había dejado en su corazón.

—Me ha costado abrirme paso entre la gente.

—¡Ey! —gritó su hermana, aclamando la llegada de Vivi y Franco, ahora cogidos de la mano.

David borró todo rastro de emoción de su cara, pero su cuerpo se tensó. No podía mirar a Vivi. La sonrisa victoriosa de Franco era lo peor. Cuando descubrió el pulgar de Franco acariciando con suavidad la mano de Vivi, el estómago se le volvió a encoger.

—Has estado impresionante. —Cat abrazó a Vivi—. ¡Impresionante!

Cat la zarandeó de delante atrás antes de pasársela a Jackson, que la levantó del suelo. Hank le plantó un beso rápido en la mejilla para felicitarla mientras David presenciaba la escena desde la distancia, deseando que se lo tragara la tierra.

Todo lo que creía que sabía sobre él, su vida y sus necesidades se estaba desintegrando. Una vez más, se sintió un extraño en su propia familia. Se había alejado durante tanto tiempo que no sabía cómo volver.

Laney le dio un codazo, sacándolo de sus confusos pensamientos. Vivi parecía estar esperando una respuesta, pero él no había oído la pregunta.

—Impresionante, Vivi. —Sonrió, evitando tocarla. No podía correr ese riesgo y mucho menos con Franco, Laney y todos los demás observándolo—. Has estado magnífica.

—Gracias —dijo ella. Aunque solo los separaban unos centímetros, sentía que la distancia entre ellos se hacía más grande—. Me alegra que hayas podido ver al menos una parte del espectáculo.

—A mí también.

Maldita sea, el aire parecía más denso y caliente. Tensó la mandíbula.

La salvación llegó en forma de *disc-jockey*, que empezó con una canción de Usher, silenciando así los pensamientos de David.

Vivi lo miraba como si esperara algo más de él. Durante una milésima de segundo de pura locura, consideró la posibilidad de cogerla, echársela al hombro y salir corriendo de allí. Cuando se quedó inmóvil, Vivi se giró hacia Franco.

—¿Bailas?

—Sí.

David observó cómo se desvanecían entre la multitud. Una bola de discoteca repartía la luz por una carpa atestada de gente. Vio a su hermana dirigirse al centro de la pista de baile con un extraño. Luego, Hank siguió a una guapa chica entre la gente.

David, que necesitaba algo que sacara de su mente a Vivi, le ofreció la mano a Laney, pero ella rechazó su invitación. Al parecer, todavía no estaba dispuesta a dejar de castigarlo. Llegados a ese momento, había perdido la cuenta de sus infracciones.

Joder. Desafiante, gritó:

—Si insistes en castigarme, quizá acabe haciendo algo que lo justifique. —Cogió el brazo de Jackson y tiró de él—. Vamos a buscar algo más fuerte que la cerveza.

Como a medianoche, la gente empezó a irse. Bajo la carpa, sobre las mesas, se amontonaban los vasos vacíos y las servilletas arrugadas. David se había pasado la mayor parte de la noche bebiendo con Jackson y espiando con disimulo a Vivi mientras bailaba, flirteaba y disfrutaba de la fiesta con Franco, Cat y una docena de personas más.

Esperaba que el alcohol fuera una buena distracción, pero ninguna cantidad de whisky podría insensibilizarlo contra la certeza de estar perdiendo la relación más importante de su vida.

Cuando vio a Laney y Cat haciéndoles señales con las manos, David y su hermano cruzaron la pista de baile con paso inestable. Las señoritas deseaban volver a casa. Después de darle las gracias al anfitrión, el grupo se dirigió al césped para buscar sus coches.

Por el camino, David se dio cuenta de que Vivi no estaba con ellos. Apenas había podido hablar con ella en toda la noche. Si se había dado cuenta de que David estaba guardando las distancias, no parecía importarle. Pensar en Franco tocándola y besándola le daba ganas de vomitar.

—¿Dónde está Vivi? —farfulló.

—Ella se queda. —Cat se encogió de hombros—. Franco la acercará a casa luego.

—¡Oh, no! —Golpeó el techo del coche con su mano—. Se aprovechará de ella. ¿O qué pasa si ha bebido demasiado como para conducir?

—¡Mira quién habla! Laney, mejor coge tú las llaves. —Cat puso los ojos en blanco y chasqueó los dedos para captar la atención de Jackson antes de meterlo en el coche—. Vivi ya es mayorcita, David. Estará bien.

Cat y Hank se subieron al Jeep. Laney esperaba en el asiento del conductor de su coche, sin dejar de mirar a David. Ya castigado como estaba, tenía poco que perder. Levantó la mano con los cinco dedos estirados.

—Volveré en cinco minutos.

—Voy contigo —dijo Laney.

—No, espera aquí.

Se fue corriendo, algo tambaleante, hacia la carpa. Un minuto después, vio a Franco, que estaba muy cerca de una guapa morena.

—¿Dónde está Vivi?

David tuvo que contenerse para no pegarle un puñetazo al donjuán en la cara.

—Dentro. Volverá pronto —respondió antes de volver a centrarse en su amiga.

David corrió hacia la casa y sorprendió a Vivi cuando salía por la puerta trasera.

—¡Eh! —sonrió—. Creía que te habías ido.

—No sin ti. —David la cogió del brazo y la empujó dentro de la casa—. Vámonos.

—David, yo me quedo —respondió, liberándose de su mano—. Iré a casa más tarde.

—No, no te quedas.

Vio cómo reaccionó a su tono severo, aunque un poco incoherente.

—¡Hueles a whisky! —Sus grandes ojos azules se abrieron como platos—. ¿Estás borracho?

Puede ser. Pero eso no tenía nada que ver con el asunto. Para evitar discutir en público, la empujó a un cuarto de baño y la inmovilizó contra la puerta.

—No te quedas aquí, vestida así, con ese gilipollas. —Sus pensamientos eran tan confusos como sonaban sus palabras—. Podrías acabar muerta o algo peor.

¿Algo peor que muerta? Eso no tenía sentido, pero no podía concentrarse.

Plantó las manos en la puerta, una a cada lado de sus hombros, preparándose para la pelea. Se había acostumbrado a discutir con Laney; podría aguantar lo que fuera que Vivi le lanzara.

Pero ella, en vez de pelearse con él, se calmó.

—No te preocupes, David. No voy a hacer ninguna estupidez.

No quería su comprensión. Quería pelea, volcar toda su ira en ella por haberle hecho sentir así.

—Apenas lo conoces. Ven a verlo mañana, pero vente a casa conmigo ahora.

Inclinó la frente sobre la puerta. Su boca se quedó a un centímetro de su oreja. *Mmm*. Su pelo y su piel olían a flores.

—Por favor. No me vuelvas loco. Vente a casa.

—¿Volverte loco? —Vivi apoyó sus manos en el pecho de David para alejarlo un poco—. ¿Y qué estoy haciendo para volverte loco?

—Te escabulles.

David acarició un mechón de su pelo con el pulgar y el índice. Mientras jugueteaba con él, le murmuró al oído:

—Me estás alejando. Puedo sentirlo y eso me está volviendo loco.

Se produjo un silencio.

—Estoy aquí —susurró ella.

Él sintió que su respiración cambiaba y que la suya también se aceleraba. David echó la cabeza hacia atrás y vio que los ojos de Vivi estaban fijos en los suyos. Sus pupilas eran oscuras y grandes. Por arte de magia, el ruido, la gente y todo lo que los rodeaba se atenuaron, desapareciendo, dejándolos solos en su propia burbuja.

—Vivi —dijo, deslizando su mirada hacia su boca mientras ella se humedecía los labios—. Vivi.

Su voz sonaba ronca a sus oídos.

No había dejado de mirar esos labios durante toda la semana. Sin pensar, David dijo:

—Bésame.

Y entonces aspiró su labio carnoso entre los suyos. Lo mordisqueó con cuidado, dejándola sin aliento. Al ver que Vivi no se apartaba, David deslizó su lengua en su dulce y cálida boca.

Sus dedos bajaron desde su mandíbula a la base de su cuello, donde pudo sentir su pulso acelerándose. La reacción de Vivi le provocó un gruñido de placer y una tensión repentina en la ingle. Continuó besándola. Las manos de Vivi rozaron con ternura su cara antes de pasearse por su pelo. Retrocediendo, besó sus párpados y la punta de su nariz antes de reclamar su boca.

Vivi se estremecía entre sus brazos, haciendo que la temperatura de David se disparara. Su erección crecía, insistente y dura, mientras rodeaba su cintura con las manos y la elevaba. Ella se aferró a sus caderas con las piernas. Vivi.

—Te deseo —le dijo David entre besos en boca y cuello—. Dios mío, te deseo, Vivi.

Ella gimoteó y se pegó a él, uniendo sus cuerpos. A pesar del frenesí, su suave caricia se movió deliberadamente, explorándolo. Sentaba tan bien.

Tan bien.

Empezaron a dar tumbos por aquel pequeño cuarto de baño hasta que, finalmente, David la subió al lavabo. Se sentía borracho, pero no de Jack Daniel's. Su sabor, su olor y su tacto lo intoxicaban.

Sus manos se deslizaron por su espalda desnuda hasta colocarse bajo sus pechos. Acarició con los pulgares el fino top de Vivi y pudo sentir cómo se le endurecían los pezones. Ella gimió y se arqueó en su caricia, llevando sus emociones al límite.

Un gruñido resonó en el fondo de su garganta cuando introdujo la punta de su dedo pulgar bajo la tela del *halter*. Lo apartó, pero un golpe repentino en la puerta hizo que se pararan en seco. Con los ojos como platos, ambos contuvieron la respiración cuando resonó la voz de Laney.

—David, Vivi, ¿estáis ahí?

David se quedó mirando a Vivi, parpadeando, con la mente confusa. Antes de que pudiera reaccionar, Vivi respondió:

—Soy yo, Laney.

—He oído un gruñido. ¿Qué está pasando?

—No me encuentro bien —respondió Vivi, pálida—. Demasiadas emociones.

—¿Dónde está David? —preguntó Laney.

Sin perder tiempo, Vivi respondió:

—Probablemente estará buscándote. Se marchó enfadado después de que me negara a volver a casa.

Vivi miró fijamente a David sin parpadear.

Durante un tenso segundo, nadie dijo nada.

Laney rompió el silencio desde el otro lado de la puerta.

—Vale. Nos vemos mañana.

David seguía aferrado a Vivi, presas ambos de la pasión, el pánico y el asombro. Ella se liberó de él y se recolocó el vestido antes de bajarse del lavabo. David la cogió del brazo, pero ella se puso tensa y apartó la mirada.

—Espera. —Se frotó la cara con ambas manos y agitó la cabeza—. Dios, espera un segundo. Hablamos mañana. Vente a casa ahora. Por favor, Vivi.

—No —lo taladró con sus ojos fríos e ingenuos, ya sin el más mínimo rastro de deseo en su mirada—. Vete a casa con tu novia. Me quedo.

Se peinó con las manos.

—Déjame sola.

—Vivi —empezó él, incapaz de articular un pensamiento coherente.

Antes de abrir la puerta, le pidió que se escondiera en la bañera.

—Espera un minuto.

Abrió la puerta con fuerza, salió al vestíbulo y desapareció, llevándose con ella el corazón de David.

Su erección todavía no había bajado del todo, lo que complicaba salir de la casa y volver al coche.

Por suerte, Laney todavía no había vuelto. Debía andar buscándolo por la carpa. Quizá se hubiera creído la mentira de Vivi. O eso esperaba porque no le apetecía tener la gran discusión de ruptura delante de toda la familia.

Los remordimientos se apoderaron de él. David había hecho que ambos fueran unos mentirosos y tramposos. Si no tenía cuidado, acabaría haciendo daño a alguien que le importara de verdad y se quedaría sin nada, sin ni siquiera respeto por sí mismo. Se había vuelto como su padre, su peor miedo se había hecho realidad.

Laney volvió al coche de mal humor.

—¿Te has perdido?

Al menos, su comentario irónico era un avance respecto a su silencio anterior.

—Lo siento.

David era incapaz de mirarla a los ojos, todavía ruborizado por haber besado a Vivi. Irracionalmente, estaba enfadado por que Laney los hubiera interrumpido. Se había portado fatal, pero, si volviera a surgir la oportunidad, lo haría de nuevo.

E incluso más.

—Yo también.

Laney encendió el motor y dio marcha atrás para girar el coche.

No estaba muy seguro de si intentaba disculparse por su comportamiento o si se había tratado de un comentario sobre el lamentable estado en el que se encontraba. Y, lo que era peor, no estaba demasiado seguro de que le importara. Cerró los ojos para escapar, pero no podía huir de allí ni de sí mismo.

David estaba atrapado.

Y Vivi estaba con Franco.

CAPÍTULO 14

Mantén la calma. Mantén. La. Calma. Vivi cruzó el vestíbulo y se metió en el dormitorio. Cerrando la puerta tras de sí, apoyó una mano y se inclinó, respirando con dificultad. Las lágrimas amenazaban con brotar de sus ojos.

Se giró, apoyó la espalda en la puerta y se tapó la boca con las manos para ahogar el llanto en su garganta. Poco a poco, se deslizó hacia el suelo y, sentada, se abrazó a sus rodillas.

Cuando Panzer apareció de ninguna parte, gritó. Gimoteó y la olisqueó, lamiéndole las mejillas.

Los minutos pasaron abrazando y acariciando al perro. Panzer era la mejor compañía que había tenido en toda aquella semana. Se quedó con Vivi, como si percibiera su dolor, mientras sus pensamientos se desbocaban. ¿Se habría ido David? ¿Los habría oído Laney? ¿Cómo podría enfrentarse a ellos por la mañana? ¿Qué pensaría Cat? Vivi agitó la cabeza para dejar de pensar, solo para enfrentarse a otro ataque violento. Culpa, conmoción, alegría y vergüenza, todo mezclado. Su ceño se fruncía más a cada segundo.

¡Trece años! Se había pasado trece años fantaseando con David, imaginando sus besos. Pero en ninguno de sus innumerables sueños esos besos acaban con ella sola en la oscuridad.

En el suelo.

Infeliz.

Se frotó los ojos antes de limpiarse la nariz con el antebrazo. Asqueroso, sí, pero no podía importarle menos. Una risa muda escapó de su garganta al recordar otros momentos lacrimosos, en el suelo de los baños del instituto o de fiestas celebradas en casas. Estaba bastante segura de que entonces también había utilizado su antebrazo a modo de pañuelo. Algunas cosas nunca cambian.

Su respiración fue recuperando un ritmo normal a medida que su conmoción iba desapareciendo. Más tranquila, repasó la escena del baño.

Los ojos de David estaban llenos de deseo y ternura. Él me deseaba. Fue él quien inició esos besos. Aquello había sido lo que ella siempre había querido hasta que llegó Laney.

La vergüenza empezó a brotar a borbotones, abrumándola. Aunque él hubiera tenido que ser suyo desde el principio, ¿cómo podía haber besado al novio de otra mujer? No tenía derecho. Las chicas buenas, como Vivi, no le robaban el novio a ninguna mujer. Ni siquiera cuando esa mujer se lo mereciera.

Pero David la había besado. Por supuesto, estaba completamente borracho después de haber vivido bajo una tremenda tensión durante meses, lo que explicaba por qué la había atrapado en el baño y acribillado a besos. Besos que le hicieron temblar las piernas. Besos que le encendieron el cuerpo. Besos que prometían ese amor siempre escurridizo que tanto había deseado.

Una vez más, había sido tonta y ahora no tenía a nadie con quien hablar. Cat quería que David y Vivi mantuvieran las distancias, así que no estaría receptiva a la conversación. Jackson atacaría a David si supiera lo ocurrido. Y aunque Hank parecía saber escuchar, ese incidente solo le confirmaría el egocentrismo de David.

Tendría que gestionarlo sola.

—Tú eres el único al que puedo llorarle, Panzer.

Le rascó tras las orejas, recordando a los muchos perros con los que había compartido sus secretos a lo largo de los años.

Con la cabeza apoyada en la puerta, se dio cuenta de que una fiesta privada de autocompasión no serviría de nada. Suspiró y se levantó del suelo.

Se apoyó en la cómoda blanca de mimbre, mirando al espejo colgado en la pared. En vano. No había forma de arreglar ese pelo con las manos. Lamiéndose los pulgares, se limpió las manchas de rímel que tenía bajo los ojos. Incluso en la oscuridad de la habitación, podía ver su aspecto exhausto. ¿Qué le iba a decir a Franco?

Entonces, sintió pánico. ¿Y qué pasaría si David tenía razón en cuanto a las expectativas de Franco? Ni siquiera podía imaginarse besando de nuevo a Franco con el sabor de los labios de David en la boca.

Tras inspirar profundamente, fue soltando al aire poco a poco y le dijo a su reflejo:

—Puedes hacerlo. —Entonces, se inclinó hacia la cabeza de Panzer—. Deséame buena suerte.

La brisa fresca de la noche la ayudó a volver en sí. Franco estaba a unos metros de distancia, hablando con dos amigos. Confiaba en que no esperara ninguna explicación en cuanto a las causas de su prolongada ausencia. No eran oficialmente pareja. No se habían hecho promesas. De hecho, la primera vez que se habían besado de verdad había sido esa noche. ¿Quién sabe a cuántas mujeres más debía de estar viendo?

Desconcertada por la avalancha de preguntas sin respuesta, se dio un golpe en la cabeza con la mano abierta. No era ni el momento ni el lugar para confesarse. Satisfecha con su decisión, se acercó a Franco.

—¿Vivi? —Se quedó boquiabierto. Se disculpó con sus amigos y se alejaron unos cuantos pasos—. ¿Qué ha pasado?

¡Maldita sea! Su maldita cara de libro abierto la había traicionado.

—David y yo... —Se frotó la frente para luego mirarlo directamente a los ojos—. David y yo hemos discutido.

—¿Sobre qué?

—Quería que me fuese —dijo para continuar tras una pausa—. La cosa se puso seria.

—¿Te ha forzado?

¿Forzado a marcharse? ¿Forzado? Difícilmente. Ella se había entregado a sus besos con cada centímetro de su corazón y de su alma. Por supuesto, Franco no se refería a eso.

—No. —Vivi se mordió el labio—. Todo está bien ya. Olvidémoslo. ¿Quiénes son esas personas con las que estabas hablando?

Franco apartó un mechón de pelo tras su oreja. Levantó la barbilla de Vivi con los dedos.

—¿Te llevo a casa?

—¡No! Vámonos a bailar o a beber o a lo que sea.

Franco negó con la cabeza.

—Mejor no. No estás de humor, no finjas. Te llevaré a casa.

—Todavía no se ha acabado la fiesta —protestó ella.

—Sí para ti. —Franco bebió un sorbo de su copa antes de mirarla—. Me gustaría conocerte mejor, pero no quiero perder el tiempo. Creo que tu corazón ya está comprometido.

Vivi no podía seguir mintiendo, así que se echó a reír. Empezó con una risa nerviosa que acabó en carcajada. Cuanto mayor era la perplejidad de Franco, más fuerte se reía ella. Él se cruzó de brazos, pero sonrió al verla así. Por fin, Vivi se secó una lágrima perdida de la mejilla y recuperó la compostura.

Vivi puso su mano en la frente de Franco y dijo:

—Oh, Franco. Me gustaría no haber perdido tantos años persiguiendo a un hombre que nunca me ha querido, pero sí, aunque lo haya deseado con todas mis fuerzas, sinceramente, no puedo decir que se haya acabado —suspirando, se acercó a él—. ¿Podríamos vernos en Nueva York? De manera informal. ¿Sin ataduras ni promesas? Y, si no es posible nada más, me gustaría que fuésemos amigos.

—*Sì, bella.*

Franco la abrazó con calidez. Su perfume era excitante y Vivi se acurrucó contra los duros músculos de su pecho. Por un instante, se preguntó cómo habría sido su vida si no hubiera conocido nunca a David.

—Ahora te llevo a casa.

—Eh, dormilona, despierta. —Cat le lanzó una almohada a Vivi—. ¿A qué hora volviste anoche?

Vivi parpadeó, aún confusa. Su respiración se entrecortó en cuanto recordó aquellos pocos momentos eróticos en el baño con David. Agitando la cabeza para borrarlos, se estiró y evitó la mirada de Cat. Ya tenía dos secretos importantes que guardar.

—No me quedé mucho más tiempo que tú —respondió, corriendo el riesgo de mirar un segundo a Cat—. Estabas hecha un tronco cuando llegué.

—La fiesta estuvo muy bien. Me pasé un poco con el alcohol y el baile. Espero que nadie me etiquete en alguna foto de Facebook. No me apetece tener que enfrentarme a Justin o a mi agente ni que me interroguen a cada paso que doy. —Cat hizo una mueca—. ¡Te debes de sentir genial después de tu éxito de anoche! Deberíamos mirar en YouTube a ver si alguien ha subido un vídeo de la banda. Quizá termines en la carretera con ellos dentro de poco.

—Ja, ja. —Vivi puso los ojos en blanco—. La vida de músico no es para mí, pero, por una noche, desde luego ha sido muy divertido.

—¡Vivi LeBrun, estrella del rock! —Cat dibujó con las manos una marquesina imaginaria mientras se reía nerviosamente—. No sé, deberías reconsiderarlo.

Vivi se incorporó. Se sentía como si hubiera peleado varios asaltos con Manny Pacquiao.

—Bueno, ¿pasó algo interesante con Franco? —la interrogó Cat con curiosidad en la mirada—. Hora de confesarse. Te guardaré el secreto.

¡Madre mía! Vivi dudó un segundo. De hecho, a Cat le podía dar un ataque si supiera la tórrida sesión de besos con David. Era un asco no poder contarle nada a su mejor amiga sobre cómo todos sus sueños se habían hecho realidad.

—No me he acostado con él, si es eso lo que me estás preguntando. —Vivi, tras ver la reacción de decepción de Cat, hizo un gesto de dolor—. Vamos a quedar en Nueva York.

Al ver la expresión escéptica de Cat, confesó:

—Nos besamos.

Por supuesto, nada comparado con los besos sensuales de David. Vivi se estremeció al recordarlos. Por desgracia, Cat malinterpretó la causa de su reacción.

—Oh, estuvo bien, ¿eh? —Apareció la sonrisa felina de Cat—. Vale, entonces promete. Progresa adecuadamente.

Vivi se limitó a asentir con la cabeza, incapaz de seguir mintiendo tan descaradamente. Había superado su cuota de mentiras piadosas de la semana. No merecía la pena. Se sentía incómoda y ya le costaba recordar quién sabía qué.

—¿Desayunamos?

Cat se incorporó y se estiró antes de destaparse.

¡Oh, Dios mío! No estaba segura de que pudiera enfrentarse a David ni a Laney. Se le hizo un nudo en el estómago y su piel se humedeció.

—¿Estás bien? Pareces enferma —La preocupación de Cat hizo que Vivi se sintiera aún peor—. ¿Bebiste demasiado anoche?

—Estaré bien —respondió saliendo de la cama—. Vamos a desayunar solo nosotras dos.

—¿Por qué?

—No hemos pasado demasiado tiempo juntas esta semana. Además, no me gusta ser el centro de atención. Prefiero evitar a todo el mundo esta mañana.

¿Le compraría Cat su historia?

—Vale. —Cat se encogió de hombros—. En marcha. Estoy muerta de hambre.

Por desgracia, tenían que coger prestado el coche de Jackson, lo que implicaba tener que bajar las escaleras para coger las llaves.

—¡Ahí está la estrella! —Jackson sonrió y apuntó a la mesa, forrada de beicon, huevos revueltos, roscas y zumo—. Siéntate. Te hemos preparado el desayuno.

Hank apartó una silla y le hizo un gesto para que se sentara.

Mierda. El destino la estaba castigando por mentir. La historia de su vida. Esbozó una sonrisa forzada y se sentó en la mesa. Al menos David y Laney todavía estaban durmiendo. Imaginárselos en la cama, acurrucados juntitos, hizo que frunciera el ceño. Enderezó los hombros y fingió otra sonrisa.

—Esto es toda una sorpresa, pero me estáis haciendo sentir incómoda. —Desdobló una servilleta en el regazo y evitó todo contacto visual por miedo a que descubrieran la verdad al mirarla a los ojos—. Si solo he cantado.

—Maldita sea, V. ¡Menuda fiesta!

Jackson se sentó junto a ella y se bebió un sorbo de zumo de naranja.

—Además, estuviste increíble. Si te cansas de enseñar, podrías echarte a la carretera —bromeó antes de inclinarse hacia la silla de Vivi.

—¿Con mi club de fans de tres? Tendría incluso menos dinero que ahora, que ya es decir. —Vivi se echó a reír tan solo con pensarlo, algo que le hizo sentirse bien—. Pero gracias por el cumplido. Y, bueno, cambiemos de tema. No me gusta ser el centro de atención.

—Sí. Por eso precisamente sé que no eres mi hermana.

Jackson miró a Catalina, que tuvo la cortesía de reírse.

La charla desenfadada calmó los nervios de Vivi. Tras unos cuantos mordiscos de aquel contundente desayuno, se le asentó el estómago. En mitad del parloteo, Vivi no dejaba de repetirse las palabras *Creo que puedo*, deseando convertirse en el motor azul de los libros infantiles que su madre solía leerle.

La evocación del beso de su madre y de su dulce voz la cegaron momentáneamente, poco dada a recordar escenas felices de su infancia. *Deja de soñar*. No tenía a su madre ni podía recurrir a su mejor amiga. Como un robot, untó crema de queso en su tostada.

La puerta de la habitación de David se abrió y salió de su ensimismamiento. Vivi se quedó inmóvil. Entonces, se le cayó el estómago al suelo y se tambaleó.

Cat la miró y Vivi acabó con un mareo que por poco la hace caerse de la silla.

—Me siento mal. Necesito aire fresco. Ahora vuelvo.

Salió corriendo por la puerta de cristal, cruzó el césped y desapareció por las escaleras.

Paró allí donde David le había confesado todo el otro día. Con el acantilado a sus espaldas, se sentó y dejó que el sol le calentara la cara mientras intentaba no escuchar los graznidos de las gaviotas.

Inclinándose hacia delante, puso sus manos en la barandilla y apoyó su mentón. Un enorme abejorro sobrevolaba los arbustos en flor cercanos a la escalera. Aquella abeja gorda no tenía problemas. Vivi deseó poder extender sus alas y unirse a ella para recoger néctar y repartir belleza por todo el mundo.

Contempló el océano. Su inmensidad solía poner en perspectiva sus propios problemas, pero en ese momento el horizonte no la reconfortaba. Se inclinó con los brazos alrededor de la cintura, deseosa de poder vomitar y sentirse mejor.

Solo habían sido besos. No significaban nada. Oh, cómo deseaba que significaran todo. Pero nunca sería así. David se habría despertado presa del arrepentimiento, si es que recordaba lo que había pasado la noche anterior.

Con los ojos cerrados, se abrazó con más fuerza y pensó en Franco. Durante la comida del día anterior le había parecido un poco superficial, pero la víspera se había mostrado comprensivo.

A otras mujeres les vuelven locas los chicos malos, pero la bondad siempre había sido el talón de Aquiles de Vivi. Quizá, cuando volviera a casa, a la rutina normal, podría tener una segunda cita con Franco.

Pero todavía le quedaban dos noches más con David y Laney. Antes o después coincidiría con ellos. Y, lo que era más importante, tenía que salvar su amistad con David, si no para honrar su historia en común, sí al menos por el bien de su relación con Cat y Jackson.

—Vivi.

La voz de David sonaba vacilante.

Ella se sobresaltó y luego dejó caer la cabeza.

David se sentó junto a ella, dando la espalda al océano para poder mirarla a la cara. Aferrado al banco con las manos, se inclinó un poco hacia atrás para poder estirar los brazos. Sus cuerpos estaban a unos centímetros de distancia, pero Vivi sentía que estaban sentados a ambos extremos de una valla electrificada.

—Me alegro de que volvieras a casa sana y salva —empezó—. No pude dormirme hasta que te oí llegar.

Su cabeza se giró hacia él. Por la mente se le pasaba de todo y nada. ¿Por qué, de repente, era tan atento? ¿Sería verdad algo de lo que había dicho anoche? ¿Qué estaba pasando entre él y Laney? Se quedó mirándolo, incapaz de verbalizar alguno de sus pensamientos.

Cuando él le cogió la mano, ella, por reflejo, se la retiró. Defensa propia. Si él la tocaba, le daría un bofetón o se tiraría sobre él y no lo dejaría marchar. David hizo un gesto de dolor e inspiró el aire salobre.

—Siento mucho lo de anoche. —Se frotó la cara con las palmas de sus manos y luego las apoyó en los muslos. Miró hacia arriba, hacia la cima del arrecife, después la miró a ella—. Parece que tengo que disculparme contigo todos y cada uno de los días de esta semana. De hecho, no me he portado bien contigo desde que murió mi madre.

David se tapó la cara con las manos y agitó la cabeza. Vivi seguía sin poder responder. Su corazón latía con fuerza en su pecho. Dolía.

—Este asunto de mi padre me ha afectado realmente, Vivi. Me disgusta ver que no puedo controlarlo ni controlarme. —David cambió de postura y se puso frente a ella, con aspecto sombrío—. Creo que deberíamos hablar de lo que pasó anoche y sobre por qué pasó.

Cuando ella no respondió, él preguntó:

—¿Tan disgustada estás que ni siquiera eres capaz de hablar conmigo?

Vivi escuchó el sonido pesado de su respiración irregular. Se sentía como si la estuviesen estrangulando. Rompiendo el contacto visual, se puso de pie y se inclinó sobre la barandilla. Una vez se sintió a una distancia segura, refrenó sus pensamientos, respiró profundamente y los liberó en forma de avalancha de palabras.

—Cuando murió tu madre, te dejé espacio, asumiendo que acabarías volviendo a mí como yo siempre he vuelto a ti. Entonces nos abandonaste a todos sin mirar atrás. Cuando Cat me dijo que volvías a casa, aunque ni te hubieras preocupado de encontrar tiempo para mí, yo estaba deseando verte. Entonces, en el puerto, me pillaste por sorpresa con la noticia de tu novia. En ese momento supe que lo que siempre había esperado y creído jamás se cumpliría.

Sus ojos se llenaron de lágrimas, pero siguió hablando con la garganta tensa.

—Me obligué a aceptar esa decepción porque pensé que, al menos, siempre seríamos amigos. Tu amistad era muy importante para mí. Sé que no debe de haber sido fácil tener que ser cauteloso para no herir mis sentimientos. Estoy segura de que tu familia te habrá presionado para que seas paciente, incluso cuando te asfixiaba...

—Vivi, tú nunca... —interrumpió David.

—Déjame acabar, por favor. A pesar de ser tan empalagosa, tú y yo conseguimos construir esta amistad increíble. Sé que te preocupas por mí y creo que crees todo lo que has dicho esta semana en tu campaña para recuperar nuestra relación, pero seguro que ahora no ves las cosas igual. Ni nuestra amistad, ni tú... ni yo. Hemos cambiado. Me siento muy honrada por que confiaras en mí al contarme la infidelidad de tu padre. Siento mucho lo que ha pasado y, sobre todo, siento que eso te haya cambiado tanto a ti e, indirectamente, a nosotros. Quizá anoche intentaste recuperar lo que se había perdido, pero ya no hay marcha atrás. Ningún beso robado puede hacer que vuelva lo que se ha ido. Fue un error y ambos lo sabemos. Al menos no llegamos demasiado lejos. No pasó nada que no se pueda superar. Así que empecemos de cero y construyamos una nueva amistad. Nos veremos alguna que otra vez en Nueva York, como hago con Jackson. Antes de que nos demos cuenta, todo habrá vuelto a su lugar y estaremos bien. Puedes resolver tus problemas con Laney. Yo volveré a mi vida y alguien surgirá. Y nos veremos de vez en cuando.

Vivi inspiró por la nariz.

—Podemos hacerlo, David —continuó riéndose de ella misma—. Tú puedes hacerlo. Ya lo has hecho antes. Quiero decir que yo también puedo hacerlo y que no tienes que sentirte culpable por nada. Olvidaremos nuestro desliz. Seguro que algún día nos reiremos de todo esto.

Confesar sus sentimientos le hizo sentir aliviada. ¡Por fin había dicho la verdad! Una sonrisa se dibujó en su cara.

—Oh, David, ahora me siento mucho mejor. No te puedes hacer una idea. Gracias por escucharme.

—No tengo elección, ¿verdad? —David se puso de pie y se acercó a ella—. Ahora me toca a mí. Y tengo muchas cosas que decir. Cosas que necesito contarte.

Vivi, sorprendida, negó con la cabeza.

—No.

No quería disculpas ni volver a escuchar que siempre sería una «amiga especial», esa etiqueta que le había hecho albergar esperanzas durante tanto tiempo.

David bajó la barbilla. Cuando abrió la boca para responder, Vivi se la tapó con la mano. Él la cogió por la cintura mientras esperaba a que retirase su mano. Su simple contacto hizo que el cuerpo de Vivi se calentara como un horno.

—Déjalo estar —añadió Vivi sin retirar la mano de su boca y, apoyando la cabeza en el pecho de David, inspiró profundamente, saboreando su abrazo—. Por favor. No digas nada.

Podía sentir su boca cerca, así que lo apartó con la mano y dio un paso atrás, haciendo que los dedos de David perdieran el contacto con su cuerpo.

Él parecía serio, de pie, mirándola.

—Vivi, espera. No lo entiendes.

Los ojos de Vivi se llenaron de lágrimas y decidió alejarse al instante.

—Nos vemos luego.

Girando sobre sus talones, empezó a subir las escaleras sin mirar atrás.

Lo hice. Ya está hecho. Estoy bien. Inspiró varias veces para liberar la tensión y empezó a cruzar la extensión de césped. Se secó las lágrimas y entró en la casa. Oh, mierda. Laney estaba junto a la encimera, mirándola con los ojos inyectados.

¿Se lo habrá confesado David? Le pidió a Dios que Cat, Jackson o Hank aparecieran y le ahorraran aquella confrontación, pero esa mañana Dios no concedía deseos a mujeres deshonestas. Con gran esfuerzo, subió las escaleras para enfrentarse a su oponente.

—Buenos días, Laney.

Vivi esbozó una sonrisa benévola e intentó colarse por la puerta abierta.

—Espera, Vivi. —Laney se cruzó de brazos—. Tenemos que hablar.

—¿Ah, sí? —Vivi se detuvo en la puerta abierta para tener una ruta de escape—. ¿Sobre qué?

—David.

—¿Qué pasa con él?

Las mejillas y las orejas de Vivi se sonrojaron.

—Quiero que te alejes.

Laney le lanzó una mirada acusadora.

—Perdona, ¿de qué estás hablando?

Vivi se inclinó hacia el quicio de la puerta para poder apoyarse, segura de que las rodillas le acabarían fallando en algún momento. La poca dignidad que le quedaba se había visto debilitada por creer que merecía cada gramo de ira que Laney estaba a punto de soltar.

—Déjate de jueguecitos. No soy idiota. Tengo claro que está pasando algo entre David y tú. Sé que vosotros tenéis una larga historia y supongo que te has pasado años colada por él, pero no es justo que utilices su deseo de restablecer sus relaciones con la familia en tu propio beneficio. Además, está aquí conmigo, Vivi. Llevamos siete meses juntos. —Laney se cruzó de brazos—. Tú has tenido años para conquistar su corazón y no lo has conseguido. Pareces buena persona, pero no eres su tipo.

La intención de Vivi era balbucear, pero, en vez de eso, de su pecho salió una carcajada.

—Créeme, Laney, si alguien lo sabe soy yo.

Debería haber dado la vuelta e irse, pero algo hizo que quisiera contraatacar. Quizá el recuerdo del jadeo de David en su oído le había despertado su sed de venganza. Quizá no fueran celos. No lo sabía y le daba igual. Se dio la vuelta y dijo:

—Pero, ¿sabes? Tú tampoco eres su tipo.

Laney abrió los ojos como platos antes de torcer el gesto.

—No tienes ni idea de lo que estás hablando. Nuestra relación es perfecta.

—¿En serio? Entonces, ¿por qué estás tan nerviosa?

—Tus jueguecitos nos están arruinando las vacaciones. —Laney entrecerró los ojos—. Estás jugando con sus debilidades. Me contó que se preocupa mucho por ti como amiga. Así que, una vez más, te pido que no te entrometas ahora que estamos a punto de llegar a un compromiso. No sé lo que pasó entre vosotros dos anoche, pero es conmigo con quien duerme todas las noches. Con nadie más.

—El sexo no es amor, Laney. Sospecho que lo sabes o no te sentirías tan amenazada. —Vivi, enfadada, se apartó del quicio de la puerta—. Conozco a David mejor que nadie. Créeme si te digo que no eres para nada su tipo.

—Soy justo su tipo. Somos iguales en inteligencia, ambición, aspecto y elegancia. A diferencia de tú y él, David y yo encajamos a la perfección.

—Después de todo el tiempo que habéis estado juntos, sigues sin conocerlo en absoluto. Casi me da pena. —Vivi se acercó a Laney—. Tienes que «sentir» a David, no «pensarlo». Como ya aclaramos que no tienes corazón, jamás serás capaz de llegar a él.

—Estoy mil veces más cerca de él de lo que tú lo estarás nunca.

De repente, Vivi vio palidecer a Laney, así que se giró para mirar al porche. No sabía exactamente cuándo había sucedido, pero tenían público. Cat y Hank estaban bajo la puerta abierta. David estaba de pie, con la boca abierta, detrás de ella.

Vivi apretó los ojos. ¿Qué habrían escuchado?

—¿Qué está pasando?

David parecía tener ganas de destrozar algo.

La ira de Laney se transformó en lágrimas.

—Vivi dice que jamás me amarás porque no tengo corazón. Tu amiga no es tan amable como parece ser, ¿verdad?

Los ojos de Vivi se abrieron como platos en señal de protesta. Antes de que pudiera hablar, David se dirigió a Laney:

—Arriba, ahora.

Su tono cortante no admitía réplica. Sin mirar a Vivi, a su hermana ni a Hank, escoltó a Laney adentro. Segundos más tarde, desaparecieron de la vista.

—¿Qué diablos ha sido eso? —preguntó Cat.

Vivi abrió y cerró la boca. Derrotada, se encogió de hombros.

— Laney cree que estoy intentado robarle a su hombre.

Hacía un minuto, le había hecho el mejor discurso de su vida a David. Un minuto después, lo había echado todo a perder provocando a Laney.

—¿Vivi? —Cat ladeó la cabeza, con los ojos como platos—. Creía que lo habías superado.

Su tono de preocupación casi la hizo llorar. Acudiendo al rescate como siempre, Hank rompió el momento de tensión bromeando:

—Desde luego, Vivi, eres todo un espectáculo. Música, drama... ¿Qué será lo próximo? Resérvame un asiento, por favor.

Sus ojos verdes transmitían comprensión. «Te daría un beso», pensó, pero soltó una carcajada al pensar en lo inapropiada que habría resultado su respuesta teniendo en cuenta las circunstancias.

A pesar de sentirse agotada emocionalmente, Vivi se sintió forzada a reírse.

—Quizá pudiera conseguir trabajo con los hermanos Ringling.

Las voces cortantes de David y Laney atrajeron la atención de todos.

—Deberíamos irnos para dejarles algo de intimidad —sugirió Vivi.

—Voy a buscar a Jackson y salimos —ofreció Hank.

Después de pasar un largo día en el pueblo y de cenar tarde, Vivi, Cat, Jackson y Hank sacaron dos botellas de vino y varios quinqués. Una brisa cálida los envolvía mientras se instalaban en las tumbonas del porche. A pesar del día tan desconcertante que había vivido, escuchar la conversación banal de sus amigos sirvió para calmar el alma maltrecha de Vivi.

—Me pregunto si David habrá visto ya el correo electrónico de papá —le dijo Cat a Jackson.

—Será la guinda del pastel de este día de mierda. —Jackson le dio una calada a su puro—. No le va a hacer la más mínima gracia.

—¿Y por qué no le va a alegrar que vuestro padre se vuelva a casar? —Hank miró a Cat y Jackson—. ¿No le gusta Janet?

—No sabemos cuál es el problema. —Jackson sacudió la ceniza y miró al mar—. Ni papá ni David nos han querido contar por qué ya no se hablan. Estoy harto.

Vivi se sentó en su tumbona, a punto de sufrir una crisis nerviosa. Solo podía imaginarse la reacción de David ante el anuncio de boda de su padre. Hostilidad. Angustia. Indignación. Ninguna palabra podía describir lo que debía de estar sintiendo. Y, si se negaba a aceptar el matrimonio, aumentaría la distancia entre él y su familia.

Vivi quería desesperadamente ayudarlo. Le habría gustado poder contar su secreto, pero no, no podía. Tenía que hacer algo.

—David tenía una relación muy estrecha con tu madre. Quizá esté molesto porque tu padre salga con alguien y por eso no se hablan —comentó Vivi.

—Maldita sea, Vivi. Todos echamos de menos a mamá. Pero está muerta. Mi padre se merece pasar página. Se va a casar y David tiene que hacerse a la idea. Janet es un poco joven para él, pero no creo que sea una cazafortunas. —Jackson engulló el vino y dejó la copa vacía junto a su tumbona—. Tiene muchas cosas en común con papá. Son felices. Además, la pelea de David y papá empezó antes de que Janet apareciera en escena.

Oh, Jackson, qué equivocado estás.

—David nunca ha sido irracional. Tendrá una buena razón para mantener esa actitud. Deberíais darle el beneficio de la duda, ¿no?

—Aun después de lo ocurrido, no me sorprende que lo defiendas.

Jackson inspiró profundamente y volvió a centrar su mirada en el mar. Por una vez, el amor que había sentido por David toda su vida le había venido bien para justificar sus comentarios. Nadie sospechó que hubiera algo más en sus intentos por mediar.

La conversación mantuvo un perfil bajo, lo que permitió que Vivi pudiera volver a pensar en David. Le había enviado un mensaje a Jackson antes de las siete. Al parecer, había decidido coger el ferri con Laney y le había pedido a Jackson que le llevara la ropa a Nueva York cuando volviera el domingo.

Vivi no tenía derecho a sentirse decepcionada por que se hubiera marchado con Laney. Había hecho las paces con David esa mañana. No se arrepentía de nada de lo que le había dicho. La oportunidad de ser un tipo diferente de mujer y de amiga parecía la respuesta más madura.

Por desgracia, la verdad se hizo más evidente cuando el día dio paso a la noche. Y la verdad era que habría preferido que la escogiera a ella. No lo había hecho y eso dolía. Su estúpido corazón jamás aprendería. Después de todo este tiempo, seguía siendo tan boba como cuando tenía trece años.

Y, entonces, como por arte de magia, David apareció en el salón.

—¡Eh, creía que te habías ido! —exclamó Jackson a través de la mosquitera, parando a David.

—Bueno, he vuelto. —Su pelo y su ropa desaliñados eran muestra de su cansancio, su mirada vacía inspeccionó a todos—. Me voy a dormir.

Como un fantasma, desapareció, retirándose al refugio seguro de su habitación.

Vivi se mordió el labio, se moría por consolarlo, pero sabía que tendría que esperar a otro momento. Extrañamente, en pleno ataque de ansiedad, pudo darse cuenta de que había vuelto sin Laney. Algo pequeño y cálido estalló en lo más profundo de su corazón, donde guardaba sus más fervientes esperanzas.

Las comisuras de sus labios dibujaron una sonrisa inapropiada. ¿Qué le depararía el día de mañana?

Capítulo 15

Casa de los St. James
Hace cinco años

David se secó y se envolvió con la toalla. El fin de semana de Navidades con su familia había sido relajante, pero esa noche volvía a la ciudad. Sacó de su maleta ropa limpia.

Mientras se vestía, miró por la ventana y vio que el coche de Vivi estaba aparcado en la entrada. David había creído que llegaría antes. Cat, ensimismada en sus cosas y enviando mensajes a sus amigos, ni siquiera había comentado qué la había retrasado.

Bueno, Vivi ya estaba allí, así que podría disfrutar de su compañía durante la cena. Entre su trabajo de más de setenta horas a la semana y su último año en la universidad, no habían estado tan en contacto como el anterior semestre. David había echado de menos aquellos alegres correos electrónicos que antaño habían inundado su bandeja de entrada.

Mientras se abrochaba la camisa, el ajetreo llamó su atención. Al mirar más de cerca, vio a Vivi secarse los ojos antes de abrir la puerta del coche. Sin pensarlo, abrió el cristal de la ventana. Vivi miró hacia arriba. David le hizo señales, encogiéndose de hombros a modo de pregunta. Ella a duras penas esbozó una sonrisa, le lanzó un beso y se metió en el coche. Él no pudo evitar fruncir el ceño mientras veía cómo se alejaba en su coche.

Abajo, se encontró una montaña de cajas envueltas con elaborados lazos sobre la encimera de la cocina. En el otro extremo, su madre estaba abriendo el horno para sacar el pavo.

—Quita, déjame a mí. —Le quitó los guantes de horno y dejó la pesada fuente sobre la hornilla—. ¿Dónde va Vivi?

—A su casa. Solo ha venido a dejar eso —respondió, señalando los paquetes antes de echar un espesante de la salsa—. ¿Decepcionado?

Ocultó sus emociones encogiéndose de hombros fingiendo despreocupación.

—Bueno, llevo tiempo sin hablar con ella y esperaba poder oír sus historias alocadas. Mi vida es muy aburrida últimamente.

Su madre esbozó una sonrisa extraña.

—Mmm. Ya veo.

—Supongo que tendré que conformarme con tu compañía.

David le guiñó un ojo antes de besarla en la frente. Sabía que había sido bendecido con una familia muy unida, algo que él achacaba principalmente al incondicional amor de su madre.

—Teniendo en cuenta que eres mi chica favorita, encantado.

Su madre le dio una palmadita en la cara.

—Siempre has sido mi hijo más cariñoso.

Justo después de cenar, David hizo la maleta, sacó su regalo sin abrir para Vivi y se despidió.

—Te vas pronto —lamentó Jackson.

—A algunos nos esperan en el trabajo mañana por la mañana.

David envidiaba las ventajas de las que disfrutaba su hermano como autónomo. Jackson, a diferencia de David, que prefería ir a lo seguro, era más de seguir sus impulsos. Tras dos años trabajando para una conocida empresa de construcción, había montado su propio negocio como contratista. En unos meses, había reunido un equipo impresionante y conseguido tres trabajos de rehabilitación en el condado de Fairfield.

—Pues deja tu carrera de cobardes y vente a trabajar conmigo.

Jackson se rio entre dientes, deseoso, como siempre, de meterse con su hermano.

David no estaba de humor para juegos.

—Uf, paso. Gracias.

Le dio un beso a su madre y a su hermana, un golpecito a Jackson en la espalda y un abrazo a su padre.

Una vez solo en su coche, se fue directamente a casa de Vivi. Algo iba mal. Jamás se había perdido una cena de Navidad con su familia.

Aparcó en el camino de entrada de Vivi. De la ventana de la sala de estar de aquel ruinoso rancho de los años cincuenta salía una luz que coloreaba de ámbar el césped cubierto de nieve. A lo largo de los años, la había acompañado hasta allí docenas de veces, pero ella jamás le había invitado a entrar. Sospechaba que no quería que comparase su casa con la gran casa colonial con un enorme vestíbulo central de su familia.

Sin embargo, esa noche, no le importaba lo que Vivi quisiera o no. Sentía que lo necesitaba. Apagó el motor y se dirigió al sendero del jardín. Un viento cortante le congeló las mejillas y le llenó las fosas nasales del olor metálico típico de una noche de invierno de Nueva Inglaterra.

Cuando se abrió la puerta, David se encontró cara a cara con el señor LeBrun, pálido y abatido. El padre de Vivi entrecerró los ojos como si intentara abrirse paso entre la niebla.

—Tú eres el hijo de los St. James, ¿no?

—David, señor —respondió él—. Feliz Navidad.

El señor LeBrun se quedó en la puerta de entrada, dejando que el aire frío entrara en la casa, cuando David escuchó la voz de Vivi.

—¡Papá, cierra la puerta!

Ella apareció detrás de su padre, con un pijama de franela decorado con alces sobre esquíes.

—David, ¿qué haces aquí? —le preguntó para luego girarse a su padre—. Papá, todo va bien, yo me encargo.

Después de que su padre se alejara, Vivi repasó su atuendo y suspiró.

—No esperábamos ninguna visita. ¿Todo va bien?

—Para eso estoy aquí, para averiguarlo —respondió dando un paso hacia delante—. ¿Puedo entrar?

Resignada, Vivi se encogió de hombros.

—Por supuesto.

David casi tropieza con la escoba y el recogedor que había en mitad de la sala de estar, delante de un árbol de Navidad caído. Había adornos rotos por toda la estancia.

Antes de que pudiera preguntar, el padre de Vivi abrió una botella de whisky y ella entró en pánico.

—No, papá —corrió a su lado para quitarle la botella de la mano—. Agua. Solo agua.

—Maldita sea, hija. Déjame en paz.

Su padre tiró de la botella, pero Vivi la sujetaba con fuerza, lo que hizo que el hombre tropezara.

David pudo sujetarlo antes de que se cayera al suelo.

—Cuidado.

Vivi evitó la mirada de David mientras sujetaba a su padre por el brazo y se lo llevaba al dormitorio.

—Necesitas descansar. Vuelve a la cama.

Miró a David por encima de su hombro y le susurró:

—Gracias.

Mientras esperaba la vuelta de Vivi, estudió el sándwich de queso a medio comer que había en la mesa de café. *Menuda cena de Navidad*. Sintió acidez en el estómago y se tragó el nudo de la garganta. ¿Por qué su vida tenía que ser tan dura?

Cuando reapareció, tenía las mejillas rojas. David se enfadó aún más al ver el estado en que estaba todo aquello.

—¿Qué ha pasado aquí? —preguntó David, señalando al árbol.

Sin aviso previo, las lágrimas empezaron a brotar de los ojos de Vivi. Se arrodilló para recoger aquel desastre.

—Anoche mi padre se emborrachó tanto que se cayó sobre el árbol y empezó a vomitar. Se desmayó y no recobraba el conocimiento, así que tuve que llamar a emergencias. Nos pasamos toda la noche en el hospital Norwalk, donde le hicieron un lavado de estómago y lo tuvieron en observación. Tenía una intoxicación etílica. —Resopló y se limpió los ojos con el brazo—. Hemos vuelto a casa esta tarde y lo metí en la cama para poder llevar los regalos a tu casa. Se despertó hace una hora, hambriento e irritable. Ahora tengo que limpiar este desastre y sacar el árbol fuera, pero no puedo hacerlo yo sola.

Vivi empezó a llorar sin freno.

—Algunos adornos eran de cuando mi madre estaba viva. Ahora se han roto todos.

Las lágrimas le rodaban por las mejillas, mientras barría las esquirlas de cristal.

David se agachó a su lado y la sostuvo contra su pecho. Besando su cabeza, murmuró:

—No llores, muñequita. Estoy aquí. Te ayudaré. —Le acarició la espalda—. Chsss, chsss, chsss. No llores.

Cuarenta minutos más tarde, habían rescatado algunos adornos sanos y salvos y habían quitado las luces de las ramas. David sacó el árbol de la casa. Cuando volvió dentro, Vivi había tirado los últimos restos de basura.

—Gracias, David. Siento mucho haberte arrastrado a este desastre en estas fiestas.

—¿Por qué no me llamaste anoche? Me apena muchísimo que hayas pasado la Nochebuena sola en el hospital.

La mandíbula de David se tensó al imaginársela aterrorizada al pensar que su padre podría morir. No es que el hombre ofreciera un gran consuelo, pero sin él, ella se quedaría totalmente sola.

—Os habría arruinado las fiestas con mis problemas.

—A ninguno nos habría importado. Si hubiéramos sabido lo que había pasado, no habrías estado sola.

—Estoy demasiado cansada como para discutir ahora —dijo, suspirando—. Estoy segura de que tienes cosas mejores que hacer, como irte a casa a descansar.

David echó un vistazo a aquella lúgubre sala de estar, con sus muebles desvencijados y sus alfombras raídas. A pesar de esas condiciones, Vivi siempre conseguía mantener una actitud alegre. Su aspecto frágil ocultaba un corazón de hierro.

—No tengo prisa. —Buscó su chaqueta para sacar una pequeña caja roja brillante del bolsillo interior—. Además, te he traído una cosa.

La cara de Vivi se iluminó por primera vez esa noche. David sintió la alegría que lo invadía al verla abrir su regalo: dos entradas para ver el nuevo montaje de Broadway de *Los miserables*.

Vivi dio un grito y empezó a dar saltos.

—He oído que le has dicho a mi madre que nunca has ido a un espectáculo de Broadway. Te he comprado dos entradas para que puedas ir con Cat o con otro amigo.

Su cara se volvió toda sonrisa. Con aquel ridículo pijama, parecía el típico niño en Navidad.

—¡Genial! Ya sé a quién se lo voy a pedir.

—¿Ah, sí? —la curiosidad le llevó a preguntar—. ¿A quién?

—Un chico estupendo. Realmente amable, inteligente... considerado.

Vivi jamás había mencionado a ningún otro hombre antes en su vida, quizá David simplemente había dado por hecho que no había ninguno. No sabía si seguir preguntando cuando Vivi se puso de puntillas, se agarró a su cuello y clavó su cara en su cuello.

—¿Vendrías conmigo?

Podía sentir la respiración de Vivi en su piel.

—Por supuesto. —Sonrió y la levantó del suelo, contento por haber iluminado un poco sus Navidades—. Feliz Navidad, Vivi.

—Gracias.

Vivi lo abrazó con más fuerza.

David la devolvió al suelo y le dio un beso en la frente.

—De nada.

Capítulo 16

En la actualidad

Con las rodillas contra el pecho, David se acurrucó en el asiento de la ventana junto a la chimenea del salón y apoyó la cabeza en el frío cristal. Agotado tras las últimas veinticuatro horas, la tranquilidad de la casa a oscuras le resultaba reconfortante.

Al volver del puerto desde donde salía el ferri, había esquivado de forma intencionada cualquier pregunta sobre Laney y había evitado cualquier posible discusión sobre el anuncio de boda de su padre.

Aquel mismo día, se había quedado mirando aquel horrible correo electrónico de tan mal gusto sin poder creérselo antes de terminar vomitando en el puerto. Los músculos de su estómago se contraían cada vez que pensaba en los planes de boda de su padre con Janet. Janet, la destrozahogares más despreciable e insensible del planeta.

El anuncio de su padre había reabierto las heridas que a duras penas habían empezado a sanar. ¿Su padre la quería? ¿La había elegido olvidando a su madre? ¿Olvidándolo a él?

Aquella puta había envenenado a su padre, haciendo que le diera la espalda a todo lo que se supone que él valoraba. El hecho de que fuera a casarse antes de resolver las cosas con David constituía para él otra gran traición.

Que su padre supiera que David no contaría su secreto le carcomía más que nunca. Una prueba con un mayor potencial de desastre que el examen más difícil de la facultad de Derecho que hubiera podido hacer. De alguna forma, viviría de acuerdo con su propio código, sin importarle las consecuencias que esa boda pudiera tener en su vida. Envidiaba la ignorancia de Cat y Jackson, pero David tampoco les robaría esa feliz ignorancia a sus hermanos.

Debería bastarle con saber que su silencio los protegía de la dolorosa verdad, pero esa noche eso no impedía su furia.

Se había escondido en su habitación aquella tarde, buscando consuelo. Aunque estaba agotado por los recientes acontecimientos, no era capaz de dormirse. Ese puñetero limbo perpetuo. En eso se había convertido su vida.

Unas pisadas silenciosas interrumpieron su razonamiento. Entre las sombras, pudo ver a Vivi entrando en la cocina. Verla caminar sin hacer ruido en la oscuridad para ir a buscar un vaso de agua le trajo a la memoria las muchas veces que se había topado con ella en mitad de la noche cuando se quedaba en su casa. No había cambiado mucho a lo largo de los años, ni en tamaño ni en personalidad, pero ahora todo parecía diferente en ella.

Durante los dieciocho últimos meses, se había afanado en intentar apartar de su mente la angustia. Su ciega determinación le había dejado poco tiempo para echar de menos a Vivi. Y, entonces, en el momento en que la había vuelto a ver, toda su historia pasó a un primer plano.

Como si estuviera viendo su película favorita, repasó sus años de amistad, la forma en la que ella le hacía sentir un superhéroe, las cosas absurdas que ella había hecho para que él se riera. Entonces va él y maneja mal su atracción prohibida convirtiéndola en una especie de estupidez etílica.

Daba igual cuáles podían ser sus sentimientos por Vivi, sabía lo que jamás podrían ser. Nada había cambiado a ese respecto. Las objeciones de Cat eran claras y los demás obstáculos seguían estando ahí. Gracias a Dios, Vivi había evitado que compartiera con ella sus confusos sentimientos ese mismo día.

Confesarlo todo solo habría complicado las cosas para los dos. Y, de todas formas, ella ya le había hablado de los cambios que había estado experimentando esa semana, de su deseo de llevar una vida en la que él estuviera menos presente. La inversión de roles podría resultar divertida si no fuera porque a él no le hacía la más mínima gracia. Otra verdad dolorosa que tendría que aceptar. Esperaba que su deseo se pasara pronto.

No sabía gran cosa sobre las mujeres y mucho menos sobre el amor, pero había sentido antes esos ataques de lujuria y siempre se habían pasado.

—¿No sabes que es peligroso merodear por la casa a oscuras? —le preguntó mientras ella se bebía el vaso de agua.

—¡Oh! —Vivi se puso la mano en el pecho y dejó el vaso en la encimera—. Maldita sea, David, me has asustado.

Vivi resopló antes de terminarse el agua. Después, cruzó el salón y se sentó en la mesa que había cerca de donde estaba él. Su presencia cargaba el ambiente de imprevisibilidad.

—¿Qué estás haciendo?

Dobló las manos en su regazo y cruzó los tobillos. La luz de la luna entraba por la ventana; sus rayos se reflejaban en los ojos de Vivi. Su postura relajada contrastaba con la confusión de las últimas veinticuatro horas.

David recordó las palabras que había pronunciado antes. Tienes que «sentir» a David, no «pensarlo». ¿Es así como había llegado a conocerlo tan bien? ¿Podría sentirlo incluso en ese momento? Si era sí, sería mejor que echara a correr.

—No puedo dormir.

—Bienvenido a mi mundo —dijo con una risita.

El silencio se hizo entre ellos. David volvió a mirar por la ventana antes de volver a mirarla. Una expresión sombría había sustituido su sonrisa.

—David, siento mucho lo que le dije a Laney —confesó, con rosto compungido—. Ha sido egoísta por mi parte hablar como si supiera cómo te sentías.

—No es culpa tuya.

David habría deseado poder burlarse de las acusaciones de Laney de aquella tarde, pero, a decir verdad, no podía negar algunas de ellas. No le había hecho el amor a Vivi la noche anterior, pero sí lo había deseado. Hizo un gesto de dolor al recordarlo.

—Siento mucho que estuviera molesta, pero los problemas entre nosotros ya existían antes de que tú abrieras la boca.

—Si eso es cierto, ¿por qué se vino a Nueva York?

La expresión de Vivi demostraba que había una segunda intención en su pregunta.

—En Hong Kong, las cosas habían sido fáciles entre nosotros. Justo lo que necesitaba, teniendo en cuenta las circunstancias. Supuse que todo sería igual en Nueva York. Me equivocaba. Ella quería más de mí de lo que yo podía ofrecerle.

En el puerto, Laney le había lanzado el guante y lo había retado a superar todos sus problemas antes de volver arrastrándose a ella. Bueno, eso no iba a pasar.

—Supongo que debería haber prestado más atención a sus señales y haberla disuadido de que esperara un mayor compromiso por mi parte.

A pesar de sus mejores intenciones, le había hecho daño a Laney y saberlo le roía las entrañas. Tendría que volver a Nueva York dentro de dos días y terminar de romper con ella, lo que significaba tener que enfrentarse a la situación incómoda de trabajar con una exnovia enfadada.

—Debe de estar bastante molesta —dijo Vivi—. ¿Se ha vuelto conduciendo ella sola?

—Me ofrecí a llevarla a casa, pero ella rechazó mi ofrecimiento. —Se sentía más molesto que culpable al pensar en el martirio que había pasado y estaba pasando Laney—. Me ha mandado un mensaje diciendo que ya está en casa, de manera que puedo dejar de pensar en ese tema esta noche.

—Oh —suspiró Vivi cuando él no dijo nada—. Imagino que estarás molesto por los planes de tu padre de volver a casarse.

Si Vivi seguía presionándolo, acabaría peleándose con ella o, lo que es peor, cruzando las claras líneas fijadas entre ellos. Tenía que poner fin a esa conversación.

—No quiero hablar de ese tema.

Su tono mordaz le envió una clara advertencia, pero ella lo ignoró de inmediato.

—Debe de doler ver cómo pasa página, sobre todo después de lo que hizo. —Los ojos de Vivi se llenaron de compasión—. Pero le he estado dando vueltas y creo que tu madre así lo querría, David.

—¿Ah, sí? —Su comentario ingenuo desató su sarcasmo—. ¿Y por qué crees eso?

—Porque, a pesar de sus errores, ella lo quería. El hecho de que lo hubiera perdonado y te pidiera que guardaras el secreto lo demuestra, ¿no crees? —Su expresión de perplejidad lo sorprendió—. No habría querido que se pasara el resto de su vida solo.

—Como bien sabes, dudo que ella esperara que él se quedara solo. —Miró con desdén—. Dejemos el tema.

—Por favor, escúchame. Como bien sabes, tengo algo de experiencia en esto de las desgracias de la vida —dijo ella—. No pierdas otro año de tu vida o dos luchando contra algo que no puedes controlar. Tienes que encontrar una forma de aceptar lo que pasó y lo que va a pasar.

—¿Aceptarlo? —resopló—. ¿Aceptar ver a Janet en todos los cumpleaños, las fiestas, las bodas y demás acontecimientos familiares el resto de mi vida? ¿Aceptar ver a Cat y Jackson apoyar esa depravación? ¿Dejar que ella esté cada vez más presente en sus vidas mientras me expulsan a mí de su círculo?

—Si encuentras la forma de perdonar a tu padre, no tiene por qué ser así.

—No puedo. Y tampoco podrían Jackson y Cat si supieran la verdad. No querrían saber nada de Janet ni de mi padre. Créeme. — Envidiaba y le molestaba la feliz ignorancia de Cat y Jackson, que mantenían sus recuerdos de familia «perfecta»—. Sé que intentas ayudar, pero no puedes, Vivi.

—Nunca te había tenido por un derrotista, David. Decir que no puedes aceptarlo es escurrir el bulto y los dos lo sabemos.

David se enfrentó a ella, apoyando los pies en el frío suelo de madera.

—No estoy de humor para un sermón. No es ni lo que necesito ni lo que quiero esta noche.

—¿Y qué es lo que necesitas? —le preguntó, con los ojos bien abiertos.

Su mirada abierta y directa lo atraía, como siempre. Hizo una pausa, resistiéndose a la atracción de su empatía por él. Otra batalla que iba a perder.

—Cosas que no puedo tener.

El deseo se abría paso a medida que David veía los brazos y las piernas desnudas de Vivi asomando de su camisón ajustado. Un cosquilleo de conciencia recorrió su columna. Lo que necesitaba ahora mismo era a ella debajo de su cuerpo.

—No lo creo ni por un minuto. —Vivi sonrió como si él fuera tonto—. Jamás has creído que algo no pudiera estar a tu alcance.

—Ahora es diferente y lo sabes. He hecho promesas que me impiden contar la verdad. —Su cuerpo se inclinó hacia ella—. Satisfacerme a mí mismo podría hacer daño a otros.

Sus ojos se zambulleron en sus labios mientras se abrían.

—Oh.

Vivi se quedó quieta, inmóvil, pero David podía oír cómo su respiración se aceleraba.

Sus miradas se cruzaron. David sintió que su cuerpo se estremecía. Se adentró más en el hueco de la ventana en saledizo para intentar romper aquel hechizo.

—Quizá las consecuencias no sean tan malas como crees.

Vivi se puso de pie, dubitativa, y se sentó en el borde del asiento de la ventana.

—Si le cuento la verdad a Cat y Jackson ahora, jamás aceptarán a Janet como madrastra. El mayor miedo de mi madre se haría realidad si ninguno de sus hijos quisiera formar parte de la nueva vida de nuestro padre.

Tal como estaban las cosas, David era el único aislado. Tenía que mantener la promesa que le había dado paz mental a su madre durante sus últimas semanas de vida.

Además, lo que quería en esos momentos era hacerle el amor a Vivi, pero eso también podría tener consecuencias perjudiciales para los dos.

—Deberías volver a la cama.

David podía ver las pupilas dilatadas de Vivi. Cada parte de su cuerpo atraía su atención a medida que ella acortaba la distancia entre ellos. Se aclaró la garganta.

—Aléjate de mí, Vivi. No soy de fiar y menos esta noche.

—¿Que no eres de fiar?

La expresión de confusión de Vivi lo frustró.

—Sí. ¿Acaso mi comportamiento de esta semana, bueno, de anoche, no te ha demostrado que estoy lejos de estar bien? No me fío de mí mismo. No puedo controlar mis malditas emociones. ¡Si la mitad del tiempo ni siquiera las entiendo!

Cuando David empezó a maldecir, los ojos de Vivi se abrieron como platos.

—Quiero ayudar. Déjame ayudarte.

David la miró, no sabía si abrazarla o apartarla.

—No puedes ayudarme, Vivi. Por favor, aléjate de mí antes de que te haga daño a ti también.

—No puedo dejarte así. —Se mordió el labio inferior y gesticuló por la habitación—. Solo y taciturno en la oscuridad.

Se sentaron a unos centímetros de distancia. El cuerpo de David ardía en deseos de tocarla.

—Deberías escuchar mi advertencia.

Incapaz de detenerse, levantó la mano y dibujó su labio inferior con los dedos.

Cuando la lengua de Vivi se paseó por la yema de su pulgar, inspiró profundamente. ¿Consentimiento? Ni siquiera se paró a preguntárselo antes de atrapar los labios de Vivi con los suyos. Ella se abrió a él y hundió sus manos en el pelo de David.

Dios, sentaba tan bien. *Sorprendente.*

Él le devoró la boca. Cada músculo de su cuerpo se tensó cuando la atrajo sobre él y recorrió su espalda con sus manos, acercándola cada vez más sin dejar de respirar.

Los labios de David avanzaron por la mandíbula de Vivi hasta el punto justo debajo de su oreja. Él la mordisqueó. Ella se estremeció.

—Detenme, Vivi —le susurró.

Antes de que ella pudiera responder, David la volvió a besar y gruñó al tocarla. Un gemido sordo escapó de los labios de Vivi al sentir sus besos en el cuello y el hombro. La conciencia de David le gritaba que anduviera con cuidado, pero no podía apartarse de ella.

—Dime que pare —le suplicó.

Vivi lo besó en la sien y en la mejilla antes de levantarle la barbilla para besar su boca de labios perfectos. *Mmm*. David se los dibujó con la lengua, saboreándolos una vez más antes de explorar el calor húmedo de su interior.

Ella se giró en su beso hasta sentarse a horcajadas en su regazo. Los pantalones de algodón de David no ocultaron su creciente erección. Cuando sus caderas se balancearon sobre él, se estremeció.

—Arriba.

Vivi lo rodeó con las piernas a la altura de las caderas y él la levantó y le colocó las manos en su pequeño trasero perfecto. Empezó a llevarla hacia las escaleras, pero se dejaron caer tras el sofá. Las piernas de Vivi liberaron las caderas de David antes de que sus pies golpearan el suelo sin deshacer su beso.

Pasó como un minuto antes de que David alejara las manos del pelo de Vivi y se la llevara escaleras arriba. Tras cerrar la puerta con cuidado, la levantó y la dejó sobre su cama desordenada. Los protuberantes labios y los adorables ojos de Vivi lo llamaban. Nadie jamás había parecido más guapa enredada en sus sábanas que ella en esos momentos.

Un ruido blanco rugía en sus oídos mientras gateaba sobre ella y la besaba por todas partes. Sus manos enloquecidas exploraron su cuerpo. Un deseo desbordante le hizo sentir un cachorro inexperto.

—Dios mío, querría estar ya dentro de ti —le confesó entre besos—. No creo que pueda esperar y estar a la altura contigo.

—No te preocupes, no tengo suficiente experiencia como para ver la diferencia —bromeó ella—. A no ser que cuenten mis fantasías.

David se apartó y la miró. El sentimiento de posesión que había experimentado en la playa hacía dos días volvió a aparecer.

—Eso no ayuda.

Se inclinó sobre ella, decidido a ir más lento, y la besó con delicadeza. Vivi gimoteó y le deslizó las manos bajo su camisa, haciendo

221

que volviera a perder el control. Mientras él se abría camino por su hombro y su esternón, ella dijo:

—Además, si pasa demasiado deprisa, el perfeccionista que llevas dentro seguirá intentándolo hasta hacerlo bien.

Por primera vez en su vida, se echó a reír en mitad de los preliminares. Dios, Vivi lo conocía muy bien. Le lanzó una mirada.

—Quizá necesite varios intentos.

Eso la hizo callar. David levantó el dobladillo de su camisa para besarla en el abdomen. Ella le hundió los dedos en el pelo. David lamió el centro de su estómago mientras le quitaba la camisa. Su piel olía a vainilla y su sabor era igual de dulce. Ella levantó los brazos para que él le pudiera quitar la camiseta.

De rodillas, David se quitó la camisa mientras no dejaba de mirar los alegres pechos de Vivi, un poco ladeados, como su nariz. Sus pezones rosados estaban totalmente excitados.

—Eres muy guapa, Vivi —dijo antes de agachar la cabeza para tomar uno con su boca.

Sus ojos se abrían y se cerraban. Se debatía entre querer ver su respuesta y sumergirse en su propio placer.

Vivi arqueó su espalda e inspiró profundamente. Con sus manos y su lengua, él la acarició, la mordió y la pellizcó hasta que ella empezó a retorcerse debajo de él. Los dedos de Vivi dibujaron líneas hasta la cintura de David y tiró del cordón de su pantalón. Sin romper el contacto con su boca, él levantó las caderas y ella se sirvió de los pies para desnudarlo.

Piel con piel, Vivi se sentía femenina y suave a pesar de estar lista. Se le ponía la piel de gallina con cada caricia de su mano o de su lengua.

—Mmm —ronroneó ella.

Sus rodillas se abrieron cuando él se acercó a la zona entre sus piernas.

—Dios. —Y recorrió todo su cuerpo con su mirada—. Estás tan lista.

—Llevo toda mi vida lista para ti —dijo ella mientras él la besaba en el pecho.

—Dios... Y yo no puedo esperar más.

David la mordió en el hombro y entró en casa.

Vivi se quedó sin aliento. Él la besó con fuerza y empezó una retirada lenta. Ella apoyó sus manos en las caderas de David.

—Espera —le susurró.

Él clavó su mirada en sus ojos vítreos.

—¿Te ha dolido?

—No —ella lo miró con asombro—. Por fin ya somos uno.

El aire salía de sus pulmones mientras se sumergía en los ojos de Vivi, que revelaban una reserva infinita de amor. Se había apoderado de su alma y lo había desenmascarado.

Como uno. Siempre habían compartido un comprensión innata del otro. Ahora, sus cuerpos se movían al unísono y, por primera vez en mucho tiempo, él se sentía en casa. Y eso le asustaba mucho.

Vivi inclinó sus caderas hacia delante y se olvidó de todo.

—Sabía que sería así de intenso —murmuró ella antes de cerrar los ojos y despegar la columna del colchón.

Sus músculos internos se aferraban a él, impulsándolo a moverse.

—Dime dónde tengo que tocarte —dijo él—. ¿Qué te excita?

—Tú —le susurró—. Ni siquiera necesitas las manos.

Cuando él la miró interrogante, ella dijo:

—Todo lo que haces y dices me excita.

La pasión y el afecto se fusionaron en él. David llevó los brazos de Vivi por encima de su cabeza y la besó mientras empezaba a mover sus caderas al ritmo de las de ella. Intentó mantener el control con movimientos simples y regulares mientras la observaba. Sus caricias inexpertas aunque completamente eróticas lo fascinaban. Su corazón le aporreaba el pecho mientras mordía la cara, los hombros y los pechos de Vivi.

A medida que iba acelerando el ritmo, empezó a tener miedo de romper su pequeña complexión, incapaz de soportar ese ritmo agotador. Ella se mordía el labio y gemía mientras levantaba las caderas para acompasarse a las suyas.

—Dios, sí, David. ¡No pares!

No podría parar ni aunque quisiera y no paró. Todo se puso borroso. Estaba borracho de éxtasis.

—¡Oh! Oh, David. Sí, sí.

Los músculos de Vivi se contrajeron y todo su cuerpo se estremeció. Ver y sentir su orgasmo desencadenó el suyo propio. Todas las células de su cuerpo parecían explotar a la vez. Una retahíla de palabrotas brotaron de los labios de David. Antes de que pudiera pestañear, se corrió dentro de ella.

Por un instante, se hizo la oscuridad y entonces despertó de su confusión. Pegó una mejilla en un costado de Vivi. Se tomó un momento para disfrutar de la sensación de sus manos acariciándole con suavidad la espalda.

Tan propio de mí.

David le besó el cuello y la penetró aún más, necesitando sentirla todavía más cerca. Y entonces cayó en la cuenta.

—Oh, mierda, Vivi. He olvidado el condón. —Se levantó sobre sus codos y la miró, estupefacto—. Jamás me había olvidado de usar condón en mi vida.

—No pasa nada. —Vivi estiró el cuello para poder besarlo—. Tomo la píldora.

Él entornó los ojos.

—¿Por qué?

—Tengo un ciclo irregular —se sonrojó—. La píldora hace que resulte más predecible.

—Hay otras razones por las que usar condón.

—No me preocupan. Si siempre has usado condón, no hay riesgo. Yo sé que no lo hay. No te preocupes. —Vivi sonrió y pasó las manos por el pelo de David, dejando que sus dedos se deslizaran por la frente para poder acariciar la línea del entrecejo—. No te estreses y arruines todo, ¿vale?

Él la volvió a besar.

—Vale.

David se apartó de ella y se tumbó boca arriba, arrastrándola con él. Los dedos de Vivi trazaron las líneas del pecho de David. Cerrando los ojos, él recordó aquel inolvidable orgasmo.

¿Había sido tan increíble por no haber usado condón? Lo dudaba mucho. Su conexión con ella era mucho más profunda de lo que estaba preparado a considerar o admitir. Ese presentimiento entró en colisión con su placer en cuanto se dio cuenta de que, a pesar de sus advertencias y del consentimiento de Vivi, no escaparía de esa noche sin algún remordimiento, pero en ese momento el remordimiento podía esperar. Mejor disfrutar de aquella sensación a solas con ella.

Sintió una gran paz allí, tumbado junto a ella, en la oscuridad. Su suave respiración le acariciaba la piel mientras paseaba sus manos por todos los planos de su torso. Desde el día en que se conocieron, había pensado en ella como en su muñequita, una muñequita a la que quería proteger.

Su deseo sexual por ella durante esta semana todavía lo sorprendía. ¿Acaso su ausencia había hecho que se abriera más a ella o simplemente había estado ciego todos esos años? ¿Por qué tenía que encajar tan bien en su cuerpo?

Si estuviera convencido de que podrían estar juntos el resto de su vida, lo arriesgaría todo, pero ¿cómo podría saberlo ahora, cuando esos sentimientos eran tan recientes y cuando su fe en el amor se tambaleaba? La apuesta era demasiado alta y la probabilidad de ruptura demasiado grande.

Vivi había estado loca por él en el pasado, pero, aunque ella no lo creyera, su visión idealizada de él no se correspondía con la realidad. No podría hacerla feliz a largo plazo. Acabaría resentida con él por el tiempo que ella había invertido para que aquello funcionara. Se aburriría de su formalidad.

Vivi creía en el amor para siempre y, como él ya no creía, dudaba que pudiera ser el hombre que le ofreciera el compromiso y la familia que ella merecía.

Así que mejor compartir una única noche de pasión. Se contentaría con rememorar cada segundo para volver a disfrutar de cada segundo en sus fantasías.

—¿David?

—¿Mmm?

Él acarició su hombro y enredó su pelo entre sus dedos.

Vivi apoyó el mentón en su pecho.

—Más.

—¿Más qué?

David apartó su pelo salvaje de sus ojos.

—Más de ti —dijo ella antes de mordisquearle la mandíbula.

Dudó por un instante al intuir que, cuanto más tiempo pasaran juntos, más difícil sería dejarla ir. Entonces, Vivi le hizo cosquillas en la parte interior del muslo y con aquel gesto acabó con cualquier rastro de buen juicio.

Capítulo 17

El tierno beso de David disparó el ritmo cardiaco de Vivi una vez más. Su fantasía había dejado de serlo. Y la realidad eclipsaba sus sueños. Él era perfecto en todos los aspectos, desde el olor al almizcle de su piel y su sabor salado a la firmeza de su tacto. Durante más de una década, Vivi había esperado que los ojos de David se nublaran de deseo por ella y por fin era así.

Soy tan feliz. Por favor, que dure.

—¿Esta es mi oportunidad de volver a intentarlo?

Él la besó en la nariz, las mejillas y los párpados.

—Sí.

Vivi se rio nerviosamente y metió la mano entre sus piernas.

Él la cogió por la muñeca y la apartó.

—Oh, no. Mi intento, mi ritmo.

David la besó aspirando su labio superior en su boca.

Sus suaves manos se deslizaron por sus brazos para luego bajar con la cintura, subir por su estómago y acabar en sus pechos. Ella pudo ver cómo sus ojos se oscurecían mientras la tomaba en su boca. Su lengua la sacudía y la excitaba, haciendo que su cuerpo se retorciera y curvara para acercarlo cada vez más. Vivi quería tenerlo dentro ya, así que le rodeó las caderas con las piernas e inclinó la pelvis a modo de invitación.

—Todavía no —gruñó él mientras le bajaba las piernas—. Despacio.

—Ahora, David —gimió ella.

Él la miró y arqueó una ceja.

—Paciencia.

Cuando la boca de David llegó al abdomen de Vivi y se dispuso a seguir bajando, su cuerpo se estremeció ante la expectativa. Ella se quedó mirando a su bonita cara y se tuvo que morder la lengua para no pronunciar las palabras *Te quiero*. Esas palabras se enroscaron en su boca como una muelle que espera ser liberado, pero incluso en pleno éxtasis, ella sabía que si las soltaba demasiado pronto, destruirían el frágil brote que estaba empezando a echar raíces esa noche.

—No te muevas, Vivi —le ordenó antes de meter la cabeza entre sus muslos.

Ella se retorcía y se aferraba a las sábanas mientras él la exploraba con la lengua y los dedos.

—David —carraspeó ella.

Vivi escuchó un ruido sordo procedente del pecho de David, pero eso no hizo que él detuviera su provocación incesante. Su mano derecha ascendió por su cuerpo para juguetear con su pecho, mientras su boca la embestía, dejándola jadeante sin el más mínimo pudor.

—¡Oh, Dios mío!

David se apartó lo suficiente como para poder murmurar:

—Córrete por mí, cariño.

Y eso es justo lo que ella hizo. Su cuerpo empezó a temblar de forma descontrolada y gimió de placer. A duras penas había podido recuperarse cuando él se puso sobre ella.

—Me encanta la forma en la que respondes a mí —le murmuró mientras la besaba—. No sé qué parte de ti me gusta más besar.

—Pues no discrimines —respondió ella—. Sigue probando hasta que lo averigües.

David sonrió justo antes de que su expresión se transformara en deseo. Y, entonces, volvió a entrar en ella sin más miramientos. De alguna forma, aquel leve dolor no hizo más que aumentar su placer.

—Sientas tan bien, Vivi.

La cálida respiración de David calentaba el cuello de Vivi mientras se aferraba con todavía más fuerza a ella.

Su cuerpo ya no podía aguantar mucho más. Cada nervio se estremecía ante el exceso de sensaciones. Sorprendentemente, David parecía mantener el control. Determinado. Empezó a alternar embestidas lentas y rápidas, llevándola casi al borde del precipicio y entonces la alejó para luego volver a empezar. Aunque la experiencia de Vivi era limitada, David era más que sorprendente.

Ella lo quería con cada parte de su ser. ¿Cómo podrían no intensificarse sus sentimientos con cada caricia? Y ahora ella sabía que él también la quería. Debía quererla o jamás habría pasado nada de todo aquello entre ellos. Seguro que él estaba igual de sorprendido que ella por aquel sexo.

El gruñido de deseo de David devolvió su atención a sus cuerpos. Él se dio la vuelta, sin salir de ella, dejándola sobre él. Su piel brillaba por el sudor, poniendo de relieve aún más los músculos de su pecho y abdomen. La intensidad de su mirada y la plenitud de su deliciosa boca la excitaban.

Hundió su pelvis para que él entrara aún más en ella. Su control desapareció. La agarró por las caderas y luego buscó su pecho. Tiró de ella para poder saborear su pezón una vez más mientras se adentraba un poco más en ella.

—David, no pares —jadeó—. ¡No pares!

La provocación se fue reduciendo a medida que Vivi empezó a cabalgarlo deprisa y con fuerza. Los dos llegaron al orgasmo a la vez, con sus cuerpos temblorosos. Él volvió a soltar palabrotas y ella volvió a sentirse poderosa y sexi. Vivi se desplomó sobre él.

Tumbada en la oscuridad, pudo escuchar el sonido del corazón de David resonando en su oído. Fuerte y firme, como él. Su querido David.

Vivi cerró los ojos y absorbió cada pequeño detalle del momento, cada uno de ellos se grabaría como un tatuaje en su corazón.

David la rodeó con un brazo mientras dejaba el otro doblado tras su cabeza. Vivi no podía saber si tenía los ojos abiertos o cerrados, pero no quería correr el riesgo de separarse de su cuerpo ni un instante para comprobarlo.

Los dedos de Vivi dibujaron un corazón en su pecho. Por un instante, él dejó de respirar. No, sintió su respiración en el pelo. Quizá se lo había imaginado. David posó su mano en ella. Ninguno de los dos dijo nada.

Minutos después, Vivi empezó a reírse con nerviosismo.

—¿Qué te hace tanta gracia?

David estiró el cuello para poder mirarla.

Ella levantó la barbilla para poder verlo.

—Me estoy imaginando la reacción de Jackson y Cat a todo esto. Estupefactos no es una palabra suficientemente fuerte.

David no sonrió. De hecho, ella pudo ver un millar de emociones en conflicto en sus ojos en tan solo cinco segundos. Él acercó la mano de Vivi a su boca y la besó justo antes de fruncir el ceño.

—No creo que debamos contarles esto.

Su expresión seria hizo que se le cayera el alma al suelo.

—¿Quieres que mienta?

Su cuerpo se tensó.

—Quiero que esto se quede entre nosotros. Algo íntimo y especial solo para nosotros —dijo David antes de hacer una pausa y acariciar el brazo de Vivi—. No quiero que mi hermano y mi hermana hablen, analicen y bromeen sobre este tema de ahora a la eternidad.

Todo rastro de calor abandonó el cuerpo de Vivi. Se sintió lejos de aquella habitación mientras intentaba procesar su intención.

Estúpida, Vivi. Estúpida, estúpida, estúpida. Hoy no ha sido el principio de una historia de amor.

Para él ha sido un capricho. Para ella, un error.

Un enorme, brutal y doloroso error.

Los oídos le zumbaban con más fuerza que una motosierra. Se movió mecánicamente, incapaz de centrarse en él ni en nada más de la estancia. Tenía que escapar de allí antes de echarse a llorar, pegarle, gritarle o cualquier otra cosa que la humillara todavía más, si es que eso era posible. Apartándose del calor de su cuerpo, buscó su ropa entre las mantas. Él la agarró del brazo.

—¿Dónde vas?

Vivi no podía mirarlo a los ojos. Saltó de la cama como si la mano de David le quemara antes de agacharse para recoger su pijama. El escalofrío que le produjeron sus pies desnudos en el suelo helado la ayudó a escapar de su mirada.

—Si Cat se despierta, se preguntará dónde estoy —dijo poniéndose la camiseta—. Tengo que irme.

—Espera. No te vayas corriendo.

David se incorporó. Gracias a su visión periférica, pudo ver cómo extendía el brazo hacia ella mientras hablaba.

—Hagamos que esto dure un poco más.

La garganta de Vivi empezó a cerrarse a medida que se le iban acumulando lágrimas en los ojos. Gracias a Dios que la habitación estaba a oscuras. Agitó la cabeza en silencio, impaciente por irse.

—Vivi, mírame.

Ella pudo percibir cierto remordimiento en su voz. Su compasión no hizo más que aumentar su angustia.

Desde el otro extremo de la habitación, se enfrentó a él. Su corazón se estremeció al verlo sentado desnudo donde habían compartido tanta intimidad. Esbozando una leve sonrisa, corrió hacia la puerta.

—Adiós.

David volvió a gritar su nombre mientras ella se giraba y salía corriendo. Bajó las escaleras de puntillas sin reducir la marcha.

Ya en la planta baja, cayó sobre sus manos y rodillas, formando una bola. El olor de David se había fijado a su cuerpo. Había escuchado sus pisadas persiguiéndola, pero no había podido alcanzarla. Ya estaba hecho.

Habían destruido su amistad. Él había intentado advertirle que se fuera. Por supuesto, ella no le había hecho caso. *Por favor, que este sea el último de mis castigos.* Ahora otro gran secreto amenazaba con dañar su amistad con Cat y Jackson.

Esconder la verdad a tan solo unas horas vista, con David rondando por allí, sería algo insoportable. Tenía que irse antes de que alguien se diera cuenta de que se había marchado. En un día o dos, empezaría a recomponer su corazón roto y podría enfrentarse al mundo. ¿Por la mañana? Imposible.

Haría falta una nueva mentira definitiva para explicar su abrupta partida, pero tenía que hacer lo que fuese necesario para salir de allí.

Con una respiración profunda, entró en su dormitorio sin hacer ruido. Como de costumbre, Cat estaba dormida como un tronco. La luz de la luna resbalaba por los bordes de las sombras, iluminando la esquina de la habitación de Vivi. Su maleta estaba en el suelo, con la ropa limpia dentro y la sucia apilada junto a ella. Por una vez, sus malos hábitos jugarían a su favor. Recoger sus pertenencias le llevaría poco tiempo y, como no tenía que abrir y cerrar cajones, no haría demasiado ruido.

Miró el reloj y se pasó la mano por el pelo y la cara. Solo eran las tres. El primer ferri no saldría de la isla hasta dentro de cinco horas. Si nadie la molestaba, Cat dormiría el tiempo suficiente como para que no pudiera llegar al puerto y hacerla volver. Vivi tendría que irse de la casa antes de las siete para evitar preguntas y situaciones incómodas. Ya tenía un plan.

Durante las siguientes horas, durmió a ratos. Poco después de las seis, se volvió a despertar. Aunque le dolía todo el cuerpo, el miedo a que la descubrieran la hizo salir de la cama.

Moviéndose como un ladrón, se puso ropa limpia, metió el resto de sus cosas en la bolsa y salió a hurtadillas de la habitación. Hizo una parada en el baño del vestíbulo para lavarse los dientes y echarse algo de agua fría en la cara. Una vez que consiguió calmar sus manos temblorosas, se recogió el pelo en una coleta y se dirigió a la puerta delantera.

Superado el primer tramo de escaleras, hizo una pausa y se quedó paralizada. Le surgieron dudas: huir solo despertaría las sospechas. No, tenía que irse. Pero si se iba sin decir nada, todo el mundo se preocuparía.

Enviarle un mensaje a Cat la despertaría, así que desechó la idea. Miró hacia las escaleras, hacia el salón. David dormía a tan solo unos metros. El dolor la paralizó un instante mientras se lo imaginaba en la cama en la que habían hecho el amor apenas hacía unas horas.

Como un conejo en guardia, intentó oír cualquier posible sonido. Nada. Ni rastro de Hank, el otro madrugador del grupo. ¿Debería correr el riesgo? Tras dejar la bolsa en el suelo, subió las escaleras.

Abrió un cajón y sacó una libreta y un bolígrafo. Sin pensar, escribió:

> Lo siento mucho. Me he tenido que ir. No os preocupéis. Llamaré luego. Besos, Vivi
> P. D.: Como sé que Cat podrá volver a casa con David, me he llevado el coche de alquiler. Perdón por los inconvenientes.

Dejó la nota en la encimera de la cocina y volvió a la puerta delantera. Aguantando la respiración, abrió el pestillo. Nadie se despertó. Tras deslizarse fuera de la casa, cerró la puerta y cruzó el jardín. La pesada bolsa golpeaba su muslo mientras bajaba corriendo el camino y salía a Painted Rock.

Al llegar allí, rompió a llorar. Se sentó sobre los estúpidos símbolos que había pintado con David, símbolos que no habían estado a la altura de su significado, y echó un vistazo a su reloj. Las seis y media. Buscó el número de un servicio de taxis en su teléfono y llamó. Nubes grises amenazaban con descargar lluvia. Gracias a Dios que se iba; haberse tenido que quedar todo el día atrapada en la casa con David la habría matado.

Por suerte, el aguacero se llevaría la pintura de la roca y borraría las pruebas de aquella noche. Jamás volvería a pintar aquella piedra. De hecho, seguramente jamás volvería a aquella isla, al menos no con la familia St. James.

Las lágrimas rodaron por sus mejillas al admitir internamente que su propio comportamiento impulsivo le había costado la familia a la que tanto quería. Él se lo había avisado. Le había suplicado que se fuera. ¿Alguna vez aprendería a pensar antes de actuar?

Los veinte minutos siguientes le parecieron veinte años. Lo irónico es que tanto el principio como el final de aquel viaje compartían cierta simetría: en ambas ocasiones, había sentido ganas de vomitar. Cuando llegó el taxi, tiró la bolsa en el asiento de atrás y cerró la puerta de un portazo.

A las siete y cuarto, ya estaba sentada en una barandilla del puerto bebiéndose un café. Cuando sonó su teléfono, el nombre de Cat apareció en pantalla. Si no cogía la llamada, Cat iría a buscarla. Armándose de valor, respondió con tono alegre para engañar a su amiga.

—¡Eh, te has levantado pronto!

Se tapó la boca con la mano cuando respondió la voz de Hank:

—He visto tu nota y quería asegurarme de que estabas bien.

—¿Hank? ¿Por qué tienes el teléfono de Cat?

—Se lo dejó cargando en la cocina. Ahora dime qué es lo que está pasando.

Vivi pudo percibir la preocupación en su voz. De hecho, no le había prometido a David que mantendría el secreto, pero contárselo a todo el mundo pondría en peligro las relaciones de ambos. Jo. Había estado tan ocupada escapando sin que nadie la viera que no había tenido tiempo de pensar una razón creíble para su salida apresurada.

—Vivi, cuéntamelo. Todo el mundo está durmiendo, estoy solo.

—Tenía que irme, Hank. Es que... Es que me siento responsable por haber causado problemas entre David y Laney. Es horroroso. David parecía tan alicaído cuando volvió a casa anoche que hoy no me sentía capaz de enfrentarme a él. Por favor, no les digas la verdad. Voy a decir que mi padre me necesitaba. Es mejor así. Por favor.

Vivi aguantó la respiración, asqueada por haber hecho cómplice a Hank con otra de sus mentiras.

—Vale. Relájate. Tu secreto está a salvo conmigo.

—Gracias —dijo Vivi—. Conocerte ha sido lo mejor de este viaje, Hank. En serio. Espero que podamos seguir en contacto en Nueva York.

—Seguro que sí. También ha sido todo un placer para mí. Ahora, cuídate.

Vivi dejó a un lado su teléfono y se acabó el café. Hank había sido muy amable ayudándola con su estúpido plan para engañar a todo el mundo y que creyesen que había pasado página con David. Ella esperaba poder devolverle el favor algún día, pero ese día no.

Los coches estaban empezando a ponerse en fila en el puerto. Padres agotados luchaban por entretener a sus hijos mientras esperaban a que empezara el embarque. Una sonrisa nostálgica se dibujó en la cara de Vivi mientras observaba a un padre con su hijo en los hombros.

Su propio padre jamás había sido demasiado juguetón o puede que sí lo hubiera sido, cuando ella era más pequeña. La gente decía que era un hombre feliz antes del accidente, un hombre que adoraba a su mujer y a sus dos hijos. Los escasos recuerdos de su infancia no eran muy de fiar. La mayoría se basaban en fotografías o historias que su padre le había contado durante sus momentos de lucidez. Cualquier posible evocación real previa al accidente parecía haberse borrado sin copia de seguridad.

Se irritó al pensar en cómo el comportamiento posterior de su padre había afectado a su vida. Años de abandono —por haberse consumido en su propia pena— la habían condicionado a dar mucho más de lo que pedía a cambio. La vergüenza y el miedo la habían hecho tolerar el abuso, a esperarlo, e incluso a creer que lo merecía.

Hasta ese momento, no se había dado cuenta de hasta qué punto esa dinámica estaba extendida en todas sus relaciones. ¿Cómo podría esperar que alguien la quisiera y la respetara si ella era la primera que no se quería ni se respetaba lo suficiente como para exigir igualdad en sus relaciones?

Se había estado castigando desde el día en que salió viva del accidente. Bueno, pues hasta aquí. Hank y Franco estaban encantados de dedicarle tiempo, atención y esfuerzo. Jamás volvería a dejar que David ni ningún otro la usara como amiga de conveniencia.

A cada minuto que pasaba, su nerviosismo se iba calmando. Pronto se subiría al ferri y dejaría aquellas vacaciones atrás para siempre.

Capítulo 18

David se detuvo en la esquina, frente a una antigua catedral de piedra. Un sol brillante resplandecía en un cielo sin nubes, pero no podía sentir el calor, de hecho, no podía sentir temperatura alguna. Observó a los asistentes, todos vestidos de negro, saliendo por las puertas abiertas de la iglesia.

Desde la muerte de su madre, se le contraían los músculos cada vez que se cruzaba con un cortejo fúnebre. Esta vez no iba a ser diferente, excepto por el hecho de que se sentía inexplicablemente atraído por esta ocasión en concreto.

Pero, ¿por qué?

Tenía que buscar a Vivi. Lo estaría esperando. Como de costumbre, solo pensar en verla lo ponía de buen humor. Se dio la vuelta para irse cuando vio a Catalina y Jackson entre los dolientes. Sintió inquietud. Sus pasos apresurados le llevan al otro lado de la calle como si estuviera flotando.

—¿Por qué estáis aquí?

Su mirada iba de su hermano a su hermana.

—¿Por qué no estabas tú aquí? —Los ojos enfurecidos de Cat lo fulminaron—. ¿Por qué vas vestido así, tan informal? ¿Te da igual?

Desconcertado, David se preguntaba si su padre habría muerto y si, de alguna forma, no se había enterado. No podía estar bien. Algo iba mal, terriblemente mal.

Jackson bajó las cejas con desprecio antes de encogerse de hombros con desdén y rodear a Cat con el brazo.

—*La echaremos de menos, pero ahora está con mamá.*

—*¿Quién? —La voz de David resonó con impaciencia —. ¿A quién vais a echar de menos?*

El aparente menosprecio de sus hermanos lo molestó.

—*Vivi, David —dijo Cat, muda de emoción—. Vivi está muerta.*

Los ojos de David se abrieron de golpe justo antes de incorporarse en la cama. Un escalofrío le recorrió el cuerpo, pero su respiración dificultosa solo se calmó una vez que se desvaneció la pesadilla. Volviendo a tumbarse sobre la almohada, se tapó los ojos con el antebrazo. Gracias a Dios. Un mundo sin Vivi sería desalentador.

Con los ojos cerrados, se colocó en posición fetal, abrazado a la almohada. Clavó la nariz en ella e inhaló su olor, que todavía permanecía en su cama. La dulce Vivi. El recuerdo de su cuerpo desnudo entre sus sábanas lo excitó. Si no pudiera oler su perfume, habría creído que lo que había pasado la noche anterior había sido también un sueño, un fantástico sueño.

Jamás se habría imaginado que el mejor sexo de su vida sería con su amiga de la infancia. La niña pequeña de corazón inmenso. La intensidad de su deseo persistente lo había sorprendido. Jamás se lo habría esperado.

Y dudaba que ese deseo se atenuara en breve.

Cuando volviera a Nueva York, las exigencias de su profesión lo ayudarían a borrar de su memoria el recuerdo de aquella noche. Le acababan de asignar otra operación importante. Los detalles de la misma requerirían todo su tiempo y toda su atención. Mierda. Hizo un gesto de dolor al pensar que tenía que trabajar con Laney en esa transacción.

El futuro cercano parecía desalentador, sobre todo el reto inmediato de tener que pasar tiempo con Vivi como si nada. Daba igual lo que se hubiera dicho a sí mismo o a ella, todo era diferente entre ellos ahora. Su cuerpo palpitó al imaginársela durmiendo en la planta de abajo. ¿Estaría despierta y pensando en él?

Frunció el ceño al recordar cómo había salido corriendo de la habitación, como Cenicienta a medianoche. Quizá su observación sobre el hecho de que Cat pudiera encontrar su cama vacía fuese verdad, pero a él le había parecido muy repentino.

En cualquier caso, poner fin tan deprisa a todo aquello seguramente fuera lo mejor. Como quitarse una tirita. Mejor que su amistad sufriera un retroceso temporal que ella arriesgara todo por él cuando estaba demasiado perdido y roto como para pensar con claridad.

Se estiró y miró el reloj. Las siete y veinte. Vivi seguramente estaría en la cocina preparando el desayuno. Se le aceleró el pulso. Entonces se sintió ridículo por sentirse asustado. Él había tenido que negociar con algunos de los abogados más duros del planeta; seguro que podría poner cara de póquer durante veinticuatro horas. La única duda era si Vivi también sería capaz de ello. Y entonces otra duda surgió en su cabeza: ¿podría contenerse esta noche y no volver a seducirla?

Mierda. Tenía un problema.

Salir a correr un rato le calmaría los nervios, eso siempre le había funcionado. Se ató los cordones de las zapatillas y espiró profundamente. Cuando bajó las escaleras, Hank lo miró desde la mesa de la cocina.

—Buenos días, Hank.

David miró a su alrededor.

—¿Estás ya mejor? —Hank se irguió en su silla—. Ayer fue un día bastante malo.

—Sí que lo fue —respondió David—. Pero tengo mejores perspectivas esta mañana.

—Una pena que Vivi no pensara lo mismo.

Hank estudió a David, como si esperara una determinada reacción.

—¿Ah, sí? —David jugó con su iPhone, intentando fingir indiferencia—. ¿Y qué te hace tener esa impresión?

Hank le lanzó un trozo de papel desde el otro lado de la mesa.

—Se ha ido.

Los labios de David se crisparon a pesar de sus intentos por mantener una expresión neutra. Le echó un vistazo a la nota, aunque sus ojos eran incapaces de centrarse en las palabras mientras todo a su alrededor se volvía negro.

Se había ido sin decir adiós.

¿Para alejarse de él? Probablemente. Le había hecho daño, exactamente como le dijo que haría.

Un deseo desbordante le había nublado el juicio aquella noche. Ahora un sentimiento de pánico amenazaba con volver a hacerlo si no conseguía controlarse. Aunque perdido en sus pensamientos, fue consciente del escrutinio de Hank. No sin esfuerzo, relajó la postura y estudió la nota de Vivi una vez más.

—¿Sin más explicaciones? —dijo, pasándose la mano por la parte de atrás de su cuello—. Quizá le haya ocurrido algo a su padre. No le da tregua.

—¿Eso crees?

La voz de Hank revelaba cierto sarcasmo.

No solo se había pasado toda la semana haciéndose amigo de Vivi, sino que además lo había estado estudiando. La mirada de Hank le pareció demasiado directa y a David jamás le había gustado estar en el punto de mira.

—Te has pasado toda la semana observándome y estoy harto. —David cruzó los brazos—. Si tienes algo que decir, suéltalo.

—Relájate, David. —Hank repiqueteó la mesa con los dedos—. Solo estoy intentando averiguar de qué vas, es decir, parece que te preocupas por Jackson, Cat y Vivi, pero nunca estás realmente ahí cuando te necesitan.

—Bueno, eso es lo que te parece a ti. Me creáis o no, estoy haciendo lo que es mejor para todos, como siempre hago. Quizá no lo admitan, pero estoy siempre aquí cuando me necesitan.

Hank se encogió de hombros.

—Si tú lo dices.

David se preguntaba si todos le habrían confiado sus pensamientos a Hank o si Hank estaba sacando sus propias conclusiones. Mejor no preguntar. Hank no parecía ser el tipo de tío que traicionaría una confidencia. Es posible que David jamás supiera la respuesta, pero sí que sabía algo seguro: él no pensaba justificarse ante Hank. Volvió a dejar la nota sobre la mesa.

—Cat se apenará.

El reloj de la cocina marcaba las siete treinta y cinco: aún faltaban veinticinco minutos para que saliera el ferri. Si se daba prisa, quizá podría llegar al puerto a tiempo.

—Voy a salir a correr. Estaré de vuelta en una hora.

Se puso los auriculares y salió corriendo por las escaleras, sin prestar atención a Hank y sus conjeturas.

Una vez fuera, marcó el número de Vivi. No hubo respuesta. Se quedó quieto en mitad de la calle y miró a un cielo cada vez más oscuro. Cinco kilómetros y medio hasta el puerto. Acabaría pillándole la tormenta. Dudó, considerando las opciones. Si Vivi se quedaba, se sentiría tentado a volver a estar a solas con ella.

Todo sería mucho más fácil si solo hubiera sido sexo, pero lo que había vivido aquella última noche jamás lo había sentido en su vida. Le habría gustado poder confiar en sus sentimientos. Habría deseado poder ser el hombre que hiciera realidad todos los sueños de Vivi. Habría deseado creer que podría soportar todo lo que les dijeran Cat y Jackson, además de todos los obstáculos normales a los que se tienen que enfrentar las parejas.

Por desgracia, perdió la fe en los finales felices cuando sorprendió a su padre con Janet. Y sin mayor certeza en cuanto a los resultados de una relación romántica con Vivi, no podía permitir que pusiera en riesgo su relación con el resto de su familia. Tenía que dar un paso atrás, olvidarse de la idea de que podrían construir un amor duradero juntos.

Le invadió la melancolía. Ya fuese hoy o mañana, la semana que viene o el próximo año, el resultado sería el mismo. Debía dejarla marchar.

Pero algo convenció a sus pies para que se movieran. Su ritmo indolente se acabó transformando en una carrera sin cuartel.

Llegó al puerto a las ocho y cinco. El ferri se agitaba sobre las aguas a varios metros de distancia. *¡Maldita sea!*

Dos mujeres habían huido de él en el mismo número de días. «Todo un récord», pensó con tristeza.

Desde la playa, observó cómo la distancia entre Vivi y él se hacía cada vez más grande. La volvió a llamar por teléfono solo para acabar en su buzón de voz. Parece ser que la distancia física no le bastaba.

Se quedó de pie, en mitad del aparcamiento, sin saber qué hacer. Pasaron unos minutos antes de que el cielo encapotado empezara a descargar lluvia sobre su rostro. Con el ceño fruncido, miró hacia lo que probablemente no sería una tormenta pasajera. No era lo que necesitaba en ese momento, pero sí seguramente lo que se merecía. Al no haber truenos, decidió volver a la casa en vez de refugiarse en el pueblo.

En un buen día, subir del pueblo a los acantilados hacía que el regreso a casa supusiera un reto agradable. Esa mañana, simplemente daba asco. Tras unos minutos, la ropa calada se le pegaba al cuerpo. Los calcetines mojados y las zapatillas empapadas le rozaban los tobillos. Para cuando llegó a la casa, ya se le habían hecho ampollas.

Estornudó al entrar en la estancia con aire acondicionado. Sus planes de trotar escaleras arriba con la intención de evitar al grupo y darse una ducha caliente se vieron frustrados por su hermana.

—¿Sabes que Vivi se ha ido? —preguntó Cat.

—Hank me lo ha dicho antes de que saliera a correr. —¿Habría cogido Vivi la llamada de Cat? Quizá no lo estaba evitando, quizá no tuviera batería—. ¿Has hablado con ella?

—Acabamos de colgar. Su padre le había dejado unos mensajes preocupantes anoche y no había podido contactar con él esta mañana. —Cat se acercó a la cafetera y se sirvió otra taza—. Me apuesto lo que sea a que se emborrachó, balbuceó un montón de tonterías y luego se desmayó. Seguro que está bien, pero ya ha encontrado la forma de estropearnos las vacaciones.

Aunque plausible, David dudaba de aquella explicación. Ya tenía la confirmación de que Vivi sí lo estaba evitando. Se había inventado esa excusa sobre su padre igual que la vez que David había echado a perder el guiso con que Vivi había querido recordar a la señora St. James.

No había sido el padre de Vivi quien les había arruinado las vacaciones, sino él. Otra razón para odiar esta versión de sí mismo.

—Me voy a la ducha.

Gracias a Dios, nadie se dio cuenta de las repugnantes emociones que sentía en su interior.

Por suerte, el agua caliente le relajó un poco el cuello y los hombros. Seco y vestido para pasar el día, David volvió a la cocina para prepararse el desayuno. Jackson se había unido a Cat y Hank en la habitación adyacente. En vez de buscar su compañía, David comió solo en la encimera.

Ya gestionaría lo de Vivi más tarde. Para empezar, tenía que poner fin a su relación con Laney. Lo que había experimentado con Vivi solo subrayaba aún más el vacío de lo que compartía con Laney.

Casi le molestaba saber que quizá no estaba satisfecho con el tipo de relación que antes le resultaba tan cómoda, sobre todo cuando la que le parecía mucho mejor estaba prohibida.

David se quedó mirando su café recordando la mirada de Vivi mientras hacían el amor. Ver todo el afecto que había en sus ojos había sido la más dulce de las victorias. Incluso en ese momento, a pesar de su ausencia, se sentía atraído por ella.

¿Qué demonios iba a hacer con todos esos sentimientos? ¿Y cómo podría salvar su amistad? Mierda, había echado a perder todo.

Sintió la mano de Jackson en su hombro, lo que le hizo salir de su aturdimiento.

—¿Cómo estás hoy? —Jackson se mostraba cercano a él. Se dejó caer sobre el taburete que había junto a David—. Entre Laney y papá, estoy seguro de que lo debes de estar pasando mal.

David miró boquiabierto a su hermano: se había olvidado por completo de la boda inminente de su padre. *¿Cómo era eso posible?* Apartó la cucharilla y suspiró.

—Sobreviviré.

Jackson asintió con la cabeza y esbozó una sonrisa.

—No te queda otra, ¿no?

La simple exposición de los hechos hizo que se le cayera el alma a los pies. No le quedaba otra. Había estado pasando de puntillas por su vida últimamente, esperando sentirse mejor. En vez de controlar él la situación, había dejado que la situación lo controlara a él, haciendo daño a la gente que más quería. Derrotado, asintió con la cabeza. Jackson apoyó el codo en la encimera y clavó la mandíbula en el puño.

—¿Alguna vez nos vas a contar qué te pasa con papá? —preguntó.

—No. —La respuesta seca de David fue automática. En su mente, la cara de súplica de su madre lo reafirmó en su resolución—. Siento mucho que te moleste mi silencio. Me gustaría que no fuera así.

—Apenas te reconozco, David —gritó Cat desde el sofá, con sus grandes ojos llenos de preocupación—. Estoy segura de que crees que estás haciendo lo correcto, pero a mí no me lo parece. Deberías haberte quedado y llorar su muerte con nosotros en vez de salir corriendo. Incluso ahora solo estás presente a medias.

—Lo siento mucho, Cat —suspiró David, dejando caer su cabeza entre sus manos—. Os quiero a los dos, pero eso no significa que no tenga derecho a tener cierta privacidad en cuanto a mis problemas personales, ya sea con papá, Laney o con cualquier otra persona.

Vivi.

—Eres igual que papá —masculló Jackson—. Reservado. Cerrado.

—No me gusta esa comparación, Jackson. —David apartó su taza. Ningún otro insulto le habría dolido más—. Créeme, no me parezco en nada a papá.

—Así que supongo que eso quiere decir que no piensas ir a su boda, ¿verdad?

Jackson se acomodó en la silla, con los brazos cruzados.

—Supones bien.

David se negó a ser el primero en romper el contacto visual.

—¿Estás enfadado porque papá no sigue guardando el luto? —Jackson se inclinó hacia delante—. Sé que no han sido ni dos años, pero ¿acaso no se merece otra oportunidad en el amor?

David se recordó a sí mismo que Jackson no conocía la antigüedad de la relación de su padre con Janet. La voz de su madre resonó en sus oídos. «*No los separes a todos, David. ¡Por favor! Solo traería*

*más sufrimiento a todo el mundo. Deja que tus hermanos conserven
intactos los recuerdos de nuestra familia».*

Se mordió la lengua. Furioso por lo injusto de aquella situación,
su indignación le recorrió el cuerpo como una oleada de calor.

Jackson se puso de pie, agitando la cabeza.

—Maldita sea, alguien de esta familia debería estar enamorado
y feliz. Está claro que ni tú ni Cat ni yo estamos teniendo suerte.

—¡Eh! —intervino Cat desde el otro extremo—. ¡Habla por ti!

David se rompió. Ya no podía soportar un segundo más las
decepciones y los errores recientes. Como un animal acorralado,
decidió defenderse mordiendo.

—¿Sabes qué? Me importa un bledo lo que haga papá.
Simplemente no estoy interesado en formar parte de ello.

Jackson sacudió la cabeza.

—Muy bonito. Mamá estaría muy orgullosa de ti ahora mismo.

La puntilla final. David barrió la encimera con la mano,
enviando varias revistas y servilleteros al suelo. Rara vez había perdido los nervios. Dios, qué bien sentaba.

Cat resopló y se sentó tensa como una estatua junto a Hank,
que los miraba como si intentara decidir si debía intervenir o no.

David ladró:

—No tienes ni idea de lo que estás hablando. Por mucho que
me gustaría iluminarte, no puedo —continuó, levantándose de la
silla—. Si quieres etiquetarme como el malo de la película, adelante.

David miró a Cat y luego volvió a centrar su atención en
Jackson.

—Va a ser un día muy largo. Voy a dejaros solos y así aprove-
charé para adelantar algo de trabajo.

Cuando empezó a subir las escaleras, pudo oír la voz burlona de
su hermano y se giró para hacerle frente.

—Sí, sal corriendo —dijo Jackson con las manos en la cintura—. Eso se te da realmente bien.

Hasta entonces, David jamás había querido pelearse con su hermano, pero necesitó toda su fuerza de voluntad para no darle un puñetazo. Miró a Cat, que ahora merodeaba por el borde de la cocina, haciendo girar una y otra vez la pulsera que llevaba puesta.

—¿Por qué debería abrirme a ti cuando tú ya has decidido que soy culpable?

David fulminó con la mirada a sus hermanos, subió a la planta de arriba y cerró la puerta de un portazo.

Las paredes del dormitorio temblaron como si se fueran a derrumbar a su alrededor. Solo en la habitación, David fue totalmente consciente de que se había desmoronado.

Horas después, David metió el contrato de compra de activos en el maletín. No había podido comprobar la solidez de las garantías del vendedor porque no dejaba de mirar su móvil para ver si Vivi le había enviado algún mensaje. Seguía evitando sus llamadas.

¿Qué diablos había pasado entre las dos y las siete de la mañana?

Había intentado leer en la cama, pero tuvo que dejarlo después de haber leído el mismo párrafo tres veces. Se puso a andar de un lado para otro, parando de vez en cuando para ver el mar por la ventana. Por fin, a las tres en punto, Vivi respondió a sus múltiples mensajes mediante un correo electrónico.

David:

Jamás he sido la chica de una sola noche de nadie. Ser la tuya duele más de lo que soy capaz de expresar. Lo más humillante es tu necesidad de ocultárselo a todo el mundo, como si fuera un secreto vergonzoso. Mis gafas de color de rosa me

JAMIE BECK

han impedido ver la verdad, pero ahora la veo. *Simplemente no eres el hombre que creía que eras.* Deja de llamarme.

Le temblaban las manos. *Simplemente no eres el hombre que creía que eras.* Leyó su mensaje dos veces, sin dejar de parpadear.

¿Cómo podía decir eso? Vivi sabía lo mucho que siempre se había preocupado por ella. Se lo había demostrado durante años. Le había contado sus secretos esa semana. Le había suplicado que lo detuviera para asegurarse de que no se sintiera presionada.

Y entonces había cruzado la línea.

Un impulso egoísta, quizá, pero no había sido mezquino ni engañoso. Le había explicado por qué debían ser discretos y la razón no tenía nada que ver con la vergüenza. Ahora parecía querer desterrarlo por completo de su vida.

Se la imaginó sentada sola en el puerto esa mañana y sintió náuseas. ¿Cómo podía haber esperado que ella desconectara su corazón cuando él mismo estaba teniendo problemas para hacerlo?

Había sido codicioso y egoísta al buscar satisfacer su propio deseo con la más básica de las provocaciones. Después de más de una década protegiéndola del dolor que le podían provocar los demás, él le había causado la peor de las aflicciones.

David jamás había sentido tanto desprecio por sí mismo. ¿Acaso su padre habría sentido una décima parte de esa emoción los últimos dieciocho meses? Lo irónico era que David necesitaba en ese momento el mismo perdón que él no podía darle a su propio padre.

Dejó su teléfono a un lado y se tumbó boca arriba en la cama, sin saber cómo responder. Daba igual lo que ella pudiera creer en ese momento. Vivi no tendría la última palabra.

Capítulo 19

El día siguiente por la tarde, Jackson dejó a David y Cat en Stamford, Connecticut, en la estación de tren Metro-Norte. Le quedaban sesenta minutos para intentar algún acercamiento con Cat.

—¿Piensas hacerme el vacío durante todo el viaje?

David suspiró mientras se sentaba junto a su hermana.

—Creía que no querías hablar. —Cat lo miró con cara de preocupación y descontento—. Sé que he estado un poco ensimismada esta semana con las llamadas de Justin, pero tú... tú pareces un yoyó. Tu arrebato de ayer fue grave.

David miró al frente y cerró los ojos un instante.

—Siento mucho haberte molestado. Sé que no me entiendes, pero entre Laney y papá —empezó, omitiendo mencionar a Vivi—, me he topado con un muro. Sinceramente, no sé por dónde tirar.

—Mira, da igual que Janet no nos parezca ninguna maravilla. Está claro que papá la quiere. —Cat cogió la mano de David—. Por mucho que echemos de menos a mamá, se ha ido y la vida continúa. ¿No quieres que papá sea feliz?

David apretó la mandíbula mientras usaba cada ápice de energía para no perder el control. Su hermana hacía que todo pareciera tan fácil. ¿Quería que su padre fuese feliz? ¿De verdad quería?

—No sé lo que quiero.

Esa era la respuesta más sincera que podía dar.

—Bueno, pues yo sí quiero. Quiero que todos seamos felices. Quiero que volvamos a ser una familia. Desearía que tú también quisieras eso mismo.

—Y lo quiero, Cat. Eso es justo lo que estaba intentando reconstruir esta semana contigo y con Jackson, pero surgieron otras cosas.

—Y, hablando de esas otras cosas, ¿qué piensas hacer con Laney? Cat se giró hacia él, intentando leer su expresión.

—Romper.

—¿Sin más?

Sus ojos se abrieron como platos.

—Sin más. Cuando no va bien, no va bien.

David esperaba que su tono la llevara a considerar romper su propia relación.

Los dos guardaron silencio un instante. Se balanceó en su asiento mientras el tren se movía por las vías en dirección a Grand Central Station. Mirando por la ventana a los edificios dispuestos junto a las vías, se maldijo a sí mismo.

La hostilidad que ya le resultaba familiar se apoderó de su cuerpo. En su opinión, aquella hostilidad se remontaba a su padre y a la pelea que habían tenido ambos unas semanas antes de que muriese su madre. Hasta entonces, David nunca había dejado que la ira y la repulsión picotearan su alma como un buitre con un cadáver.

Si nunca hubiera sorprendido a su padre con Janet. Si nunca se hubiera enfrentado a él donde su madre pudiera oírlos. Si nunca su madre lo hubiera obligado a hacerle aquella promesa.

En su momento, su padre lo había acusado de hacer daño a su madre con su arrebato. Daba igual que jamás se hubiese producido semejante arrebato sin su adulterio.

—David —dijo Cat—, espero que puedas solucionar las cosas con papá antes de que lo que sea que esté pasando te coma vivo.

David dejó caer la cabeza para esconder la furia desesperada que sentía que le quemaba los ojos ante la simple idea de considerar la posibilidad de hacer las paces. Por su parte, su padre no le había pedido perdón ni una sola vez ni le había dado las gracias a David por mantener la boca cerrada.

Sentía que las paredes se le venían encima, lo que le hizo estar resentido con su madre por haberlo puesto en una situación imposible.

En el momento en que se le pasó ese pensamiento por la mente, le ahogó la culpa.

—Hi-ho, hi-ho, a casa a descansar —suspiró Cat mientras el tren se detenía en Grand Central Station.

Mientras esperaban en la parada de taxis, David pensó en las dos mujeres con las que tenía que hablar ese mismo día. Laney estaría esperándolo. Aún tendría que esperar unas horas más porque quería ver a Vivi primero.

David y Cat compartieron un taxi en silencio entre Grand Central y su barrio. El apartamento que David se había comprado cerca del edificio de su hermana para acortar distancias no había facilitado las cosas.

Otro error que añadir a la lista.

Cat se bajó primero. Cuando el taxi llegó al edificio de David, se sintió completamente exhausto.

—Señor St. James —lo saludó el portero.

—Hola, Bill —respondió David con sonrisa forzada—. ¿Podrías guardarme la bolsa hasta que vuelva? Estaré de vuelta en una hora o dos.

—Por supuesto.

Bill puso la bolsa tras el mostrador y se despidió de David con la mano mientras este salía corriendo a toda velocidad para coger un taxi que lo llevara a Queens.

David se quedó de pie en la ruidosa calle Astoria, vigilando el anodino edificio de ladrillos al que se había mudado Vivi hacía unos años. Él mismo la había ayudado con la mudanza. Estaba emocionada con su diminuto estudio. Él supuso que lo que explicaba su euforia era que representara la liberación de su padre. Por supuesto, los escaparates de los pequeños comercios y los árboles a ambos lados de las calles creaban un ambiente de barrio agradable. Le pegaba.

Llamó al timbre, se metió las manos en el bolsillo y esperó a oír su voz. Cuando no respondió, miró el reloj. ¿Habría salido a almorzar? Su propio estómago rugió al pensarlo.

Cruzó la calle corriendo hasta un restaurante griego y pidió un gyro. Sentado en una estrecha barra junto a la cristalera, se comió el grasiento bocadillo y esperó a Vivi. Cada vez que se imaginaba enfrentándose a ella, su estado de ánimo oscilaba entre la preocupación y el enfado. A veces quería tranquilizarla y, al minuto siguiente, quería criticarla por la forma en la que sus comentarios lo habían herido.

Cuando por fin la vio acercándose a su edificio, se quedó petrificado.

Llegó la hora.

Dejó veinte dólares en la barra y salió corriendo por la puerta. Sus piernas se movían de forma extraña, rígidas por la ansiedad. Se puso detrás de ella mientras Vivi buscaba las llaves para entrar.

—Vivi —le dijo, agarrándola del brazo.

Sorprendida, ella lo miró con los ojos como platos. Él la sujetó con fuerza, sin la más mínima intención de soltarla. Tenerla cerca, volver a tocarla, hizo que su cerebro dejara de funcionar.

—Déjame, David.

—Tenemos que hablar.

Incluso a sus oídos, sonaba a cavernícola.

—No, no tenemos que hablar.

Su actitud desafiante hizo saltar todas las alarmas.

Vivi jamás lo había rechazado. Nunca lo había mirado como una asquerosa sorpresa en la suela de su zapato. La angustia y la ira asumieron el control de sus músculos.

—No hagas esto —le dijo él—. Tenemos que aclarar algunas cosas. De una forma o de otra, Vivi, me vas a escuchar.

—Me estás haciendo daño en el brazo.

Vivi se quedó mirándole la mano hasta que David la soltó.

Se pegó a ella, negándose a dejarla entrar sin él. Una ráfaga de viento le agitó el pelo, desprendiendo olor a cítricos. A pesar de su enfado, se imaginó metiendo las manos en su pelo ensortijado y besándola con fuerza. Sacudió su cabeza y frunció el ceño, pero se acercó aún más a ella. No podía evitarlo.

—Quita y déjame abrir la puerta, por favor —suspiró Vivi, ajena al efecto que tenía en él—. Cinco minutos, David. Cinco.

—Vale.

Mientras Vivi metía la llave en la cerradura, David se dio cuenta de que su cuerpecito se perdía en el mono holgado salpicado de pintura que llevaba puesto. Dios mío, parecía una niña abandonada que había perdido un torneo de paintball. David sonrió.

—¿De dónde vienes vestida así?

—Perdón por no ir de Prada —le soltó con mirada fría—, pero es que la ropa de marca no dura demasiado en un estudio de arte.

—Por Dios, Vivi, no te estaba criticando.

David la siguió al interior del edificio, preguntándose si habría destruido a la chica cariñosa y dulce que él conocía.

Cuando entraron en el apartamento, Vivi dejó caer las llaves en la minúscula encimera de la cocina. Su estudio, repleto de artículos de arte y docenas de chucherías para niños, le hizo sentir claustrofobia.

Su bolso de viaje por abrir estaba tirado en el suelo junto a la cama. No podía apartar la mirada de su edredón blanco ondulado ni dejar de imaginársela envuelta en aquellas sábanas. El cuerpo de David vibraba por una mezcla de emociones que, una vez más, lo paralizaban.

—Venga —se enfrentó Vivi—. Dime lo que me tengas que decir para que podamos seguir con nuestras vidas.

David se estrujó las manos mientras se paseaba de un lado a otro, buscando el enfoque adecuado. ¡Era abogado, por Dios! Sabía que podía persuadirla para que reconsiderara su posición, siempre y cuando él fuera capaz de controlar sus sentimientos. Ganar un enfrentamiento requería que no se dejara arrastrar por el sentimentalismo.

No se veía capaz de lograrlo.

—He recibido tu correo electrónico. —Su inicio grave parecía aburrirla. Necesitaba un empujoncito—. No estás siendo justa, Vivi. No te he usado y no me avergüenzo de lo que pasó. Te avisé que era mejor que te fueras. Tú decidiste quedarte. ¿Ahora soy el malo? ¿No soy el hombre que creías?

No estaba siendo el más elocuente de sus discursos. ¿Quién podría tacharlo de torpe cuando no sabía si discutir con ella o tirarla a la cama para hacerle el amor otra vez?

—¿Que me avisaste? —Vivi entrecerró los ojos—. Puede que lo hicieras, pero no podías esperar que entendiera que ese «puede que te haga daño» tuyo implicara tener sexo conmigo.

—¿Y qué otra opción había? Estábamos hablando de ello justo antes de que te besara. Literalmente te supliqué que me pararas antes de que fuera demasiado lejos.

Los hechos le daban la razón. Su lógica era aplastante.

Ella puso los ojos en blanco ante semejante razonamiento.

—Dios mío, David. O eres un completo idiota o de verdad, de verdad, no sabes nada del amor. —Entornó los ojos con incredulidad mientras él la miraba boquiabierto, en silencio—. Aunque lo hubiera entendido, cosa que no hice, ¿en serio crees que habría podido pararte? Hace más de doce años que estoy enamorada de ti. Y tú siempre lo has sabido. Sabías que jamás rechazaría la oportunidad de ver mis sentimientos correspondidos. Si eso no significaba nada para ti, tendrías que haber sido tú el que lo hubiera parado todo.

Vivi agitó la cabeza.

—Sin embargo, te aprovechaste de mi confianza, luego te sentiste avergonzado e insististe en esconderlo todo bajo la alfombra.

—No es eso y lo sabes. Estar contigo fue importante para mí, Vivi. Fue muy especial. No me siento avergonzado por haber hecho el amor contigo. Yo quería estar contigo, pero eso no significa que fuera lo más correcto. Si me aproveché, desde luego no fue esa mi intención. Llevo meses mal, lo sabes. Y, desde luego, no tengo la cabeza donde debería tenerla como para tener una relación sana con una mujer. Ni siquiera contigo —dijo antes de pasarse la mano por el pelo y suavizar la voz—. Estoy intentando protegerte, protegernos a los dos, para no terminar destruyéndolo todo.

—Ya no hay nada que proteger entre nosotros, David —soltó Vivi, cruzándose de brazos—. Todo lo que ha ocurrido ha hecho que ya no haya nada.

—Solo si tú lo permites. —David respiró profundamente y se acercó aún más a ella. Ella retrocedió un poco, lo que impidió su avance—. ¿Por qué no puede mejorar nuestra amistad, Vivi? Por Dios, me sentí más cerca de ti que nunca. Y eso es decir mucho, teniendo en cuenta lo importante que siempre has sido para mí.

—Nunca lo suficientemente importante.

Su tono suave lo cortó en seco. Se quedó boquiabierto, pero no se le ocurría nada más que decir.

Caminó en un pequeño círculo, sin palabras, con la cabeza dándole vueltas.

—¿Cómo puedes apartarme así... a mí... después de la amistad que hemos compartido? Por Dios, te confié mi peor pesadilla hace unos días para demostrarte lo importante que eres para mí. Por lo visto, eso no te basta. ¿Cuántas pruebas tengo que superar para recuperar tu amistad?

Vivi cerró los ojos y se encorvó.

—No lo sé. Han cambiado muchas cosas entre nosotros, ya habían cambiado antes de la otra noche. No podemos volver a lo que teníamos y tú no quieres que avance a algo más.

—Jamás podríamos ser pareja y, en el fondo, tú sabes por qué. Para empezar, Cat y Jackson se volverían locos, pero eso sería un simple juego de niños en comparación con lo que pasaría si rompiéramos. Te sentirías incómoda con mi familia... por no mencionar lo mucho que yo sentiría la pérdida de nuestra amistad. —Le tendió la mano—. ¿Acaso no lo ves? Es mejor así. Solo una noche, sin promesas ni dolor innecesario.

—Demasiado tarde. Ya hay dolor. ¿Y por qué estás tan seguro de que no funcionaría? ¿Porque no soy tan sofisticada como Laney?

Su falsa bravuconería no podía ocultar cierta falta de confianza en sus comentarios.

—No, Vivi. Siempre me has gustado tal como eres y lo sabes —continuó David con las manos en los hombros de Vivi—. Pero eso solo es la mitad de la ecuación. Por el amor de Dios, incluso tú debes admitir que la mayoría de relaciones fracasan, por mucho que los dos se quieran al principio. Con nuestras diferencias, fracasaríamos de pleno.

—Más excusas lamentables —respondió Vivi, liberándose de sus manos—. Además, tu madre y tu padre eran como el día y la noche y estuvieron casados treinta años.

—¡Ja! —resopló David—. Acabas de darme la razón. Es obvio que el suyo no era para nada un matrimonio perfecto. Dios nos libre de acabar como ellos.

—Para. —Vivi se sentó, dejando caer la frente sobre la palma de la mano. Después de suspirar profundamente, levantó los ojos para mirar a David—. Por favor, vete. ¿Por qué de repente nuestra amistad es tan importante para ti? Solo tienes que volver a Manhattan y fingir que sigues en Hong Kong.

El suelo se hundió bajo los pies de David como si estuviera sobre arenas movedizas. En dieciocho meses de, admitámoslo, absoluto egoísmo y una memorable, si no estúpida, decisión de llevársela a la cama, había agotado toda su buena voluntad.

—No puedo creer que me des la patada ahora, después de todo lo que ha pasado esta semana. Después de todo lo que te he contado. Después de todas las veces que he estado ahí para ti con tu padre, ahora me dejas tirado cuando soy yo quien necesita ayuda con el mío. —Su tono ronco ahogó sus últimas palabras—. Me rindo, Vivi. No tienes ni idea de lo mucho que afecta descubrir que todo lo que creías sobre alguien a quien quieres resulte no ser cierto.

David cerró los ojos un instante y agitó la cabeza mientras un escalofrío le recorría todo el cuerpo.

Vivi tenía que ver la lógica. Quizá incluso pudiera llegar a ser compasiva por la magnitud del secreto que le había confiado. Seguro que, al menos, entendería que no la había usado la otra noche.

Vivi jugueteó con los lápices que había en la mesa mientras reflexionaba sobre sus últimos comentarios, pero, cuando lo miró, David no encontró comprensión en su mirada.

—Te equivocas, David. Sé exactamente qué se siente cuando descubres que todo lo que creías sobre alguien resulta ser falso porque eres igual que tu padre. Has engañado a una mujer con otra. Quieres guardar el secreto para protegerte, a ti, a tu imagen o a lo que sea. Tiene gracia que no seas capaz de perdonarlo y luego vengas a pedirme que yo te perdone.

—¡No me parezco a mi padre! —Aquel insulto le desgarró el corazón—. No estoy casado con Laney. No tenemos hijos ni una vida en común. Ella no ha sacrificado nada por mí. Y, además, prácticamente ya habíamos cortado cuando me dejé llevar por mis sentimientos.

—¿Prácticamente habíais cortado? —Vivi agitó la cabeza—. Laney lo dejó todo para mudarse contigo. Quizá no presentaras tus votos ante Dios, pero desde luego le debes algo más de lo que le has dado, David.

Sus palabras lo detuvieron en seco y no fue capaz de defenderse de su lógica retorcida. Casi lo convence. Ya sin nada que perder, probó con la culpa.

—Si crees que soy tan egoísta como mi padre, no me conoces.

—Eso es justo lo que he reconocido en mi correo electrónico. No eres ni leal ni abnegado. Eres un cobarde.

—¿Un cobarde? ¿Por qué? ¿Porque prefiero preservar una amistad de muchos años en vez de probar suerte con una relación amorosa arriesgada? —David se mantuvo en pie, desafiante, mientras ella lo miraba. Se mordió la lengua para no gritar, conformándose con algo menos que un aullido—. ¿Así que tú serías capaz de arriesgar tu relación con Cat y Jackson o nuestra amistad por amor?

—Habría arriesgado cualquier cosa por amor, David —respondió de forma rápida y directa antes de apartar la mirada—, pero ya no.

Vivi se puso en pie y dio una palmada.

—Te he oído. No hemos llegado a ningún acuerdo. Ahora será mejor que te vayas —dijo alejándose de él para luego mirarlo por encima del hombro—. Siento mucho no poder ser más comprensiva en estos momentos. Guardaré ambos secretos, tanto el nuestro como el de tu padre. Puedes confiar en mí.

El mundo de David se volvió negro. El sudor perló su frente y los ojos le escocían.

—Vivi, tu amistad lo es todo para mí. —David cruzó la habitación y se colocó justo detrás de ella—. No quiero perderla.

—Por supuesto que no. ¿Quién querría perder a alguien que te da todo y no te pide nada a cambio? —dijo, girándose hacia él, con los brazos en jarras—. Durante años, tu atención me había convencido de que yo era única y adorable. Saboreé cada minuto que pasamos juntos y, a cambio, te di absolutamente todo lo que te podía dar. En vez de buscarme, desapareces y me alejas de todo. Ahora vuelves y ni siquiera te reconozco. He intentado ser comprensiva, defender tus últimas decisiones, pero ya no puedo hacerlo más. No después de la otra noche. Yo también me rindo.

—No digas eso. —David la abrazó contra su pecho y la besó en la cabeza, aunque ella se mantuvo rígida en sus brazos—. Si di por hecha nuestra amistad mientras estuve fuera, no fue porque no me importara. Dios, Vivi, nuestra noche juntos fue excepcional. Mejor que ninguna noche pasada con ninguna otra mujer. Por favor, créeme. Jamás quise hacerte daño. Dime al menos que sabes lo mucho que siempre has significado para mí.

—Si de verdad te importara, te irías. Y te equivocas en algo más. Esto no solo va de perdón, David. También es una cuestión de respeto por uno mismo. —Levantó el mentón—. Ya me he cansado de mendigar los despojos de tu cariño, ni de ti ni de nadie. Si no puedes darme lo que quiero, deja que me vaya.

—No puedo, Vivi. Seré mejor amigo, lo juro. —La respiración de Vivi le acarició los brazos—. Solo dime lo que quieres.

—Todo —respondió liberándose de su abrazo—. Lo quiero todo.

—¿Todo o nada? —suspiró—. No estás siendo justa.

—La vida no es justa. He aprendido a adaptarme y tú también lo harás. —Se dio la vuelta—. Por favor, vete, David. Ya estoy cansada. No quiero tu compañía. No quiero pensar en el pasado ni en por qué quieres culpar a tu padre de todo ni en nada más que hayas dicho.

David se quedó de pie, inmóvil, buscando algo de misericordia en los ojos de Vivi. Nada.

—Por favor, vete.

Capítulo 20

El señor St. James abrió la puerta, más imponente que nunca. A diferencia de su mujer, sus espléndidas facciones eran severas. A pesar de las innumerables ocasiones en que habían coincidido ambos, Vivi seguía sin sentirse cómoda. Incluso en ese momento, seguía dirigiéndose a él con formalidad mientras hacía ya años que a su mujer la llamaba por su nombre, Graciela. El corazón de Vivi se conmovía con tan solo pensar en su seudomadre.

—¡Hola, señor St. James!

Vivi le obsequió su mejor sonrisa y se dispuso a entrar en la casa.

De manera inexplicable, le bloqueó el paso.

—Hoy no es un buen día, Vivi.

A pesar de sus modos rígidos y su boca decididamente inflexible, parecía desconcertado.

—Pero me está esperando. —Vivi enseñó el libro que llevaba leyéndole a Graciela toda la semana desde que se había visto obligada a permanecer en cama—. ¡Es nuestro día de lectura!

—Hoy no podrá ser. Lo siento mucho.

Se le hizo un nudo en la garganta. Cat había estimado que a Graciela le quedaban unos dos meses de vida. ¿Acaso habría empeorado? Antes de que Vivi pudiera preguntar, David ladró a su padre desde el interior de la casa.

—Déjala entrar. —David apareció junto a su padre. Su cara, roja, reflejaba su estado de ánimo—. Mamá necesita animarse.

—Creo que sé lo que necesita mi mujer, David —replicó su padre—. Está agotada.

—No finjas que estás pensando en sus necesidades ahora mismo. —David adelantó a su padre y metió a Vivi en la casa—. Yo sí lo sé y hoy necesita a Vivi.

Vivi vio a los dos hombres enzarzándose en una lucha de voluntades silenciosa. El señor St. James la sorprendió dando un paso atrás en silencio y desapareciendo en su estudio. La puerta se cerró tras de sí.

David se quedó mirando a la puerta cerrada como si pudiera quemarla con los ojos. Vivi le agarró el brazo, poco acostumbrada a verlo tan nervioso. David bajó la barbilla y cerró los ojos con fuerza. ¿Le temblaban los labios?

—¿Qué pasa? —preguntó Vivi—. ¿Tu madre ha empeorado?

David levantó la cabeza y la miró con los ojos llenos de lágrimas. El instinto asumió el control. Lo rodeó con sus brazos, frotándole la espalda mientras apretaba la cabeza contra su pecho. Su cuerpo temblaba por el llanto. Entonces, de repente, David se incorporó y se secó las lágrimas.

—Lo siento mucho. —Cogió las llaves de la mesa de la entrada—. Tengo que salir de aquí.

—¡Espera! —le gritó—. ¿Qué ha pasado?

Las manos de David se cerraron en un puño a su lado antes de decir:

—No puedo contártelo.

—Puedes contarme cualquier cosa, David. Déjame ayudarte.

Excepto por el involuntario temblor lento de su cabeza, se quedó completamente quieto. Su mirada parecía desenfocada hasta que la miró directamente.

—No, Vivi. Por favor, no insistas.

David redujo la distancia entre ellos y la apretó contra su pecho. Apoyó la mejilla en su cabeza y habló con dulzura:

—Gracias por preocuparte. Al menos sé que jamás me he equivocado contigo. Eres la persona más generosa y adorable que conozco. No cambies nunca.

Sin decir nada más, la soltó y salió por la puerta. A través de la ventana lateral de la entrada, pudo ver cómo corría hacia su coche.

Dudó entre salir en su búsqueda y visitar a su madre. El libro en su mano la ayudó a decidirse.

Miró la puerta cerrada del despacho. No, no podía importunar al señor St. James para preguntarle que le preocupaba a David. Algo horrible debía haber provocado que David se peleara con su adorado padre. Se le hizo un nudo en el estómago con tan solo pensarlo. Quizá Graciela le diera la respuesta.

Subió las escaleras hasta el dormitorio principal. De las paredes del pasillo de la casa de los St. James tan familiar para ella colgaban fotos familiares. Ese sería el legado de Graciela: una bonita familia feliz. A ojos de mucha gente, la vida de Graciela podría parecer poca cosa, pero Vivi sabía que su amor dejaría una huella indeleble en todo aquel que ella hubiera tocado. ¿Acaso había algo más importante que el amor?

Llegó al umbral de la habitación y dudó en si debía llamar o no.

—Entra —se oyó la voz, con tono ronco, de Graciela.

Vivi entró en el dormitorio a oscuras y cruzó hasta la ventana para abrir las cortinas.

La mesita de noche estaba cubierta de pañuelos usados. Los ojos de Graciela estaban rojos a pesar de su sonrisa forzada cuando vio a Vivi.

—Ven a sentarte, cariño —le dijo, dando palmaditas en la cama.

A Vivi le encantaba que se dirigiera a ella con afecto maternal. Pero en cuanto se sentó en la cama con las piernas cruzadas empezó a preocuparse por el estado de ánimo de Graciela.

—¿Todo va bien? —preguntó—. Pareces molesta y jamás había visto a David tan alterado.

Graciela miró por la ventana. Vivi se dio cuenta de que le temblaban los labios. Sin mirarla a los ojos, Graciela dio una palmada.

—David necesitará tiempo para luchar con sus demonios. Necesitará mucha comprensión, sin pedir nada a cambio. —Se giró para mirar a Vivi antes de continuar—. Tú estarás ahí cuando yo no pueda, cariño. Sé que puedo contar contigo. Tú lo quieres y él te quiere a ti. Cuando por fin se abra, recuérdale que la familia es más importante que su orgullo. ¿Harás eso por mí?

—Haría cualquier cosa por ti —dijo Vivi, desconcertada por la petición y el mensaje—. Pero confías demasiado en mí. Puede que David jamás se abra a mí y desde luego no está enamorado de mí.

—Conozco a mi hijo. —Graciela sonrió y jugó con un mechón de pelo de Vivi antes de acariciarle la mejilla con su mano huesuda—. Bueno, basta ya. ¿Dónde nos quedamos en nuestra pequeña historia?

Vivi aplacó la emoción de la esperanza que le recorrió el cuerpo. ¿David la quería? Apoyándose en el cabecero de la cama, se contuvo de seguir preguntándole a Graciela y abrió *Criadas y señoras* por el decimosexto capítulo.

Capítulo 21

Después de haber pasado la mayor parte de agosto frustrada por sus sentimientos encontrados por David y su incapacidad para sentir algo más que amistad por Franco a pesar de todos los esfuerzos del italiano, Vivi agradeció el impulso de optimismo que le provocaba el primer día de colegio. Le encantaba la escuela católica en la que llevaba trabajando cuatro años. Pronto las risas y el asombro infinito de sus alumnos llenarían sus días.

Durante nueve meses al año, Vivi absorbía su amor y su admiración como una esponja seca lanzada a un lago. Los abrazos y la aprobación acumulados siempre la habían sostenido durante el trance seco del verano.

Entre reunión y reunión de departamento, llenaba su clase de arte de pinceles, rotuladores, lápices, pinturas, papeles, arcilla y pegamento. Revisaba y actualizaba el contenido curricular de cada curso y decoraba su aula con unos cuantos toques personales. Mientras comparaba los nombres de las etiquetas que había creado con las listas de clase, sonó su teléfono.

—Hola, Cat —dijo Vivi.

—¿Qué estás haciendo?

—Preparando mi clase.

—Oh, vale, pero no te olvides de lo de esta noche. Tengo planes para tu cumpleaños.

Desde la semana que habían pasado en Block Island, Vivi solo había visto a Cat una vez, en parte porque Cat había estado viajando mucho por trabajo y en parte porque Vivi tenía miedo de que descubriera los secretos que tanto le estaba costando guardar. El tiempo y la distancia le habían permitido aclarar sus sentimientos sobre todo lo que había pasado durante aquellas vacaciones. Ese día se sentía razonablemente segura de que podría actuar con indiferencia si David o su padre surgieran en la conversación.

—¿Cómo podría olvidarme? —respondió—. ¿Qué tienes pensado?

—Algo divertido y frívolo, así que ponte elegante…

—¿Nos reuniremos con Justin y sus amigos en algún momento?

Vivi arrugó la nariz de tan solo pensarlo. Cat había vuelto con Justin poco después de regresar de Block Island. Saber más cosas sobre el comportamiento de Justin le revolvía el estómago. Además, nunca le había caído especialmente bien.

De hecho, le recordaba al típico machito idiota de las películas de instituto que solía ver. Ese gilipollas arrogante y controlador que salía con la jefa de animadoras y que se reía de sus tonterías de chica mala.

A Vivi le entró la risa floja por la analogía, teniendo en cuenta que Cat y Justin a veces se comportaban como una pareja de instituto.

De todas formas, a Justin le gustaba tanto Vivi como a Vivi le gustaba él. Era obvio que pensaba que ella, con su aspecto vulgar y su trabajo poco glamuroso, estaba muy por debajo de él.

—No, no pienso verlo ni hoy ni ningún otro día —dijo Cat.

Oh, oh. Problemas en el paraíso. Vivi debería sentirse mal por su amiga, pero se alegró al escuchar aquella noticia.

—Lo siento mucho —intentó disimular el regocijo de su voz—. Imagino que me contarás los detalles cruentos esta noche.

—Estoy harta de hablar de Justin. Solo quiero divertirme con mi mejor amiga el día de su cumpleaños, ¿vale?

La voz excesivamente alegre de Cat fue de todo menos convincente, pero Vivi no quiso discutir.

Además, Vivi se había ganado una noche de chicas en la ciudad. Los planes de Cat serían divertidos. Por supuesto, tampoco se engañaba. La parte solo para chicas se acabaría abruptamente justo después de cenar.

Sin duda, Cat la arrastraría por todo Manhattan, donde Vivi acabaría siendo su fiel escudera.

Siempre que Cat y Justin rompían, Cat tenía que recordarse a sí misma que hay más peces en el agua y terminaba flirteando con todo hombre que hubiera en varios kilómetros a la redonda.

Las inseguridades de Cat aturdían a Vivi, pero jamás le negaría a su amiga esa indulgencia. Cada uno tiene su propia forma de gestionar la pérdida. ¿Quién era ella para oponerse al derecho de Cat de irse de fiesta para superarlo?

—Suena bien, Cat. Y te prometo que haré por lo menos una cosa para hacerte reír, aunque sea a mi costa.

—¡Por eso te quiero! —Cat se echó a reír—. ¿Puedes pasarte por aquí a las siete?

—Nos vemos a esa hora entonces.

Vivi organizó las etiquetas con los nombres de los alumnos de su clase, ordenó su escritorio y metió el móvil en el bolso antes de salir del aula de arte.

Puso rumbo a casa, pasando por varias cafeterías del barrio y sonriendo a sus propietarios, sentados en mesas de café atestadas apiñadas en las aceras. Ni siquiera el típico viento de finales de verano —húmedo, caliente y un poco cargado— la perturbaba. Su pelo, por su parte, reaccionó con su habitual estilo: más rebelde a cada metro que andaba.

Vivi abrió el portal. Sobre el suelo de terrazo de su pequeña entrada había un ramo de coloridas margaritas africanas y una cajita. Las alegres flores destacaban en aquel vestíbulo de aburridos tonos grises y marrones.

Pudo ver su nombre garabateado en el sobrecito blanco. David le había enviado la pulsera que le había comprado y otros dos arreglos florales durante las tres últimas semanas, así que supuso que ese nuevo ramo y el regalo serían también suyos.

Cogió las flores y subió las escaleras hasta su apartamento, pensando en los planes que tendría para su cumpleaños. No le cabía duda de que se lo habría pasado muy bien recorriendo el SoHo con él. Esos regalos hacían que fuese difícil quitárselo de la mente, no preocuparse por cómo estaría llevando la inminente boda, pero necesitaba alejarlo para proteger su corazón, así que se había negado a hablar con él desde que se había ido de su apartamento hacía unas semanas.

Una vez dentro, puso el jarrón en la mesa y se sentó a leer la tarjeta.

> Felicidades, Vivi. Me recuerdan a la chica extravagante y alegre que tanto echo de menos. En vez de mis otros planes de cumpleaños, he escogido un regalo para ti. Dime si preferirías cambiarlo por otra cosa. P. D.: Por favor, perdóname.

Dos meses atrás, Vivi habría subido hasta la luna en felicidad desenfrenada por su gesto. Habría bailado por su apartamento para celebrar la victoria, convenciéndose a sí misma de que él quería algo más que amistad.

Ese día, las flores fucsia y amarillo limón solo servían para recordarle su comportamiento temerario en Block Island. Se había metido en la cama con David en cuanto él la tocó, sin pedir primero algo a cambio.

Sin promesas ni compromiso, nada.

Y eso es exactamente lo que había conseguido. Ni promesas ni compromiso. Nada. De hecho, había conseguido menos que nada, porque ahora ni siquiera eran amigos.

Al principio, le echó todo la culpa a él. David había ejercido todo el poder, todo el control. Se había aprovechado de ella.

Sin embargo, echando la vista atrás, tenía que admitir que David la había avisado, que le había implorado que parara antes de que él fuera demasiado lejos. También podía reconocer la tremenda angustia que David estaba sufriendo, lo que claramente le había despojado de todo buen juicio aquella noche. Por desgracia, que admitiera sus errores no significaba que estuviera cerca de retomar la amistad que habían cultivado durante tantos años.

Simplemente no sabía cómo enfrentarse a él tras haber hecho el amor.

No cuando todavía podía sentir la intensa pasión de la noche que habían pasado juntos. Cuando la huella de las manos de David había quedado impresa en su piel. Cuando la mirada embelesada de sus ojos se apoderaba de ella cada vez que cerraba los suyos.

Gracias a Dios, había aceptado guardar el secreto de aquella única noche juntos. La discreción de David le había ahorrado mayores humillaciones. Ahora necesitaba tiempo para dejar atrás aquellos recuerdos y sueños rotos de una vez por todas. Tiempo para enfrentarse a él en igualdad de condiciones sin querer más de él de lo que él quería de ella. Aquel día parecía estar bastante lejos de su objetivo porque, a pesar de ver los defectos de David por primera vez, seguía queriéndolo. Su corazón irracional no podía deshacerse de aquel vínculo. Vivi dudaba que diera su brazo a torcer para terminar asistiendo a la boda de su padre, pero, si lo hacía, aún tenía un par de semanas para prepararse. Por supuesto, todos los intentos de David por ablandar su determinación la distraían durante horas.

Acarició los firmes y aterciopelados pétalos de las margaritas. ¿Habría escogido él mismo el ramo o habría pedido a su secretaria que llamara para encargarlo? Volvió a mirar la tarjeta y se recreó en su caligrafía. Dudaba mucho que un florista de Manhattan entregara flores en Astoria.

¿Habría ido hasta allí esperando que respondiera a la puerta? Se le aceleró el pulso. Recorriendo las palabras escritas con letra clara con su dedo índice, suspiró y desenvolvió la caja para encontrar un juego de objetivos de cámara Lensbaby Pro Effects.

Oh, Dios mío. Se habría gastado unos setecientos dólares en aquella caja. Querría ponerse furiosa con él por pensar que podía comprar su perdón de esa forma, pero sabía que no había sido esa su intención.

David habría recordado que ella había soñado con esos objetivos. Jamás habría podido comprárselos ella. *Mierda*. Debería devolverle el regalo.

En ocasiones como esa, aparecía su Scarlett O'Hara interior: ya se preocuparía de aquel regalo al día siguiente. Dejó la tarjeta, se fue a la ducha. Después, se quedó de pie en la parte derecha de su armario, estudiando la ropa carísima que Cat le había ido regalando a lo largo de los años. Ropa de marca que solo se había puesto una vez o ninguna. Los modelitos de alta costura de su generosa amiga no encajaban demasiado con el estilo de vida de Vivi.

Sabía que los constantes esfuerzos de Cat por compartir su buena suerte y su amor por la moda eran bienintencionados, así que había aceptado gentilmente los regalos y los había ido colgando en su armario para tiempos difíciles. Esa noche sería una buena ocasión para probar algo diferente. Quizá también se pondría la pulsera de jade. Se suponía que daba buena suerte. Ponerse la pulsera no tenía nada que ver con que deseara que David estuviera con ella el día de su cumpleaños. Nada.

Como Cat había planeado aquella noche, seguro que cenarían en un restaurante exclusivo y acabarían en un club nocturno de moda rodeada de estirados. Cat se codeaba con la gente guapa, pero ella tenía mucha más sustancia que la mayoría de sus amigos superficiales.

Aunque Vivi se habría contentado con abrir una botella de vino, comer espaguetis y ver una de sus películas favoritas, como *La princesa prometida*, un poco de aventura al otro lado del puente Queensboro sería ese cambio de ritmo que necesitaba para animarse un poco.

El barrio pijo de Cat en el Upper East Side, en la 79, cerca de Central Park, era otro mundo en comparación con la comunidad de artistas de clase media de Vivi. Al salir del taxi, se sintió como una actriz disfrazada. Las botas negras de tacón alto con las suelas rojas que llevaba puestas bien podrían ser zancos. Su vestido verde y su cinturoncito negro le marcaban el escote.

Con tanta humedad había decidido hacerse una trenza francesa en diagonal. Como último toque, unos pendientes de aro dorados. No era modelo como su amiga, pero estaba bastante guapa.

—¡Guau, mírate! —Cat observó a Vivi de pies a cabeza cuando abrió la puerta de su apartamento—. ¡Bonitas botas!

Cat le guiñó un ojo.

—¿Estas antiguallas? —bromeó Vivi—. Alguien intentó comprar mi afecto con ellas.

—No, ese alguien ya sabía que tenía tu afecto.

Cat sonrió con suficiencia y le hizo señas con el dedo para que la siguiera hasta su salón.

Las suelas rojas de Vivi repiqueteaban en el suelo de madera mientras perseguía a Cat. En un lateral del elegante apartamento amueblado con una mezcla de acabados en madera brillante y ante beis y tapizados en seda, había grandes ventanales con vistas de la ciudad.

Líneas pulcras y elegantes con un toque de feminidad. Como su amiga.

Cat le puso una copa de vino en la mano a Vivi antes de sentarse en el sofá.

—He pensado que estaría bien tomarnos una copa aquí antes de salir.

—Vale.

Vivi no era una entendida en vino. Por el rico color y buqué de su bebida, solo podía suponer que Cat había abierto una botella cara. Lo hizo girar en su copa, inspiró su aroma y luego lo probó.

—Oh, está muy rico. Gracias.

—Los Brunellos son buenos para cualquier ocasión.

Cat levantó su copa en un brindis silencioso.

Vivi no sabía nada sobre Brunellos de uva zinfandel, pero asintió con la cabeza. A veces prefería no destacar las diferencias entre su amiga y ella.

Sobre el papel, nadie creería que la modelo que vive la buena vida en Nueva York sería el alma gemela de una excéntrica profesora de arte procedente de un hogar disfuncional. Fuese como fuese, aquella amistad funcionaba. Vivi a veces sospechaba que era la única amiga de verdad de Cat, alguien que la quería por quien era en vez de por su aspecto.

Antes de que Vivi pudiera preguntar por los planes para esa noche, Cat le entregó una caja envuelta en papel de regalo.

—Felicidades.

—Oh, no tendrías que haberte molestado, Cat.

Vivi deshizo el nudo de los lazos de la pequeña caja. Dentro, encontró un bonito anillo de plata de John Hardy.

Antes de que pudiera probárselo, Cat espetó:

—Sé que no te gustan los anillos porque quieres tener los dedos «libres de cargas» cuando trabajas, pero este es muy bonito y es plano. Y no estás trabajando todo el tiempo.

—Me encanta. Es bastante moderno, ¿verdad? —Vivi sonrió a Cat y se puso el anillo—. ¡Me queda bien! Gracias.

Vivi abrazó a su amiga.

—Jackson me acompañó a comprarlo, acuérdate de darle las gracias después. Ha decidido pasarse por nuestra pequeña fiesta luego.

La charla sobre el regalo llegó a su fin cuando el teléfono de Cat vibró sobre la mesa auxiliar. Echó un vistazo a la pantalla, puso los ojos en blanco y volvió a dejar el teléfono en la mesa.

—¿Justin? —preguntó Vivi.

—No, David. —Cat agitó el teléfono—. Ha estado llamando mucho, pero le he prometido a Jackson que me mantendré firme.

Vivi ladeó la cabeza.

—¿Mantenerte firme?

—David se niega a ir a la boda. Jackson cree que podemos hacer que se disculpe con papá si le hacemos el vacío. —Puso los hombros rectos y bebió algo de vino—. Si funciona, todos estaremos mejor.

Vivi sintió que se le caía el alma al suelo. A pesar de sus propios problemas con David, ese trato le parecía cruel. Cat y Jackson se avergonzarían de su comportamiento si supieran la verdad sobre el señor St. James y Janet.

—Eso suena a chantaje.

Vivi miró su vino, evitando la mirada de Cat. Entonces dijo:

—No sigáis.

—Vaya, me sorprende que te pongas de parte de David.

Cat se acomodó en el sofá y se sentó sobre sus piernas.

Vivi no hizo caso a la broma de Cat. Pobre David. Vivi sabía ahora exactamente lo pesada que era la carga que soportaba. Si a ella le costaba guardar silencio, ¿cómo diablos se las había apañado para no contar nada mientras sufría semejante desprecio?

—No me estoy poniendo de parte de nadie.

Tu padre es un capullo mentiroso. Oh, mierda. ¿Habría dicho eso en voz alta? Se sintió aliviada al ver que Cat no había reaccionado.

—Lo que digo es que nadie sabe lo que ha pasado. Es posible que sea culpa de tu padre, ¿sabes?

—Lo dudo. —Cat repiqueteó las uñas en la copa—. Si fuera así, ¿por qué David no nos cuenta qué ha hecho papá para haberlo cabreado tanto?

—Bueno, tu padre tampoco ha abierto la boca.

Vivi se inclinó hacia delante y dejó la copa. Se estaba moviendo por terreno peligroso y no estaba para nada segura de que pudiera alcanzar su objetivo sin exponer la verdad.

—Si yo fuera tú, dedicaría mis energías a intentar convencerlos de que lo solucionen en vez de tomar partido por alguien.

Vivi sintió remordimientos por su incapacidad para hacer llegar el mensaje sobre la familia y el orgullo a David, sobre todo porque Graciela había dado tanto a cambio de tan poco.

¿Escuchar las palabras de su madre lo ayudaría a empezar a sanar? Su corazón sintió el deseo de salir corriendo a buscarlo, a reconfortarlo. *Pronto.*

—Quizá tengas razón. De todas formas, yo tampoco me siento cómoda con el plan de Jackson. —Cat jugueteó con su colgante—. Me siento mal por David, sobre todo desde que cortó con Laney. Trabaja mucho. Ni siquiera creo que haya recuperado el contacto con sus antiguos amigos todavía.

Vivi sintió una puñalada de decepción. Quizá no le había estado mandando flores y regalos por haber estado echándola de menos.

—Ese chantaje no hará que David vaya a la boda. —Vivi clavó la mirada en el vino de profundo color púrpura—. Deja que David y tu padre solucionen el tema por su cuenta.

Vivi querría cantarle las cuarenta al señor St. James. Graciela lo había protegido para mantener a su familia unida. Se disgustaría al saber cómo su plan había fracasado al aislar a David mientras el señor St. James se construía una nueva vida.

—Sinceramente, tampoco es que yo esté deseando ir a la boda. Cat jugueteó con su largo pelo sedoso.

—Recuerdo cuando me contaste que tu padre había empezado a salir con alguien. Parecías escéptica.

—Había visto a Janet merodear por el club durante años. Recuerdo que su primer marido era un gilipollas pomposo. Cuando papá y ella empezaron a salir, me dejó helada saber que era casi veinte años más joven que él.

—Yo solo la he visto una vez. No sabía que fuera tan joven. —Vivi se inclinó hacia delante—. ¿Te cae mejor ahora que has podido conocerla un poco?

—Mmm, no me cae mal. Papá está loco por ella. De hecho, me recuerda un poco a Laney.

Cat hizo una mueca y se echó a reír.

¿Como Laney? El padre de David había engañado a una mujer vivaz y adorable con otra fría y distante. Vivi sintió un escalofrío. Las palabras de David resonaron en su mente. *Dios nos libre de acabar como ellos.* Quizá tuviera razón.

Después de todo, Vivi probablemente lo avergonzaría delante de sus colegas y amigos de la Ivy League. En su mundo, ella estaría totalmente fuera de lugar. Una imagen fugaz de sus propios padres cruzó por su mente. Pensó que quizá no se merecieran un final feliz de todas formas.

El teléfono de Cat volvió a vibrar. Esa vez se quedó pálida.

—Oh, Dios, no.

—¿Quién es ahora? —Vivi se acabó el vino—. ¿Jackson?

—Justin. —La risa nerviosa de Cat no engañó a Vivi—. Está empezando a ser molesto.

—¿A qué te refieres?

Vivi se quitó las botas y se masajeó los dedos contraídos. A la mierda la alta costura, ella prefería los zapatos cómodos.

—Rompimos el miércoles, ¡venga ya! —Cat extendió el brazo para que Vivi guardara silencio—. Y, aun así, sigue llamando.

—Bueno, ese es vuestro patrón, ¿no? Romper para luego reconciliaros. ¿Esta vez va en serio eso de romper definitivamente?

—Eso creo. Estoy cansada. Me encantan algunas cosas suyas, pero ya no puedo soportar sus cambios de humor. —La expresión de Cat reflejaba indecisión mezclada con remordimientos—. Ahora está totalmente convencido de que salgo con otro. Lo hace cada vez que viajo por trabajo.

—Bueno, trabajas con hombres muy guapos. —Vivi arqueó las cejas—. Sé lo mucho que puede intimidar eso.

—La mitad son gais, Vivi. Una auténtica lástima, sí —dijo sonrojándose—, pero, me crea o no, yo no le soy infiel.

—Eso es cierto. —El estómago de Vivi resonó, haciendo que Cat se echara a reír—. Mmm, entonces, ¿dónde y cuándo vamos a cenar? ¡Es obvio que tengo hambre!

El estridente clic del pestillo de la puerta del apartamento llamó su atención antes de que Cat pudiera responder. Estupefactas, se miraron la una a la otra y luego volvieron a mirar la entrada, como si estuvieran viendo una película. Segundos después, la puerta se abrió y apareció Justin.

—¿Pero qué diablos haces aquí Justin? —Cat se levantó del sofá y se dirigió hacia él, apuntando con el dedo a la puerta—. ¡Vete de aquí!

Justin echó un vistazo al salón, probablemente buscando pruebas del supuesto novio. En su cara se hizo evidente el alivio cuando encontró a Vivi sentada sola en el sofá con dos copas de vino en la mesa auxiliar.

Vivi lo estudió desde su posición privilegiada. No le caía bien Justin, pero era guapísimo. Sus rasgos duros, curiosamente, le hacían parecer un niño, como el *quarterback* de los Patriots, Tom Brady.

—No puedo creer que te hayas colado aquí —continuó Cat, ofreciendo la palma de su mano—. Devuélveme la llave. No puedo confiar en ti.

Las cejas de Vivi se dispararon. Si Cat todavía no le había pedido la llave, no había acabado con él de verdad.

Justin se metió el llavero en el bolsillo delantero y se cruzó de brazos como un niño malhumorado.

—¿Ahora no respondes mis llamadas?

—No estoy para obedecerte. —A Cat se le salían los ojos de las órbitas—. ¡Hemos roto! Dame la llave y vete. Vivi y yo tenemos planes esta noche.

Justin estudió el atuendo de Vivi y luego escrutó a Cat de arriba abajo, tomando nota de sus sandalias sexis y su vestido escotado.

—Señoritas, estáis muy guapas —dijo, jugando con un mechón de pelo de Cat y silbando—. Desde luego, no estáis vestidas para quedarse en casa a ver una peli. ¿Con quién habéis quedado?

Cat le apartó la mano de un manotazo y se dio la vuelta para coger el teléfono.

—Justin, sal de aquí o llamo ahora mismo a seguridad para que te saquen de mi apartamento.

—Deja ahora mismo ese teléfono, Cat.

Su orden autoritaria sorprendió a ambas mujeres.

Todos los músculos del cuerpo de Vivi se tensaron y se le erizaron los folículos pilosos de la nuca. La cara de Justin se puso roja y sus manos formaron puños a sus costados. Volviendo a pensar en la confesión reticente de Cat en Block Island, parecía bastante posible que todos acabaran en las noticias de las once.

De repente, Justin cambió de táctica y suavizó la expresión.

—Sed sinceras conmigo. Si habéis quedado con alguien, solo tenéis que decírmelo. —Dejó caer los hombros, metió la barbilla y bajó la voz—. No hagas que me entere por terceros, Cat. Me debes, al menos, ese respeto.

—¿Por qué molestarme? De todas formas, nunca me crees. —Cat se quedó mirándolo como un minuto—. No hay ningún otro hombre, todavía no. Tú eres la razón por la que esto no funciona. Ya no soporto tus acusaciones ni tu comportamiento de loco.

—Te quiero. —La agarró por la muñeca—. ¿Cómo se supone que debería sentirme cuando veo que los hombres te miran con lascivia? Sé que esos fotógrafos abusan de las mujeres. No me odies por preocuparme.

—No te odio, Justin. Me asfixias. —Intentó deshacerse de los dedos de Justin haciendo palanca—. Suéltame. Vivi y yo nos vamos a cenar.

Él volvió a mirar a Vivi.

—¿Dónde vais?

—No lo sé. Es una sorpresa. —Vivi intentó mostrarse amable para rebajar la tensión. No quería caer en antiguos errores y hacer algo que pudiera empeorar la situación—. Creo que deberías solucionar esto otro día, cuando te hayas calmado.

Justin ignoró la petición de Vivi y se giró hacia Cat.

—¿Vas a ver a otros esta noche?

—Eso no es asunto tuyo.

Cat lo empujó.

¡Oh, mierda! Vivi sintió que se le caía el alma al suelo. No era el mejor momento para que la cara desafiante de su amiga se uniera a la fiesta. Los temperamentos de Justin y Cat eran demasiado combustibles. El aire del apartamento se volvió explosivo.

—Me iré cuando me digas la verdad. —Justin agarró el brazo de Cat con todavía más fuerza—. ¿Vas a ver a otros hombres en la cena?

—Suéltame. —Cat hizo un gesto de dolor—. Me estás haciendo daño.

En vez de soltarla, la empujó contra la silla de comedor.

—Solo responde la maldita pregunta, Cat. No soy idiota. Está claro que te has vestido para impresionar o quizá tienes planeado salir a tontear por ahí con tu amiga y a ligarte a todo aquel con que te cruces.

—Vale, Justin, esto ya se está descontrolando.

Vivi se puso de pie, pero su constitución menuda era de todo menos intimidante. Se acercó a ambos.

—Por favor, suelta a Cat.

—No te metas, Vivi. Esto es entre ella y yo.

Justin empujó a Cat contra la pared, con una mano presionando con fuerza su esternón y la otra tirándole del pelo.

Se le hincharon las venas del cuello y el color carmesí invadió sus mejillas.

—¿Estás planeando follarte a alguien esta noche solo para demostrarme lo poco que te importo?

Vivi retrocedió ante el feo tono y el mal lenguaje de Justin. Presa del pánico, no podía pensar con claridad. Por instinto, se acercó a Justin y le dio un golpecito en la espalda. Justin no sintió nada, así que lo agarró del brazo, utilizando todo el peso de su cuerpo para intentar apartarlo de Cat. Sintió que se le desbocaba el corazón en el pecho cuando se dio cuenta del escaso efecto que ella tenía frente a la fuerza y el tamaño de Justin.

—¡Quítate de encima, Vivi! —le espetó.

Se dio la vuelta y la lanzó como un trapo.

Sus pies dejaron de tocar el suelo. Con incredulidad, voló por los aires y creyó estar cayendo a cámara lenta. Se oyó un tremendo chasquido en la sala, seguido de un agudo estallido de dolor.

Entonces, se hizo la oscuridad.

Capítulo 22

David dejó su teléfono móvil en su aparador de caoba y miró por la ventana. La luz de últimas horas de la tarde de finales de verano creaba un resplandor color melocotón en el horizonte de la ciudad. Aunque tanto Nueva York como Hong Kong estaban rodeadas de agua y ambas hacían gala de enormes terrenos densamente poblados por rascacielos, echaba de menos las espectaculares cadenas montañosas que rodeaban la ciudad china.

Solo llevaba unos meses en Nueva York, pero sus recuerdos de Hong Kong ya parecían lejanos.

Miró su teléfono en silencio, deseoso de que sonara, pero no hubo suerte. Junto al teléfono sin vida había un calendario con el cumpleaños de Vivi subrayado con un círculo rojo. ¿Le habría gustado su regalo? No lo había llamado. También seguía ignorando sus correos electrónicos.

Lo estaba alejando de su vida.

Nada de lo que había hecho hasta el momento había suavizado su actitud. En un intento por encontrar el equilibrio entre apretar demasiado y no con la fuerza suficiente, decidió no llamarla. Empezaba a sentirse desesperado. Cruzar esa cuerda floja requeriría toda su paciencia.

Pero jamás se daría por vencido.

Miró la otra fecha marcada en su calendario, esta vez con un círculo negro. Quedaban dos semanas para la boda de su padre. En un claro intento de obligarlo a ir al evento, Cat y Jackson habían estado rechazando sus llamadas.

Repiqueteó con los dedos el brazo de su sillón antes de girarlo para ponerse frente a su escritorio. A su derecha, en un marco de plata, había una fotografía de Vivi, sus hermanos y él tomada en la cena de graduación de la facultad de Derecho. Cogió la imagen y recorrió sus rostros con los dedos. La sonrisa de dientes separados de Vivi destacaba en la foto.

—Ejem.

Laney apareció en la puerta de su despacho, con un contrato en las manos. Su traje a medida se ajustaba a su cuerpo, pero David no sentía la más mínima atracción por la mujer que, hasta hacía poco, había llamado su atención y calmado su dolor. Por supuesto, desde un punto de vista objetivo, era guapa. Su aspecto físico y su cerebro le habían bastado, pero ahora lo dejaban frío.

Volvió a dejar la foto en la mesa y le hizo señales con la mano para que entrara. Desde que volvieron de Block Island, estaban bailando una delicada pieza para mantener la cordialidad en el trabajo. El hecho de que Laney lo sorprendiera mirando esa foto podía hacer saltar por los aires la poca amabilidad que les quedaba.

—¿Es ese el convenio de indemnización para el acuerdo Ingram? —preguntó David con sonrisa educada.

—Sí. — Laney se acercó a su mesa y lo dejó sobre el vade de sobremesa—. Creo que he encontrado una forma de solucionar el problema de la protección de la propiedad intelectual. Cuando le hayas echado un vistazo, dime lo que piensas.

Se dio la vuelta para irse sin una sonrisa ni un comentario educado.

—Gracias, Laney.

Sin darse la vuelta para mirarlo, levantó la mano en señal de reconocimiento. Él gritó:

—Que pases un buen fin de semana.

Pero ella ya se había ido. David miró el reloj. Las siete y media. Viernes por la noche. Por supuesto, no tenía planes. Recostado en su silla, se frotó la cara con las palmas de las manos.

Hacía ya tres semanas que había vuelto del apartamento de Vivi sintiéndose un zombi. Verse a través de sus ojos le había puesto enfermo.

Egoísta. Cobarde. Hipócrita. Despiadado.

Todos rasgos repulsivos. Rasgos que se reflejaban en el pozo amargo de su estómago que seguía creciendo día a día.

Cuando llegó a casa después de la discusión, se encontró a Laney sentada en el suelo del armario de su habitación, estudiando una caja de cartón de tamaño medio que había encontrado en su interior. Una caja con la etiqueta «Vivi» que contenía varias fotografías, trabajos artísticos y cartas que ella le había enviado durante la última década.

Laney había estado leyendo algunas de las cartas y las había esparcido a su alrededor. El pelo le tapaba la cara mientras escudriñaba las fotografías y las estudiaba con atención. Cuando David entró, se sintió estupefacto por semejante invasión de su intimidad, pero las lágrimas que vio rodar por las mejillas de Laney lo pararon en seco.

Era él el que había sido un gilipollas, no ella. Vivi, al menos, no se había equivocado a ese respecto. Laney había invertido más en aquella relación que él. Incluso cuando ella le había negado que él fuera la razón por la que había pedido el traslado, él sabía que ella había estado minimizando riesgos con él. Había sido cómplice de su decepción y luego le había fallado.

Le tocó el hombro y se agachó para recoger los papeles del suelo.

—Estás enamorado de ella.

La voz tensa de Laney solo le hizo sentirse peor.

Por supuesto que le gustaban muchas cosas de Vivi. Había sido una de las mujeres más importantes de su vida y posiblemente su amiga más fiel. Él negó con la cabeza.

—Ha sido mi mejor amiga durante mucho tiempo.

—No, tú estás enamorado de ella. —Laney le restregó las fotos por la cara—. Mírate. En casi todas las fotos la estás mirando a ella, no a la cámara. Y se te ve feliz. Jamás me has mirado a mí así.

—Laney, no hagamos esto. —Le quitó las fotos de la mano con delicadeza y las devolvió a la caja—. Venga, hablemos en el salón.

David la ayudó a levantarse del suelo, le preparó un té y la escuchó llorar. Lo maldijo por no volver antes de Block Island, por ni siquiera decirle que la quería y por no hacer que su relación fuera más importante.

David no había querido hacerle más daño. Desechó de su cabeza cualquier posible defensa o justificación y aceptó toda la culpa. Una vez que ella se cansó de quejarse, recogió las pocas cosas que había dejado en su casa y cruzó la puerta.

David volvía a mirar la foto de su mesa. Laney tenía razón. Siempre miraba a Vivi. Le hacía sentir ligero y feliz de una forma que nadie más le había hecho sentir jamás. Durante esas últimas semanas había llegado al convencimiento íntimo de estar enamorado de ella y de que no era solo una amiga. ¿Pero de qué serviría un amor que acabaría en dolor? ¿Y de qué serviría el amor sin perdón?

Deseaba desesperadamente su perdón, pero, de la misma forma que él seguía sin poder perdonar a su padre, Vivi se mantenía igual de inflexible.

Por supuesto, su padre no había suplicado el perdón de David. Después de que se mudara a Hong Kong, su padre le había enviado un montón de correos electrónicos impersonales para contarle las novedades, nada más.

Su madre siempre había dicho que el perdón era un elemento crucial del amor. Parecía que el quid de la cuestión era saber si David quería lo suficiente a su padre como para perdonarlo.

Su madre lo había querido lo suficiente como para perdonarlo, lo suficiente como para implorar a David que él hiciera lo mismo. Así que aunque no quisiera a su padre lo suficiente, ¿podría el amor sin límites que sentía por su madre permitirle encontrar lugar para el perdón?

Resopló y abrió los ojos. El acuerdo que Laney le había dejado estaba frente a él. No se sentía con ánimos para leerlo en ese momento. Lo metió en su maletín, apagó el flexo y se fue a casa.

Se había puesto unos pantalones cortos y una camiseta y estaba solo en su cocina. Comenzaba así el fin de semana. Vivi no lo había llamado para decirle nada de las flores ni de los objetivos. Lo más seguro es que tuviera planes para esa noche, probablemente con Franco o con algún otro hombre. Saber tan poco de su vida amorosa le dolía.

Siempre se la había ocultado hasta que en Block Island expuso una buena parte. Como una especie de pesadilla recurrente, una vez más, se imaginaba a Franco besándola. Apretó la mano en un puño.

Su teléfono vibró sobre la encimera de granito, sacándolo afortunadamente de aquella ensoñación. Se le cayó el alma al suelo cuando leyó el mensaje entrante de su hermana.

Te necesito YA. Emergencia en mi casa.

La llamó, pero Cat no respondió. David se puso las zapatillas de deporte, cogió el teléfono y la cartera y salió por la puerta. Cruzó corriendo las tres manzanas que lo separaban del apartamento de Cat. Las luces azules y rojas de la policía parpadeaban delante de su edificio. Sus músculos se congelaron al inspirar, su mente se desbocaba. Cuando salió de su trance, fue directo al apartamento de Cat.

La puerta estaba abierta, así que simplemente entró y se encontró con el sonido discordante de los *walkie-talkies*. Cat y Jackson estaban de pie al otro lado del salón hablando con un oficial de policía. Los músculos de David se relajaron al encontrarla ilesa.

Cat corrió hacia él en cuanto sus ojos se encontraron. Tras abalanzarse contra su pecho, se puso a temblar y se echó a llorar entre sus brazos. David le acarició el pelo mientras miraba por encima de su cabeza para lanzar una mirada inquisitoria a Jackson. Su hermano asintió con la cabeza, pero se quedó con el policía, así que David susurró a Cat al oído.

—¿Qué ha pasado? —dijo con voz alarmada.

—Justin —resopló ella—. Se coló y nos peleamos. La policía necesita una declaración. Dios, estaba tan asustada.

Su voz se quebró tras otro sollozo.

—Vale, cálmate. —La soltó y la miró a los ojos—. ¿Estás bien? ¿No te ha hecho daño?

Cat se tocó el bíceps amoratado.

—Nada grave.

Entonces miró a su izquierda y volvió a echarse a llorar.

David siguió su mirada hasta la mesa auxiliar del salón y las manchas de sangre de la alfombra que había bajo ella.

—¡Oh, Dios mío! —Volvió a clavar su mirada en ella—. ¿Le has hecho algo? ¿Necesitas un abogado, Cat?

Ella negó con la cabeza, incapaz de articular palabra entre sollozos.

—Jackson —gritó David—, ¿de quién es esa sangre?

La expresión seria de Jackson preocupó a David, pero no lo preparó para la respuesta.

—De Vivi.

Las rodillas de David cedieron y se hundió en el suelo. Cat se agachó junto a él.

—¿Está... muerta?

Incapaz de centrarse, sintió que la bilis subía a su garganta. Se inclinó hacia delante y clavó los dedos en la madera del suelo.

—No, Vivi estaba inconsciente cuando se la llevaron los sanitarios. Tenía una herida en la cabeza.

—¿Pero qué diablos ha pasado?

Se volvió a poner en pie mientras la adrenalina empezó a apoderarse de su cuerpo, haciendo que sus músculos se crisparan. Mientras Jackson se acercaba, David ladró:

—¿Dónde está Justin? ¡Voy a matarlo!

—Cállate, David. —Lo agarró del brazo y se lo llevó a una esquina de la habitación—. La policía está aquí. Ya sabes que es mejor no proferir amenazas.

El salón volvió a darle vueltas y David se aferró al brazo de Jackson para volver a centrarse.

—Justin salió corriendo en cuanto Vivi se golpeó contra la mesa —respondió Jackson mientras sus ojos iban a la deriva en las manchas de sangre—. Puto cobarde.

—¿La has visto? —David no podía controlar su voz temblorosa—. ¿Has visto a Vivi?

—No. —Jackson puso su mano sobre la de David—. Ya se la habían llevado cuando yo llegué.

Las lágrimas le nublaron la vista a David. Tenía que ir a buscarla.

—Llévate a Cat a tu casa cuando se vaya la poli. Yo voy al hospital.

Sin esperar la respuesta de Jackson, le dio un beso a su hermana en la cabeza y salió corriendo por la puerta.

No paró de correr. Las ocho manzanas que había hasta el Lenox Hill Hospital pasaron a toda velocidad. Cuando llegó, el jefe de urgencias le aconsejó que se sentara y fuera paciente.

Habían llevado a Vivi a hacerse un TAC, una resonancia magnética y un electroencefalograma. Nadie le decía nada sobre la gravedad de las heridas. La frustración fue en aumento minuto a minuto.

Atrapado en la sala de espera, se pasó las dos horas siguientes buscando información sobre fracturas de cráneo y traumatismos cerebrales en su teléfono. A cada página que leía, se ponía más enfermo y se preocupaba más: hematomas, inflamación, daño neuronal y cosas peores. Cuando se dio cuenta del temblor acelerado de sus rodillas, se puso en pie para estirarse un poco.

Los hospitales le recordaban los meses que había pasado con su madre durante las sesiones de quimio y radioterapia. Por su cabeza no paraban de pasar las imágenes de él sujetándole el pelo mientras vomitaba tras la quimioterapia, poniéndole paños de agua fría en la frente y sujetándole la mano mientras descansaba.

Odiaba los hospitales y rezaba por que esta visita acabara mejor. Perder a Vivi sería devastador. Estaba enamorado de ella. Había dado su amor y su compañía por sentados durante demasiado tiempo. Si salía de este incidente, se juró a sí mismo que no volvería a malgastar ninguna otra ocasión. De una forma u otra, haría que volviera con él.

Para distraerse, llamó a Jackson para ver cómo estaba su hermana. Suspiró de alivio cuando le contó que la policía había emitido una orden de arresto contra Justin con el cargo de agresión. Cuando lo encontraran, pasaría, al menos, un día en la cárcel hasta que lo procesaran. Cat estaría a salvo con Jackson hasta que Justin pasara a custodia policial.

Hacia las once, ya se había comido tres bolsas de patatas fritas. La cena. Una mezcla de sal, grasa y preocupación formaron una gran bola en su estómago. El agotamiento saturaba sus sentidos. Se encorvó en la incómoda silla de vinilo mientras intentaba echar una cabezadita.

Cuando por fin la enfermera gritó su nombre, se sobresaltó. Saltó de la silla, dejando la bolsa de patatas arrugada allí tirada.

—¿Cómo está?

David estudió la expresión impávida de la enfermera en busca de alguna pista, pero no le sirvió de nada.

—Está descansando y consciente —dijo antes de abrir las puertas que llevaban a las camillas de la sala de urgencias—. Puede verla ahora.

—¿Necesita cirugía?

David aguantó la respiración.

—En las pruebas no hemos visto nada. Ha necesitado doce puntos en el cuero cabelludo, pero nada más. Tiene una contusión importante, así que debe restringir su actividad un tiempo. Le daremos el alta esta noche. Alguien tiene que quedarse con ella durante un día o dos para despertarla periódicamente y observar los posibles síntomas de alerta como vómitos o cambios en la visión, solo para estar seguros. Le daremos información sobre qué debe hacer durante la recuperación.

David asintió con la cabeza, a pesar de que casi no había oído los detalles. Dejó de escuchar en cuanto supo que había salido indemne. Sintió que se le desbordaban las lágrimas. Su cuerpo se estremeció de cansancio.

La enfermera apartó la cortina que rodeaba la cama en que Vivi yacía algo incorporada. Cuando ella lo vio, abrió los ojos como platos y le brotaron las lágrimas.

—¡Oh, Dios mío! ¿Qué va mal? —preguntó Vivi, aterrorizada, con una mano en la cabeza y haciendo un gesto de dolor—. ¿Qué le ha pasado a Cat?

—Nada. Cat está bien. —Anduvo hacia la cama, resistiendo el impulso de abrazarla—. Está bien. Jackson se la ha llevado a su casa. La policía ha emitido una orden de arresto contra Justin, así que lo están buscando ahora mismo.

—Cat debe de estar fatal.

Vivi suspiró antes de cerrar los ojos. Entonces, abrió los párpados.

—Pero si Justin no le ha hecho nada, ¿qué haces aquí hecho un asco?

David retrocedió la barbilla como gesto de sorpresa.

—Porque llevo horas sentado aquí imaginándome lo peor. —El cuerpo de Vivi tembló bajo su peso cuando se sentó en el borde. David cedió a sus emociones, apoyó la cabeza en el regazo de Vivi y se abrazó a sus muslos—. Dios mío, Vivi, me alegro de que estés bien.

—Oh. —Ella no lo tocó. La sorpresa en su voz flotaba sobre él—. Estaré bien mientras no haga ningún esfuerzo durante un tiempo.

—Lo sé.

David se sentó y se secó los ojos. Deseaba tocarla, reconfortarla y ser reconfortado.

—Llevo toda la noche intentando hablar con tu padre, pero no me coge el teléfono ni me devuelve los mensajes. ¿Hay alguien más a quien debiera llamar?

—Seguro que no te sorprende que mi padre no haya aparecido.

Vivi se miró las manos, con una expresión indescriptible en los ojos.

David estaba enfadado con el padre de Vivi, pero que aquel hombre no hubiera aparecido le daba la oportunidad de pasar algún tiempo a solas con ella. Aun así, ignoró su comentario para no molestarla.

—¿Nadie a quién llamar?

Vivi ladeó la cabeza.

—¿Como quién?

—No sé, ¿quizá Franco? —le preguntó con cautela, rezando por que dijera que no.

Su expresión de desconcierto lo dijo todo.

—No.

David reprimió la sonrisa que sentía girando las comisuras de sus labios hacia arriba. Nada de Franco. Que no estuviera Franco eran muy buenas noticias. ¡Qué suerte!

Expulsó el aire que había estado reteniendo en los pulmones y luego se hizo cargo de la situación.

—En cuanto te den el alta, nos iremos —afirmó con una sonrisa alentadora—. Mi casa está cerca, así que en menos de una hora puedes estar instalada y descansar.

—¿Tu casa? —Vivi negó con la cabeza antes de hacer un gesto de dolor y tocarse los vendajes que cubrían sus puntos—. Me voy a casa, a mi casa.

—No. —David la miró sin parpadear—. Tienes que estar en observación durante, al menos, veinticuatro horas. Vivo cerca del hospital. Si pasara algo, podemos volver en unos minutos.

David sacó el teléfono del bolsillo y le envió un mensaje a su hermana para ponerla al tanto de la situación de Vivi.

—Por favor, no discutas. Esta noche yo ya no puedo soportar más estrés, tú tampoco. Cat está con Jackson, así que no puedes irte allí. Puedes llamarlos más tarde.

—Me iré a casa de mi padre, David. No puedo quedarme contigo.

Vivi se sentó en la cama, sin parar de parpadear mientras lo miraba. Su pequeño cuerpo parecía frágil. David no quería discutir. Solo quería acurrucarse a su lado, abrazarla y hacer que todo fuera mejor. Sin embargo, estaba claro que ella no quería tener nada que ver con él. Se frotó la cara, suspirando.

—Es demasiado tarde para ir a Connecticut esta noche. Y tu padre ni siquiera está en casa. —La expresión alicaída de Vivi lo consumía—. Vivi, ¿tanto me odias? Por favor, déjame que te ayude. Puedes seguir ignorándome en cuanto estés fuera de peligro.

Vivi se mordió el labio. Con un suspiro de derrota, por fin dijo:

—Vale.

—Gracias.

David se levantó de la cama y se sentó en la silla desesperado. No había respondido a su pregunta. Quizá sí que lo odiara.

La enfermera volvió y le entregó a Vivi una pequeña caja con sus efectos personales. David pudo ver la pulsera de jade entre las cosas que llevaba puestas. La miró, preguntándose si ella podía sentir la esperanza en su corazón. David jugueteó con la pulsera.

—No ha funcionado.

—¿Qué?

—Se supone que el jade te da suerte y te protege. Si lo llevabas puesto esta noche, está claro que no ha funcionado.

David frunció el ceño, imaginándosela volando por los aires por culpa de ese animal.

—O sí que ha funcionado. Mis heridas podrían haber sido más graves.

Vivi se encogió de hombros y, entonces, sin hablar a nadie en concreto, añadió:

—Mi vestido está manchado de sangre.

—Espera —dijo David mientras cogía la cortina—. Vuelvo ahora mismo.

Regresó de inmediato con ropa de hospital.

—Ponte esto y ya veremos si la limpieza en seco puede quitar esas manchas de tu vestido mañana.

—Gracias —respondió ella, cogiendo una bata azul—, pero dudo que me vuelva a poner ese vestido jamás.

David apretó su tobillo y se alejó.

—Saldré mientras te cambias. Luego cierra los ojos y descansa hasta que te traigan los papeles del alta.

No llegaron a casa hasta pasada la una de la mañana. Jackson había llamado para informar a David de que la policía había detenido a Justin. Cuando David se lo dijo a Vivi, esperaba que expresara cierto alivio.

Vivi se limitó a frotarse los ojos y mirar al suelo. David decidió no presionarla preguntándole qué había pasado o cómo se sentía. Revivir los acontecimientos de la noche no sería prudente. Necesitaba relajarse.

Vivi siguió a David en silencio al interior de su edificio, luego al ascensor y, por último, a su apartamento. Mientras se dirigían a su dormitorio, David pudo ver que Vivi observaba todo lo que la rodeaba, pero no dijo nada. Tras encender la luz de la habitación, se preguntaba si le gustaba su casa, si podría ser feliz allí.

Parecía incómoda con sus zapatos de tacón y esa ropa de hospital demasiado grande. La bata de algodón rígida le rascaba la piel.

—Déjame traerte algo más suave para dormir y podrás meterte en la cama. —David fue al vestidor a buscar una camiseta grande—. Esas botas parecen bastante incómodas. ¿Son una de esas ideas brillantes de Cat?

David prefería a Vivi con su ropa... o con la suya.

—Este es tu dormitorio. —Jugueteó con el cinturón del vestido en los brazos—. Me quedo en la habitación de invitados.

—No, quédate aquí. —David sacó una vieja camiseta de Georgetown—. Si te encuentras mal, necesitarás tu propio baño.

Sus ojos iban de su cama a él. David se dio cuenta de que agitaba la cabeza un poco.

—No te preocupes. No tengo planeado quedarme aquí contigo. —Dejó la camiseta sobre el edredón y apiló y ahuecó las almohadas para que pudiera dormir recostada—. Venga, cámbiate. Volveré para comprobar que todo va bien antes de que te vayas a dormir.

David se marchó sin mirar atrás. Después de coger un vaso de agua de la cocina, se quedó un rato en el pasillo antes de llamar a la puerta.

—Entra.

Vivi estaba sentada en la cama con la sábana sobre las piernas, con aspecto preocupado y vulnerable. ¿Cómo habían llegado a esa situación? Habían desaparecido esos ojos llenos de amor y confianza que siempre lo habían adorado. Ahora, en su presencia, parecía tan asustadiza como un potrillo y eso le asqueaba. Tenía que arreglar las cosas entre ellos como fuera. El borde del colchón se aplanó bajo su peso cuando se sentó junto a ella.

—Tengo que despertarte de vez en cuando. —Dejó el vaso de agua sobre la mesita de noche—. Órdenes del doctor.

—Lo sé.

David se puso en pie para salir y entonces se detuvo.

—Vivi.

Pudo sentir el silencio mientras ella se limitaba a parpadear. Todas sus palabras se le quedaron atrapadas en la garganta. Agitó la cabeza, sintiéndose estúpido.

—Quería verte por tu cumpleaños, pero no así. Siento mucho lo que ha pasado, hoy y antes. —Inspiró profundamente y suspiró—. Estaré en la habitación de al lado si necesitas algo.

Salió del dormitorio, cerrando la puerta tras de sí. En la habitación de invitados, se estiró en la cama y se quedó mirando al techo. Esa era su última oportunidad. Veinticuatro horas para ganarse su perdón, pero el perdón ya no era todo lo que quería...

Se tumbó de lado y se la imaginó en su dormitorio. A pesar de la distancia que había entre ellos, quedaba tan bien sentada en su cama. Ese era su lugar, allí, con él.

Su cabeza y su corazón habían estado en lados opuestos de la valla esas últimas semanas. En ese momento estaba al borde del precipicio en cuanto a su relación. Todo o nada. Aquellos habían sido sus términos cuando hablaron por última vez. Estaba enamorado de ella y esperaba ser capaz de darle todo.

Cuando él se lo ofreciera, ¿ella lo aceptaría?

Capítulo 23

Las luces de la ciudad entraban por las rendijas de las persianas del dormitorio, reflejándose sobre un dibujo enmarcado sobre la mesita de noche de David. Vivi lo reconoció como el retrato que le había enviado cuando su madre murió. Alargó el brazo y aproximó el pequeño retrato a su cara para poder inspeccionarlo de cerca.

La cara sonriente de Graciela le devolvió la mirada a Vivi. *Conozco a mi hijo.* A Vivi le temblaban las manos. Se había aferrado durante demasiado tiempo a la promesa de esas palabras. Quizá David sí la quería, pero no lo suficiente. Apretó el marco contra su pecho, en busca de consuelo.

Pero la imagen en carboncillo no podía aportarle ese abrazo cálido que tanto recordaba. No olía al perfume especiado que Graciela solía ponerse ni podía susurrarle palabras cariñosas al oído. Solo era un dibujo y, además, tampoco era muy bueno, pensó Vivi con gran pesar. Jamás se le habían dado demasiado bien los retratos.

Cuando volvió a dejar el marco en la mesita, miró el reloj. Las cinco de la mañana. David debía de estar profundamente dormido. Volvió a dejar caer la cabeza sobre la almohada e inspiró. Podía olerlo. Incapaz de parar, rodó sobre su costado y volvió a inspirar, entregándose al placer de dormir en su cama.

Sin pensar, acarició la camiseta que llevaba puesta, como si, de alguna forma, lo estuviera tocando a él o como si él la estuviera tocando a ella. Vivi cruzó el colchón con sus manos, preguntándose en qué lado de la cama dormiría David normalmente. ¿Cerca del baño o de la ventana? Entonces apartó de su mente todos esos pensamientos antes de que la pena y el arrepentimiento la golpearan.

Le dolían los ojos. Sus dedos tocaron el vendaje que cubría los puntos. Un feo recordatorio de la brutalidad de Justin.

¿Cuánto tiempo habría estado inconsciente? No recordaba nada entre el momento en que Justin la lanzó por los aires y cuando se despertó en la ambulancia. Por suerte, ni ella ni Cat habían sufrido heridas graves, pero no se sentía una persona con suerte en esos instantes.

Aunque pensar en los acontecimientos de la última noche le daba dolor de cabeza, su estómago hambriento demandaba atención. Nada sorprendente. La última vez que había comido había sido a mediodía, lo que significaba que estaba a una comida y varios tentempiés de distancia de su ingesta habitual.

Tras sacar las piernas de la cama y dejarlas caer al suelo, se puso de pie despacio. Una vez que se sintió estable, empezó a buscar la cocina.

Por el camino, pudo ver un enorme *collage* de fotografías que cubrían toda una pared del pasillo. Incluso en la oscuridad, pudo reconocer muchas de esas imágenes.

Cada fotografía la transportaba a momentos concretos, algunos vagos en su memoria y otros más vívidos. Cat y Vivi sonriendo con sus togas y birretes en la graduación del instituto. La fiesta del decimosexto cumpleaños de Cat. El desastre de las galletas de Navidad, cuando Vivi y los St. James terminaron cubiertos de glaseado de colores. Sus distintos y a veces espantosos cortes de pelo capturados y representados allí para la eternidad.

Y Cat parecía tan joven e ingenua… antes de ser modelo. Cat había perdido esa mirada inocente hacía años. Vivi pensó con tristeza que, probablemente, las últimas veinticuatro horas habrían borrado la poca inocencia que le quedara a su amiga.

Recorrió el pasillo y encendió una lamparita en el salón. Al entrar había advertido los bonitos detalles de la casa de David, pero estaba demasiado cansada e incómoda como para comentarlos. En ese momento podía dedicarle más tiempo e inspeccionar sus cosas.

La cocina moderna tenía encimeras de granito y electrodomésticos de acero inoxidable. Las zonas de salón y comedor estaban separadas por una estantería traslúcida. Todo el apartamento olía a él, como sus sábanas.

Cuando volvió de Hong Kong, Vivi había esperado que la invitara a visitarlo. Allí, de pie, todo parecía surrealista y triste y más dadas las circunstancias. Una vez más, sus pensamientos la llevaron a Cat y Justin. Gracias a Dios las cosas no habían empeorado para todos. No podría soportar perder a nadie más.

Se sirvió un vaso de leche, cogió un puñado de uvas y buscó el bote de analgésicos que le habían prescrito en la encimera. *Por favor, Dios, que la comida y las pastillas me quiten el dolor de cabeza.*

Comió a oscuras. Aparte del estruendo ocasional de algún motor y el chirrido de unos frenos, apenas se oía nada del exterior, algo bastante inusual en la ciudad.

Después de acabarse el tentempié, deambuló por el apartamento, toqueteando la colección de libros y los detalles decorativos de David. Toda la estancia estaba acentuada por preciosas lámparas y gruesas alfombras tibetanas.

A Vivi le encantaba esa casa y eso la ponía todavía más triste. No quería que le gustara ni su casa ni él, ya no. Con el vaso en la mano, se adentró en el estudio y se dejó caer sin fuerzas en el sillón de piel de su despacho. En una esquina de su preciosa mesa de madera con nudos había una foto enmarcada de ella lanzándole un beso a la cámara.

Estudió la fotografía, incapaz de recordar la ocasión. En ese momento, tenía el pelo a la altura de la mandíbula, por lo que probablemente había sido hacía seis o siete años. Sin pensarlo, cogió un mechón de su cabello largo y lo enrolló en torno a su mano.

—¿Vivi? ¿Estás bien?

Se giró, cohibida por haberse sentado en su escritorio, aparentemente aterrada, como siempre. David estaba de pie, con una camiseta vieja y pantalones cortos. Seguía dejándola sin respiración, sobre todo cuando parecía deliciosamente somnoliento, deshecho y preocupado.

—Tenía hambre. Siento haberte despertado.

—No me has despertado. —Se frotó la cara con las manos y se estiró—. Había puesto el despertador para ir a ver cómo estabas. Y no estabas en la cama.

Se dio cuenta del bote de pastillas.

—¿Te duele la cabeza?

—Sí.

—¿Sientes náuseas? —Extendió la mano hacia ella para luego retirarla cuando Vivi se encogió—. ¿Ves bien?

—Solo tenía hambre.

Vivi esbozó una pequeña sonrisa antes de volver a tocarse el vendaje con los dedos.

Los ojos de David se oscurecieron, pero no dijo nada mientras se inclinaba sobre el borde del escritorio. Entonces vio la fotografía que había estado estudiando.

—¿Recuerdas ese día? —sonrió.

—No —negó con la cabeza—, pero obviamente fue uno de esos días en los que tenía el pelo horrible.

David se rio y se inclinó un poco más cerca.

—Fue el día que te fuiste a tu primer año de universidad. Estabas muy emocionada.

—¿Fue ese día?

Volvió a mirar la foto. Nunca le había gustado estudiar. Quizá solo estaba feliz porque ganaba algo de libertad y distancia respecto a su padre y a su constante depresión y a sus remordimientos.

—¿Hiciste esta foto justo antes de que me fuera a la estación de tren?

David asintió con la cabeza y apoyó las manos en sus muslos. Durante semanas, Vivi lo había estado evitando para darse el tiempo suficiente como para conseguir cierta distancia emocional, pero la intimidad de aquella madrugada y los recuerdos hacían imposible que no se sintiera atraída por él, como siempre.

—¿Por qué guardas todo esto aquí? —preguntó, deseando no haberlo hecho.

David dudó antes de responder.

—Porque ver tu cara me hace feliz.

Vivi tragó saliva y luego contuvo la respiración. La serena respuesta de David contradecía la intensidad de su mirada.

—No recuerdo haber visto todas estas fotos en tu antiguo apartamento.

—No estaban. Hasta hace poco, todas ellas estaban en una caja. —Se cruzó de brazos—. Cuando se fue Laney, puse mis favoritas. Todos me habíais dado de lado, así que esto es todo lo que me quedaba.

—Para ya, David —empezó Vivi—. El chantaje emocional no es lo tuyo.

—Nunca lo ha sido, pero tiempos desesperados...

Dejó la expresión sin acabar.

—¿Echas de menos a Laney? —preguntó Vivi antes de bajar la mirada.

—No, no la echo nada de menos. Te echo de menos a ti. —Y, levantándose del escritorio, se puso de rodillas frente a ella—. Te echo muchísimo de menos. Más de lo que jamás habría podido imaginar.

La boca de Vivi se abrió de manera involuntaria. Al ser incapaz de responder, David continuó:

—Hoy, cuando vi las manchas de sangre y Cat me dijo que estabas inconsciente, sentí pánico. Me aterraba que te despertaras siendo alguien diferente por el traumatismo cerebral o que directamente jamás te despertaras. Entonces supe que no quería tener que enfrentarme a un futuro en el que no estuvieras tú. —De repente, los ojos de David se oscurecieron como el carbón—. Podría matar a Justin por lo que ha hecho, pero me conformaré con enterrarlo en demandas.

—Los cargos penales serán suficiente castigo —dijo Vivi.

—Lo dudo mucho —respondió David frunciendo el ceño mientras se aferraba a los brazos de la silla de su despacho hasta que los nudillos se le quedaron blancos—. Se declarará culpable a cambio de prestar servicios a la comunidad y una pequeña multa como mucho. Le daremos donde más le duele... en su cartera. Así, de repente, se me ocurren varios delitos como allanamiento de morada, asalto, agresión, maltrato psicológico...

—No estoy interesada en vengarme ni en su dinero, solo quiero curarme y pasar página. —Vivi podía percibir el recelo de David—. Las batallas legales solo prolongarían su contacto con Cat. No la obligues ni a ella ni a mí a pasar por eso, David. Es mejor perdonar y olvidar.

—¿Hablas en serio? —Se balanceó hacia atrás—. ¿Vas a dejar que se salga de rositas?

—Dudo que se salga de rositas. Multas, antecedentes penales y, lo que es más importante, haber perdido a Cat y quizá también algo de respeto por sí mismo.

Vivi cerró los ojos. Se sentía cercana a Justin en cuanto a los dos últimos supuestos. Sabía exactamente cuánto dolor sentiría porque había estado en su lugar hacía veinte años... y todos los días desde entonces. Ese infierno era peor que nada de lo que David pudiera lanzarle a Justin.

—Déjalo estar. No pienso colaborar.

—Sé que no soy tan compasivo como tú, pero, en este caso, tu enorme corazón te está llevando por el camino incorrecto. La forma en la que has perdonado a tu padre año tras año me sorprende, pero esto es diferente. Justin tiene que enfrentarse a las consecuencias de sus actos.

—¡Déjalo ya! Por favor.

El estrés del trauma se sumó a sus recuerdos y sufrió una crisis nerviosa repentina. Las lágrimas empezaron a rodar por las mejillas de Vivi. La verdad sobre su relación con su padre le apretaba las costillas, suplicando que la liberara. La vergüenza, el miedo y los remordimientos se entremezclaron y le oprimieron la garganta.

—No sabes de qué estás hablando y menos en lo que se refiere a mi padre. Algunas veces la gente comete errores que no puede borrar. Eso no significa que no lo sientan. Que no piensen en ellos todo el tiempo. Créeme, las personas pueden castigarse ellas solas sin necesidad de que nadie las apriete.

David parecía confuso por sus emociones desbordadas.

—Vivi, no quiero molestarte, pero, sinceramente, ¿cómo puedes saberlo tú? Jamás has hecho daño a nadie en toda tu vida.

Vivi empezó a agitar la cabeza apretando los ojos.

—Eso no es verdad.

—¿Cuándo? No se me ocurre ni una sola vez en que le hicieras daño a otra persona.

—¡Lo he hecho! —respondió Vivi antes de mirar directamente a los ojos incrédulos de David—. Lo he hecho y he pagado por ello todos los días de mi vida.

—¿Todos los días? —Cuando él intentó cogerle la mano, ella se apartó. No merecía su consuelo—. ¿Tiene esto algo que ver con tu padre?

—Tiene que ver conmigo. —La voz no le salía de la garganta—. Has culpado a mi padre todos estos años por la forma en la que me trata. Pero la verdad es... la verdad es...

Las palabras se quedaron atrapadas en su garganta con tanta fuerza que tuvo que obligarlas a salir.

—Soy responsable del accidente que mató a mi madre y mi hermano.

David abrió los ojos como platos y la mandíbula casi se le desencajó. El despacho parecía más cerrado y caldeado a medida que el silencio se extendía entre ellos. La cabeza de Vivi iba a mil por hora, sin saber seguro si los borrosos sentimientos que surgían de su confesión constituían para ella algo de alivio o la sumían en la estupefacción.

—¿Cómo es eso posible? —preguntó David con voz distante—. Solo tenías seis años y no conducías.

Las imágenes desagradables llegaron al instante. Como siempre, le entristecía que el único recuerdo claro y nítido de la voz de su madre la volviera a visitar en ese pasaje en concreto.

—Estábamos atravesando una tormenta de nieve, bajando por un camino sinuoso. Mi madre me estaba suplicando que me calmara para que pudiera concentrarse, pero no dejé de molestar a mi hermano en el asiento de atrás. Él gritó cuando le pellizqué la pierna.

Vivi sintió que se le descomponía el rostro al recordar aquellos últimos momentos en el coche como si estuviera viendo una película de terror. Se le aceleró el pulso. Le zumbaba la cabeza.

—Su grito hizo que mi madre apartara la mirada de la carretera solo un instante y entonces nos estrellamos contra el árbol. Si la hubiera escuchado… —Su voz descarnada apenas carraspeó esas palabras—. Si me hubiese comportado, seguirían vivos. Mi madre y mi hermano seguirían vivos y mi padre no estaría desolado. No se habría convertido en un borracho. Así que, como ves, no va de que yo lo perdone a él. Merezco sufrir por lo que hice.

David la abrazó y le frotó la espalda mientras ella lloraba.

—Por Dios, Vivi, eras una niña. Fue un accidente que seguramente tendría más que ver con el hielo que contigo —le dijo besándola en la cabeza e intentando calmarla—. No es culpa tuya. Tienes que saber que no es culpa tuya.

Vivi no podía decirle que sus palabras caían en saco roto. La verdad no podía borrarse con pensamientos bienintencionados sobre hielo y tormentas de nieve. Ella se liberó de su abrazo.

—La historia es que nadie puede castigarme más de lo que ya lo hago yo misma. Eso es lo que pasa cuando haces daño a alguien a quien quieres.

Su comentario parecía haber removido algo dentro de David. Sus ojos se suavizaron con una mezcla extraña de deseo y comprensión. David apretó la mano de Vivi y, cuando por fin pudo hablar, su voz se rompió.

—Puedo entenderlo. Escúchame. Quiero hablar más sobre tu sentimiento de culpabilidad cuando estés preparada, pero ahora necesito que me perdones por haber sido un imbécil este último mes. Seguiré pidiéndotelo hasta que me perdones. Quiero que vuelvas a mi vida.

Las manos de David acariciaron la parte alta de los muslos de Vivi. Cuando la miró, sus ojos se oscurecieron de deseo. Vivi escuchó cómo la respiración de David se aceleraba. Una vez más, las circunstancias extremas habían nublado su juicio. No podría soportar otra ronda de expectativas frustradas con él, sobre todo en ese preciso momento, después de quedarse completamente agotada tras su confesión.

—No, David. Por favor, para.

David se puso recto, hecho un manojo de nervios.

—Lo siento mucho. Sé que he cometido muchos errores contigo y más últimamente, pero tengo que preguntártelo, ¿podrías darme alguna señal de que... no vas a dejarme al margen de tu vida para siempre?

Vivi miró la fotografía que tenía en su mesa. El despacho vibraba con emociones locas y confusas.

—Aunque quisiera alejarte, dudo que pudiera. No será para siempre, pero, como bien sabes, hay cosas que lleva su tiempo sanar.

—Ahora te estás refiriendo a mi padre.

Su voz sonaba superficial mientras se inclinaba sobre el escritorio.

Vivi agitó la cabeza como respuesta.

—Me mata pensar que te he hecho tanto daño como él me ha hecho a mí. Jamás me lo perdonaría. —Su expresión seria enfatizó aún más sus palabras—. Me crees, ¿verdad?

—Te creo.

La mirada de David se hizo borrosa y distante, como si su mente estuviera deambulando por algún otro sitio. Vivi se quedó mirándolo, como esperando alguna pista sobre dónde había ido. Cuando la miró, ella contuvo la respiración.

—Imagino que irás a la boda —dijo, con voz tensa.

—Sí. No me resultará fácil sentarme allí en silencio con Cat y Jackson, fingiendo ser feliz, ahora que sé la verdad. Por supuesto, no se lo diré. No te haría eso ni a ti ni a tu madre. —Vivi se dio cuenta de que se había topado con la oportunidad perfecta para honrar la promesa que le había hecho a Graciela—. De hecho, recientemente he recordado algo. Algo que tu madre me dijo poco antes de morir. Un mensaje para ti. En su momento, no sabía a qué se refería. Ahora me doy cuenta de que tenía que ver con tu padre.

David parecía casi alarmado mientras se ponía de rodillas.

—¿Tienes un mensaje de mi madre?

Vivi asintió con la cabeza.

—Ella dio por hecho que un día acabarías confesándome algo inquietante y que, cuando lo hicieras, debería recordarte que la familia es más importante que el orgullo.

Sus ojos se abrieron como platos.

—Eso suena a ella.

—Sí. —Vivi vio cómo la cara de David reflejaba el amor que sentía por su madre. Tuvo que contenerse para no tocarlo—. Y creo que tiene razón. No dejes que tu orgullo, o el de tu padre, destruya tu relación con toda tu familia. Sé que es duro aceptar lo que pasó, pero, al aferrarte a tu odio, tú eres el único que está sufriendo. Te estás arruinando la vida, David. Tienes que dejarlo ir.

—Estoy de acuerdo contigo. ¿Pero cómo? ¿Cómo puedo enfrentarme a él? ¿Cómo puedo digerir ese matrimonio?

—Ve paso a paso. —Eso mismo se había dicho ella con su padre durante tantos años—. Ve a la boda sin pensar en lo que viene después.

David cerró los ojos y su cara se arrugó como si estuviera chupando un limón. Un leve temblor agitó sus hombros y entonces abrió los ojos y buscó los suyos.

—¿Vendrías conmigo? Por favor.

No había visto venir su petición.

—Contrataré un servicio de coche para llevarnos y traernos de Wilton y podemos comentar la boda a la vuelta. Sinceramente, no creo que pueda hacerlo solo, Vivi. Por favor, di que sí.

David seguía arrodillado frente a ella, suplicando su ayuda. ¿Cómo podría negarse después de todas las veces que ella lo había necesitado? En algún momento, tendría que avanzar hacia algún tipo de amistad con él y ese momento era tan bueno como cualquier otro.

—Vale. Te ayudaré ese día... por ti y por tu familia. Y porque quería a tu madre.

David se abrazó a las pantorrillas de Vivi y apoyó un instante la cabeza en su regazo.

—Gracias.

—De nada, pero no veas nada más en mi decisión de lo que hay. Me necesitas en la boda porque soy la única con la que puedes hablar con sinceridad de Janet, así que estaré contigo solo por esta vez. Eso no significa que hayan cambiado las cosas entre nosotros. No pienso volver a viejos patrones contigo.

—Entendido.

David se sentó erguido, aparentemente con menos náuseas que unos minutos antes.

—Pareces agotada. Deberías descansar.

Se puso en pie y la siguió de vuelta a su dormitorio. Una vez bajo las sábanas, David la tapó con el edredón hasta el pecho. Su mirada cálida se fijó en ella mientras le pasaba la mano por el pelo.

—Duerme bien, muñequita.

Por la mañana, Vivi se despertó sola y se preguntó si su conmoción cerebral le había hecho alucinar la charla con David en su estudio. Se lamió los labios mientras reproducía la escena en la que aceptaba acompañarlo a la boda.

David entró en el dormitorio con dos tazas de café justo en el momento en el que ella se sentaba en la cama.

—Aquí tienes. Lo siento, pero es descafeinado. Órdenes del doctor.

Le dio una taza y se sentó junto a ella en la cama. Un mechón de pelo le tapaba los ojos, así que se lo puso detrás de la oreja.

—¿Cómo te sientes hoy? ¿Grogui, mareada? ¿Tu visión es normal?

—Estoy cansada. Me duele la cabeza.

David dejó el café sobre la mesa.

—¿Tienes hambre?

—Sorprendentemente, todavía no.

Vivi frunció el ceño al pensar que aquello era raro, ella solía despertarse muerta de hambre. Eso sí, tampoco solía despertarse en la cama de David con una conmoción cerebral descomunal. El recuerdo de la ira de Justin la paró en seco.

—¿Has hablado con Cat hoy? ¿Está bien?

—Sí. Tiene gracia que ahora sí coja mis llamadas —verbalizó con tono de enfado y dolor—. Está bien, aunque preocupada por ti.

—¿Eres consciente de que evitándote ella y Jackson estaban intentando obligarte a reconciliarte con tu padre? A ella no le gustaba esa estrategia, quiero que lo sepas. —Vivi se le quedó mirando—. Ahora que vas a ir a la boda, las cosas mejorarán.

—Gracias otra vez por aceptar ir conmigo. No podría ir de otra forma. —Miró por la ventana—. Supongo que tendría que hablar con mi padre primero. Sé que tengo que encontrar una forma de perdonarlo.

—Sí, tienes que hacerlo.

Vivi bebió un sorbo de café mientras su corazón se derretía a cada minuto que pasaba cerca de David.

—Él tampoco me ha pedido perdón y quizá eso sea parte del problema. No es fácil dar el primer paso. —David miró a Vivi y se la encontró sonriendo—. ¿Por qué sonríes?

Ella lo miró y se mordió el labio.

—Está bien que, por una vez, seas tú el que necesite mi apoyo, para variar.

David ladeó la cabeza antes de agitarla fingiendo incredulidad.

—¿Por qué has creído siempre que tú me necesitabas a mí más de lo que yo te necesitaba a ti? Eso nunca ha sido así. Yo siempre he dependido de ti, de tu amor y tu amistad, de tu capacidad para hacer que me calmara un poco.

—Ya he aceptado ir contigo a la boda, David, así que no necesitas hacerme tanto la pelota.

Vivi le dio una palmadita en la mano, con sonrisa de superioridad.

David cogió su mano y la besó.

—Significa mucho para mí.

Capítulo 24

David terminó de fregar los platos del almuerzo y se fue al estudio mientras Vivi dormía. Se sentó en el escritorio y miró el teléfono. Había estado evitando a su padre desde su vuelta de Hong Kong. No podía seguir posponiéndolo. Si no lo llamaba ya y aceptaba su invitación a la boda, jamás lo haría. Tras resoplar, marcó su teléfono.

—Hola, David.

—Papá.

Su postura se volvió más rígida, su corazón palpitaba en su pecho. Los dos guardaron silencio unos segundos.

—Imagino que ya estás asentado en el trabajo e instalado en tu nuevo apartamento.

La típica voz autoritaria de su padre flaqueó.

—Sí.

David hizo una pausa, no tenía demasiado claro cómo empezar. Cinco segundos después, las palabras brotaron de su boca.

—Te llamo por la boda. He pensado que quizá deberíamos calmar las cosas para que pueda ir.

Otro breve silencio entre ellos.

—Esperaba que, después de todo este tiempo, lo hubieras olvidado ya, David.

—Créeme, me habría encantado poder olvidarlo. Lo estoy intentando, pero sigo cabreado. Y tu actitud tampoco es que haya ayudado. No has demostrado el más mínimo remordimiento. También has dejado que Cat y Jackson me culpen de este desencuentro. En vez de asumir algo de culpa, te has protegido y a mí me has dejado a merced del viento.

David pudo escuchar a su padre suspirar antes de responder.

—Tu madre nos pidió a los dos que mantuviéramos este asunto en secreto. Solo estoy respetando su deseo. Eso era lo menos que podía hacer por ella. —David todavía estaba reflexionando aquella respuesta inesperada cuando su padre continuó—. En cuanto al resto, no te doy las gracias porque sé que no guardas silencio por mí. Lo haces por ella. Siento la reacción negativa que has sufrido por parte de Cat y Jackson, pero, David, no pienso disculparme por nada más. Lo que pasó en mi matrimonio y con Janet no es asunto tuyo. Era algo entre tu madre y yo… y Janet.

—Eso no es verdad. Ha afectado a todo y a todo el mundo.

—Solo porque tú lo averiguaste. Los problemas de mi matrimonio eran asunto mío, no tuyo.

—Qué suerte que la muerte de mamá te dejara vía libre para estar con Janet sin tener que confesar públicamente tu infidelidad o tu decisión de romper nuestra familia.

—Te estás pasando de la raya, David. He llorado la muerte de tu madre. A pesar de lo que pasó, la quería y valoraba la familia que habíamos formado.

—¿Cómo puedes decir que la querías cuando la traicionaste, por no mencionar que también me traicionaste a mí? Maldita sea, te he admirado toda mi vida y siempre he buscado tu aprobación. Nadie jamás me habría hecho dudar de tu integridad. Dices que quieres a tu familia, pero cuando mamá se estaba muriendo y todos te necesitábamos más que nunca, dejaste que Janet se volviera más importante que el resto de nosotros. Tu egoísmo puso todo mi mundo patas arriba.

Hizo que me cuestionara todo en lo que siempre había creído sobre ti, sobre nuestra familia y sobre el amor, así que no te mientas a ti mismo ni quieras convencerme de que lo que hiciste no era asunto mío.

Se hizo otro pequeño silencio mientras David intentaba calmar su pecho agitado.

—No estoy orgulloso de cómo hice las cosas —dijo su padre con tono cansado o puede que de derrota—. Siento mucho haberte decepcionado, pero ya no puedo volver atrás. ¿Qué quieres que haga?

Incapaz de improvisar otra respuesta, a David le ardía el estómago.

—¿David? ¿Sigues ahí?

—Sí. —La cabeza le iba a mil por hora—. Ya no sé qué más decir. No puedo seguir hablando del tema. Te veré en la boda.

—Vale. Me alegra que vengas. Siento mucho que aún haya tensión entre nosotros y espero que algún día las cosas se solucionen.

—Hablamos otro día, papá.

David puso fin a la llamada. Un temblor recorrió todo su cuerpo. No se sentía ni mejor ni peor por haber tenido esa charla durante tanto tiempo temida. Solo se sentía entumecido.

Se encorvó en la silla mientras repasaba la conversación. Le tentaba cancelar los planes de asistir a la boda, pero no pensaba dejar pasar la oportunidad de pasar el día con Vivi.

En ese momento necesitaba una distracción. Encendió los altavoces de su ordenador a un volumen bajo para no molestarla y se puso música mientras trabajaba. Estaba corrigiendo las diez primeras páginas del acuerdo que le había dado Laney el día anterior cuando el portero lo llamó para anunciarle que tenía visita. Minutos después, abrió la puerta para saludar a sus hermanos.

—¿Dónde está Vivi?

Cat lo empujó para entrar y escudriñó el salón vacío.

—Chsss —dijo David—. Está descansando.

Jackson cruzó entre los dos y fue directo a la nevera para coger una cerveza. Cuando la abrió, miró a David, que se limitó a negar con la cabeza antes de seguir su conversación con Cat.

—El médico le ha dicho que debe guardar reposo. Nada de televisión, ni de ordenador, ni de libros, ni de música. Y tampoco nada de ejercicio físico durante unos días.

—Pero dijiste que estaba bien.

El tono acusador llevaba implícita una capa de preocupación.

—Nadie espera que sufra daños permanentes —empezó David—, pero las conmociones son delicadas. Tiene que proteger su cerebro mientras se recupera.

Cat se mordió el labio y taconeó varias veces, perdida en sus pensamientos.

—Bueno, pues, cuando se despierte, me la llevaré a casa conmigo. —Cat se encaramó a uno de los taburetes de la cocina—. Será lo más cómodo para todos.

—No creo. Devolverla a la escena del crimen tan pronto me parece una idea horrible.

David se sentó junto a su hermana, dejando que su mirada pasara de ella a Jackson. Su hermano parecía cansado. Todos habían tenido una noche agotadora. David volvió a mirar a Cat. Si quería un futuro con Vivi, tenía que enfrentarse a su hermana y a Jackson. Esperaba que le demostraran que se equivocaba reaccionando bien a la noticia.

—Además, quiero que se quede aquí. También quiero que los dos sepáis que estoy enamorado de ella.

—¿Qué?

La expresión de conmoción de Jackson rozaba la repulsión. Dejó la botella y se acercó.

—David, Vivi es como nuestra hermana. ¿De qué diablos estás hablando?

—No es nuestra hermana. No tiene ningún parentesco con nosotros. —David miró directamente a Jackson, que a su vez lo miraba a él como si fuera un extraño—. La quiero, Jackson. Todo el tiempo que me pasé en la sala de espera de urgencias rezando para que se recuperara, le prometí a Dios que, si me daba la oportunidad, sería sincero en cuanto a mis sentimientos. No sé lo que habría hecho si le hubiera pasado algo.

—No te entiendo. —Jackson agitó la mano en el aire, incapaz o reticente a comprender la sinceridad de David—. Primero papá y ahora esto. ¿Se te fue la cabeza en Hong Kong?

—Estás siendo un imbécil y me estás insultando. Ambos sabéis que Vivi siempre ha sido importante para mí. Ella y yo teníamos nuestra propia amistad.

David se rascó la nuca.

—Siento mucho si te hace sentir incómodo. En estos momentos, pon su recuperación por encima de tus sentimientos. No le he dicho nada a ella porque… —dijo antes de hacer una pausa, reticente a confesar todo lo que había pasado en Block Island— la enfermera dijo que es imperativo que no se emocione demasiado durante cierto tiempo. Una vez que esté fuera de peligro, le diré lo que siento y veremos adónde nos llevan las cosas.

David pudo ver la expresión crispada de su hermana.

—Agradecería vuestro apoyo, pero, si eso no es posible, al menos dejad que decidamos lo que queramos sin interferir.

—No me resulta especialmente cómodo, pero tampoco es que me sorprenda. —Los dedos de Cat repiquetearon en el granito y apretó la boca—. Sentí que algo estaba pasando en Block Island. Supongo que Laney tenía razones para estar enfadada.

—Por favor, dejemos a Laney fuera de todo esto, ¿vale? —David se puso de pie y se metió las manos en los bolsillos—. Y no os estoy pidiendo permiso. En definitiva, esto es algo entre Vivi y yo.

—También nos afecta a nosotros, David. Si rompéis, ¿perderemos a nuestra amiga? ¿Y qué pasa si no quiero que sepas cosas sobre mi vida, pero ella se siente obligada a contártelas porque es tu novia?

O, peor todavía, ¿y si le rompes el corazón? ¿Acaso no ha sufrido ya bastante en la vida para que ahora le des esperanzas para luego decepcionarla? —Cat puso los ojos en blanco y apoyó la barbilla en la palma de su mano—. No finjas que esto no puede cambiarlo todo entre nosotros.

—¿Y no puede pasar que todo cambie para mejor? Además, Vivi jamás ha revelado secretos entre nosotros antes, así que no hay razón para creer que eso fuera a cambiar. Y no voy a romperle el corazón.

David suspiró, consciente de que, de hecho, ya le había roto el corazón recientemente. Había llegado el momento de cambiar de tema.

Miró a Jackson, que había guardado silencio mientras se terminaba la cerveza.

—En cuanto a papá, iré a la boda, pero no por nada de lo que habéis dicho o hecho.

La dura mirada de Jackson le había hecho daño a David.

—¿Y a qué se debe ese cambio de opinión entonces?

—Tengo mis razones. El miedo que pasé anoche me ha servido para recordar lo corta que es la vida y es importante para Vivi que solucione las cosas con papá.

—Oh, vale, si es importante para Vivi, entonces sí lo haces, ¿no? —El sarcasmo de Jackson dejaba entrever su propio dolor, así que David lo dejó pasar sin defenderse—. ¿Alguna vez nos contarás la auténtica razón por la que te has estado comportando como un gilipollas con papá?

—No, y, antes de que empieces a criticarme, considera la posibilidad de que quizá lo haga por vuestro bien. Hay ciertas cosas que no necesitas saber o no querrías saber. —David agachó la cabeza un instante—. Os diré que estoy muy ofendido por cómo los dos me habéis echado toda la culpa. ¿Cuándo os he dado razones para dudar de mí?

Jackson abrió la boca para responder, pero entonces miró hacia los lados y su expresión cambió deprisa de seria a amable.

—Eh, V, ¿cómo estás?

Cat se bajó del taburete y abrazó a Vivi.

—Lo siento tanto, Vivi —dijo Cat con la voz rota por las lágrimas—. Me advertiste sobre Justin. Tendría que haberte escuchado. Siento mucho que te hiciera daño.

—No es culpa tuya, Cat. —Vivi le dio una palmadita en la espalda—. Me alegro de que tú no estés herida.

—Tendría que haberme pasado a mí, no a ti —gritó Cat—. Yo he sido la idiota que ha vuelto con él una y otra vez. Soy tan estúpida, Vivi. ¡Lo siento mucho!

—No es culpa tuya, Cat. —Vivi miró a Cat directamente a los ojos—. Solo prométeme que esta vez se ha acabado de verdad, por mucho que se disculpe o te suplique. Yo...

—Oh, se ha acabado. Créeme. Si se acerca a alguna de vosotras, él también estará acabado —interrumpió Jackson—. Y, si ese cabrón no se declara culpable, las dos declararéis.

Cuando Jackson las abrazó, su gran mano rozó el vendaje de Vivi, haciendo que esta gritara y rompiera el círculo.

—Lo siento, V. —Jackson hizo un gesto de dolor—. Soy idiota.

—Pero eres mi idiota favorito.

Vivi sonrió y le dio un puñetazo en el brazo.

—Pero lo digo muy en serio. —La expresión de Jackson se volvió sombría—. Justin pagará por esto, ¿verdad, David?

David miró a Vivi, que parecía estar aguantando la respiración. Antes de que le respondiera a Jackson, Vivi se giró a Cat.

—¿Es eso lo que quieres, Cat? ¿Quieres verte inmersa en una avalancha de demandas y alargar todo esto?

—No, solo quiero asegurarme de que jamás se vuelva a acercar a nosotras. —Cat miró a David—. Solo lo quiero fuera de mi vida.

David le lanzó una mirada de derrota a Jackson. Ya no podía seguir discutiendo más con aquellas dos mujeres, pero tampoco revelaría la conversación que había tenido con Vivi la noche anterior.

—Conseguiremos una orden de alejamiento —le prometió a su hermana—. No es necesario tomar ninguna decisión ahora mismo. Si eso es lo que alguna de las dos queréis una vez que las cosas se calmen, habrá tiempo de presentarlos.

—Yo no necesito tiempo. —La voz de Vivi sonaba agitada—. Ya te lo he dicho, no quiero iniciar ningún proceso.

—Relájate, Vivi. David no puede obligarnos a nada a ninguna de las dos. —Cat agarró la mano de su amiga y fulminó con la mirada a sus hermanos—. Todo esto puede esperar. Se supone que tienes que mantener la calma. Dejemos de hablar de Justin.

—Cat tiene razón. Tienes que mantener la calma y relajarte. Sin estrés.

David le pasó a Vivi un vaso de agua y un analgésico. De reojo, pudo ver a Jackson, que ahora parecía absorto en sus pensamientos, casi poseído.

Cat puso algunos mechones de Vivi tras su oreja.

—Venga, vamos a relajar el ambiente. Tengo unos fulares maravillosos que puedes usar para esconder ese vendaje. ¿Quieres que vaya a buscarlos?

—Oh, Dios mío, Cat. —Vivi se tragó las pastillas con un gran sorbo de agua—. ¿Fulares? ¿En serio?

—Bueno, yo siempre me siento mejor cuando estoy guapa.

Cat se encogió de hombros y le ofreció una leve sonrisa.

—Estoy bien con mis vendajes —añadió tocándose la cabeza, con gesto de dolor—. Gracias por venir a ver cómo estoy, pero estar aquí de pie me está mareando un poco. Creo que necesito sentarme.

David se acercó de inmediato para poner su mano justo debajo de su codo por si se desmayaba.

—De todas formas, no deberíamos cargarte con una visita tan larga. —Los ojos de Cat se apartaron de David y Vivi mientras se colgaba el bolso—. Dejaremos que descanses. Luego te llamaré para ver cómo sigues.

Jackson le dio a Vivi otro abrazo rápido y siguió a Cat a la puerta. Vivi parecía ajena a la partida abrupta de Cat y Jackson. Era obvio que estaba preocupada por su propia memoria y sus sentimientos. La última discusión debía haber despertado una vez más sus recuerdos del accidente de tráfico.

Aunque Vivi no parecía ser muy consciente del sutil cambio de su actitud, David estaba agradecido porque ya no lo apartaba. Al menos, había avanzado algo con ella durante las últimas doce horas. Su alivio estaba teñido de un sentimiento de impotencia respecto a la culpa irracional que arrastraba. ¿Llevaba todos estos años sufriendo en silencio, creyendo que había matado a su madre? Eso explicaba muchas cosas de ella, pero no excusaba a su padre, que jamás la había ayudado a ver el accidente desde la perspectiva adecuada.

No era el momento de hablar de ese tema, así que lo dejó pasar.

—Creo que deberías ir a tumbarte. Te despertaré para la cena.

—Vale —empezó Vivi—, pero después de cenar me gustaría volver a casa.

Sus palabras lo deprimieron. Volver a conquistarla sería una batalla difícil, pero no debía pensar en él ni en sus necesidades sino en ella. Vivi lo había esperado durante años; lo menos que podría hacer él es devolverle el favor.

A pesar de su pesadumbre, no la presionaría. Se tomaría su tiempo, recuperaría su confianza y entonces le rogaría que le diera una segunda oportunidad.

—Como quieras.

Casi dos semanas después, Vivi sacó la bandeja de lasaña del horno de su padre y la dejó sobre la hornilla. Mientras dejaba que se enfriara un poco, se sirvió un refresco y miró por la ventana. El césped necesitaba desesperadamente que alguien lo cortara.

Sin pensar, se pasó un dedo por la cicatriz; hacía poco se le habían caído los puntos. Cuando visitó a su padre la última vez, hacía tres semanas, jamás habría podido predecir la forma en la que estaba cambiando su vida, pero desde sus vacaciones en Block Island un día tras otro se había preparado para el enfrentamiento que había planeado para esa noche.

Podía hacerlo. Después de todo, ya había marcado límites con David. Tras semanas de súplicas y haber rozado la tragedia, ¿de verdad estaba dispuesta a dejarle volver a su vida? Por primera vez desde que se conocieron, se veía como un igual. Un giro increíble para ella que le daba el coraje que necesitaba ese día.

El coraje necesario para marcar los mismos límites con su padre.

Confesar dos décadas de sentimiento de culpa había sido aterrador pero liberador. David se había esforzado mucho para que aceptara la posibilidad de que el hielo en la carretera fuera, al menos, tan culpable como ella. Llegados a este punto, la culpa ya no importaba.

Se producen accidentes. Se cometen errores. La única forma de pasar página era mediante el perdón y la aceptación, de los demás y de uno mismo. Vivi por fin podía perdonarse y esa noche haría lo propio con su padre.

Colocó dos grandes trozos de lasaña en dos platos y los puso en la mesa de la cocina.

—¿Papá?

Cuando no respondió, se dirigió a la sala de estar. Estaba sentado, dormido en su butaca reclinable, con una mano aferrada a un vaso de whisky casi vacío. Vivi se acercó y, con cuidado, le quitó el vaso.

—Papá, la cena está lista.

Sorprendido, abrió los ojos y parpadeó, confuso.

—Vivi.

JAMIE BECK

Ella asintió.

—Te has quedado dormido. La cena está lista.

Se levantó del sillón y la siguió despacio hasta la cocina. Se dispuso a servirse otra copa, pero Vivi le quitó la botella.

—Antes de que bebas más, quiero hablar.

—¿Sobre qué? —preguntó, tomando asiento sin darle las gracias por la cena que había preparado.

—Sobre nosotros dos. —Vivi le puso una servilleta en el regazo mientras él pinchaba un trozo de lasaña—. Ya te he contado que el señor St. James se casa mañana en su club de campo. Ese es el motivo por el que estoy aquí esta noche.

—¿Y? —dijo mirando la botella medio vacía de Jack Daniel's de la encimera—. ¿Qué tiene eso que ver contigo y conmigo?

—Bueno, los acontecimientos inesperados de este verano y su boda me han hecho darme cuenta de algo. De hecho, de mucho, pero sobre todo de una cosa en concreto.

El padre de Vivi soltó su tenedor y se cruzó de brazos.

—¿Ah, sí? ¿De qué exactamente?

—Todos estos años he aguantado tu alcoholismo y tu abandono porque sabía lo mucho que te había afectado el accidente de mamá. —La garganta se le tensó un poco—. He vivido con vergüenza y remordimientos porque yo sobreviví y mamá y Tommy no. Sabía que verme no hacía más que recordártelos y terminé convenciéndome de que tu dolor justificaba tu comportamiento, por muy destructivo que fuera.

—¿Destructivo? —Volvió a coger su tenedor y lo agitó con desdén antes de usarlo para pinchar su lasaña—. No soy destructivo.

—Sí que lo eres. Eres autodestructivo y también me has hecho daño a mí. Creía que lo había llevado bien todos estos años, pero ahora sé que me equivocaba. —Se inclinó hacia delante para intentar llegar al otro lado de la mesa en vano—. Tú te equivocabas.

—¿De qué diablos estás hablando?

316

Su padre frunció el ceño antes de comerse otro trozo de lasaña. Todo en su postura y en su expresión le decían que parara. Aquello no cambiaría nada, pero tenía que acabar. Tenía que poner límites.

—La gente pierde esposas e hijos todos los días, algunos en accidentes trágicos, otros por enfermedad, como el señor St. James perdió a su mujer, pero, a diferencia de ti, ellos pasan página. Mamá y Tommy murieron en ese accidente, pero yo no. Todavía tenías una vida. Una hija. Una razón para levantarte y ser el mejor hombre y el mejor padre que pudieras ser. Tenías la posibilidad de encontrar de nuevo el amor. Podríamos haber tenido una vida más feliz aquí, juntos. —Por fin encontró el coraje para mirarlo a los ojos—. En vez de escoger vivir, en vez de dedicarte a mí, te replegaste en ti mismo. Me dejaste sola y abandonada y me hiciste sentir poco querida. Y yo lo acepté. Seguí viniendo, disculpándote, sintiéndome culpable. Pero eso se ha acabado. No puedo seguir hundiéndome contigo. Tienes que cambiar o ya no me verás tanto en el futuro.

—¡Qué sabrás tú lo que es perder una mujer o un hijo! No puedes saber cómo me siento ni decirme que la forma en la que gestiono mis sentimientos es equivocada. —Apartó el plato y se inclinó hacia delante—. ¿Que te abandoné? ¿Acaso no te di un techo, te alimenté y te vestí? Sí, sí que lo hice, Vivi. Jamás te he descuidado.

—No me refiero a ese tipo de abandono. He dicho que no te ocupaste de mis sentimientos. Jamás me ayudaste a pasar el luto y, lo creas o no, yo también perdí a mi familia ese día. —No serviría de nada que ella también perdiera el control sobre sus emociones, así que inspiro para calmarse—. Jamás te has interesado por mi arte, mis amigos ni mi trabajo. Toda nuestra relación se ha basado en que yo te diera, en que yo te cuidara y en que yo te visitara. Maldita sea, papá, ni siquiera viniste a verme después de que me atacaran la otra semana. Te vino bien que David y Cat se ocuparan de mí.

—De todas formas, me parece que siempre prefieres a esos St. James, así que deberías estar agradecida.

Se levantó y se acercó a la encimera. Tras dejar su plato en el fregadero, su padre fue a por la botella.

—No bebas ahora. Estamos hablando.

Vivi soltó el tenedor, aguantando la respiración.

—Estoy harto de hablar.

La cogió de la encimera y se dispuso a salir de la cocina. Hizo una pausa en la puerta, mirando por encima de su hombro.

—Haz lo que quieras, pero no me digas cómo tengo que vivir mi vida. Y no me digas que no te quiero. Esa es una gran mentira.

Vivi se sentó en la silla, intentando no echarse a llorar. ¿Qué esperaba? ¿Que cambiara de repente? ¿Una disculpa entre lágrimas y un abrazo cariñoso?

Su reacción era justo la que debería haber esperado. Fría. Distante. Sin remordimientos. Como siempre.

Quizá lo hubiera hecho lo mejor que había podido, lo que no era decir mucho. Puede que una parte de su alma muriera y estuviera enterrada junto con su madre y su hermano y solo le hubiera quedado eso para darle. Lo único que tenía claro era que él prefería el consuelo de su querido alcohol a su compañía.

Pero había dicho lo que necesitaba decir y ya no tendría que dejar su vida para ir a visitarlo dos veces al mes. Ya no tendría que preocuparse por si estaba comiendo bien o no. A partir de ese momento lo trataría con la misma indiferencia con la que él siempre la había tratado a ella.

Aunque la cena no había sido un éxito, se había enfrentado a él por primera vez en su vida. Se sintió orgullosa de sí misma, algo que casi nunca había sentido sentada en aquella cocina. Eso, al menos, marcaba una diferencia para mejor. Una nueva etapa.

Y también seguiría sus propios consejos. Tenía decisiones que tomar en su vida. Riesgos que asumir. Felicidad a la que aferrarse. Amor que dar.

Capítulo 25

La tarde siguiente, David contrató un servicio de coche con conductor hasta Wilton para recoger a Vivi antes de ir a la boda de su padre. Teniendo en cuenta su pésimo estado de ánimo, sospechaba que debía haber alquilado un coche fúnebre.

Apartó esos pensamientos, prometiéndose que utilizaría esa ocasión para avanzar en su vida y con Vivi. Se acercó a su puerta, recordando las veces que, a lo largo de los años, la había recogido o la había dejado allí. Era exactamente como lo recordaba, pero todo lo demás en ese momento parecía diferente. Cargado. Llamó al timbre y Vivi apareció un minuto después.

A diferencia de su habitual ropa llamativa, llevaba un vestido clásico color beis con un dobladillo festoneado. La femenina capa de encaje con que se cubría tenía un mínimo toque de brillo metálico. Sus brazos sobresalían de unas mangas casquillo y la tela se recogía en la cintura antes de caer hasta la mitad de su muslo. En la espalda lucía una gran apertura, lo que hacía que David se muriera por tocar su piel desnuda. De calzado llevaba unas sandalias plateadas y el pelo recogido en un moño francés que ocultaba su reciente cicatriz.

David jamás la había visto tan elegante.

—Estás muy guapa.

Vivi esbozó una gran sonrisa, revelando ese hueco entre sus dos dientes frontales que tanto le gustaba.

—Tú también estás muy guapo. —Vivi le recolocó el nudo de la corbata y frunció el ceño—. ¿Listo?

—Todo lo listo que puedo estar.

—Y con eso basta.

Ya habían pasado veinte meses desde que viera a su padre. No había visto a Janet desde el día en que los había sorprendido juntos en Starbucks. Una náusea se formó en el fondo de su estómago, como todas las veces que se imaginaba a esa mujer. Jamás habría ido a esa boda si Vivi no estuviera a su lado.

—¿Sabes? También estoy un poco nerviosa por tener que ver a tu padre y a Janet. —Vivi jugueteó con sus pendientes mientras andaba hacia el coche—. Le he dado muchas vueltas para intentar encontrar el aspecto positivo de todo esto y quizá lo haya conseguido.

—Ah, ¿pero hay un aspecto positivo? —respondió, incapaz de ocultar su escepticismo—. Tiene que ser bueno.

—Si lo piensas, ¿no es mejor que tu padre se case con Janet? Al menos así sabes que se querían de verdad cuando engañó a tu madre. Eso es mejor que si hubiera sido una simple aventura.

David se paró, intentando procesar su comentario antes de unirse a ella junto al coche.

—Supongo que tiene algo de lógica retorcida, sí.

Frunció el ceño mientras ayudaba a Vivi a instalarse en el asiento de atrás.

—No es retorcida —dijo ella, dándole un golpe en el brazo—. Sé que crees que no ha recibido castigo suficiente, pero tu madre lo perdonó.

—¿Que no ha recibido castigo suficiente? —David frunció el ceño—. ¡No ha recibido castigo alguno!

—Ya sabes lo que opino sobre este tema. Que no te haya suplicado perdón ni haya confesado sus pecados no significa que no haya sufrido. Sabe que os ha hecho daño a tu madre y a ti. Sabe que, como resultado de su comportamiento, ha perdido el respeto de los dos. —Dejó su pequeño bolso en su regazo—. Quizá, si lo piensas así, no te sientas tan incómodo hoy. Y, hasta donde sabes, en cuanto supo que no iba a vivir demasiado, incluso es posible que tu madre lo animara a encontrar a alguien. Ella lo quería, David. Habría querido que fuese feliz una vez que ella muriese. Quizá sabía que no estaría bien solo.

—Si eso fuese así, me lo habría dicho cuando descubrí su aventura. —Cerró los ojos—. Dejemos de especular. No me está haciendo sentir mejor. ¿Me dices todo esto porque te preocupa que monte un numerito?

—No —negó Vivi con la cabeza—. Solo quiero ayudarte a hacer las paces con tu padre y con Cat y Jackson.

—Bueno, a ti te cuesta menos perdonar los pecados de tu padre que a mí los del mío.

En cuanto esas palabras salieron de su boca, deseó poder retractarse de semejante comentario insensible. Vivi le había ofrecido su apoyo y él se lo había pagado echándole en cara su propia situación de mierda.

—Lo siento mucho. Eso ha estado fuera de lugar.

—No pasa nada. —Vivi miró al frente—. Sé que hoy no eres tú.

—No me disculpes. —Se giró hacia ella—. He sido impertinente y cruel, sobre todo después de todo lo que me has contado estos días. Eres la última persona en este mundo a la que querría hacer daño.

—Vale. ¡Eres un malvado cretino! —Le sacó la lengua y luego sonrió—. ¿Mejor?

David arqueó una ceja y sonrió.

—Sí.

Pasaron por debajo del enorme pórtico del Rolling Hills Country Club y cruzaron el camino adoquinado hasta la entrada. La ceremonia tendría lugar en la zona cubierta del patio. Se había creado un pasillo central con sillas doradas y blancas.

A pesar de la suave brisa de otoño, David sentía que no paraba de sudar por todo el cuerpo y, de inmediato, se arrepintió de su decisión. Se quedó inmóvil, considerando la posibilidad de darse la vuelta, pero la voz de Vivi lo sujetó.

—¡Oh, estás muy guapo, Jacks!

Vivi jugueteó con la pajarita de su hermano y pasó la mano por la solapa de su chaqueta de esmoquin.

Al parecer, Jackson era el testigo de su padre. Dadas las circunstancias, aquello tenía lógica, pero también ahondaba el abismo entre David y su padre.

—¿Dónde está papá? —preguntó por fin.

—Comprobando los últimos detalles.

Tras una pausa incómoda, Jackson preguntó:

—¿Tengo que acompañaros a vuestros asientos? Cat ya está aquí.

David vio a su hermana en la fila delantera derecha.

—Tú primero.

Jackson le ofreció su brazo a Vivi y David los siguió.

—¡Estás muy guapa, Cat! —dijo Vivi—. ¿Es nuevo?

—No.

La sonrisa forzada de Cat no engañaba a David. Esperaba que su actitud se debiera más a la boda que al hecho de que se sintiera incómoda al verlo junto a Vivi. Si no conseguía recuperar el afecto de Vivi, Cat seguramente se alegraría.

—Tienes buen aspecto, Vivi. Me alegro de que te estés recuperando bien.

—Estoy bien. —Vivi tocó el lugar de su cabeza del que le acaban de quitar los puntos—. Aunque no creo que pueda bailar mucho después.

—Tampoco parece que esta gente sea mucho de bailar —susurró Cat antes de inclinarse hacia delante para mirar a David.

Con tono uniforme, dijo:

—No estaba segura de que aparecieras y mucho menos de que te quedaras. ¿Has visto a papá?

—No, hablé con él por teléfono. Lo veré después de los votos.

Votos. Sus propias palabras lo sorprendieron. Dios santo, los siguientes treinta minutos iban a ser toda una tortura.

El cuarteto de cuerda empezó a tocar el *Canon en re mayor* de Pachelbel, poniendo así fin a aquella incómoda conversación. David suspiró, preparándose para una tarde muy larga. Echó un vistazo a los aproximadamente cincuenta asistentes, un grupo de familiares cercanos, compañeros de trabajo y amigos.

Él se sentía un fraude entre todos ellos, celebrando algo por lo que no se alegraba en absoluto. Cuando David vio por primera vez a su padre de pie junto al improvisado altar, se le hizo un nudo en el estómago. No había cambiado mucho, solo unas cuantas canas más y mejor forma física.

Ambos se miraron, lo que hizo que David recordara las muchas veces en las que sus roles se habían invertido. Durante años, su padre había sido el que había estado de pie en la banda viendo a David jugar a lacrosse, posar para fotos de su promoción o aceptar premios académicos. Aquel hombre jamás había sido demasiado expresivo, pero se había sentido orgulloso. Siempre orgulloso. Y, ahora, a pesar de la indignación de David, tenía que reconocer una cierta ternura, un deseo de resolver las cosas y de volver a sentirse cerca. Los buenos propósitos se desvanecieron en cuando Janet empezó a andar por el pasillo.

Janet. Su futura madrastra.

Sentía que le ardía el estómago, como si se hubiera tragado un cuenco de guindillas. Su intensa antipatía no solo se debía a lo que le había hecho a su madre, aunque eso ya, por sí solo, justificaba su postura.

Durante años, la había visto a ella y a su antiguo marido relacionándose con todo el mundo en su club de campo. Guapos arribistas. Una pareja de plástico que besaba a todo el mundo, sonreía con demasiada frecuencia y se esforzaba demasiado en caer bien. La personificación de la falsedad. Ahora se convertiría en parte de su familia.

Parte de su vida.

David cogió la mano de Vivi. Si el gesto la sorprendió, desde luego no lo demostró. Supuso que se estaba apiadando de él, algo que le bastaba siempre y cuando ella no se apartara. De vez en cuando, movía los dedos para intentar que aflojara un poco, pero jamás lo soltó. David se lo tomó como otra señal esperanzadora. Lo único bueno del día.

—No puedo quedarme —le susurró.

Vivi lo miró a los ojos y, a su vez, murmuró:

—Irte no cambiaría nada. Ni lo empeoraría ni lo mejoraría. De hecho, acabarías sintiéndote peor. Podemos sobrevivir a este día.

—La odio —dijo David, no tan en voz baja como debiera.

—Lo sé —le apretó la mano—. Lo siento mucho.

Junto a ella, Cat se movió con incomodidad y le lanzó una mirada de desaprobación. David enderezó los hombros e inspiró larga y profundamente. Se quedaría. Saludaría a su padre, dejaría que Vivi comiera algo y luego la convencería para que se escapara con él sin que nadie los viera.

En vez de prestar atención al resto de la ceremonia, se preguntó cómo alguien como Janet podía atraer a su padre después de haber estado casado con una mujer sorprendente. Luego David pensó en Laney y en cómo había estado dispuesto a conformarse con una relación peor cuando Vivi había estado delante de él todo el tiempo.

Un escalofrío le recorrió todo el cuerpo. Como por reflejo, acercó la mano de Vivi a su pecho. *Serás mía.* Vivi le lanzó una mirada de desconcierto.

Después de la ceremonia, David y Vivi siguieron a Cat hasta la entrada del salón de baile principal. La luz de la tarde entraba por las puertas francesas, transformando la sala y sus mesas llenas de flores en un bonito jardín.

David cogió un par de copas de champán de las bandejas con que pasaban los camareros. Consideró la posibilidad de emborracharse, pero se lo pensó mejor. Algunos de los colegas de su padre eran clientes de su bufete. Bebió un sorbo de champán y giró el cuello de un lado a otro, pasándose el dedo por el interior del cuello.

—¿Hace calor aquí? —le preguntó a Vivi.

—No.

Su sonrisa empática cambió de repente y sus ojos se abrieron como platos.

—David, tienes buen aspecto, hijo. —La voz de su padre lo sorprendió—. Gracias por venir.

Vivi le dio un codazo a David, que se quedó helado, incapaz de hablar. Una vez superado el aturdimiento inicial, le ofreció la mano.

—Enhorabuena.

Las palabras le supieron amargas, como si tuviera la lengua pegada a la punta de una pila. Tragó saliva y saludó a Janet con un leve gesto de cabeza.

—Señor St. James, enhorabuena —interrumpió Vivi afortunadamente—. Hola, Janet, soy Vivienne. Nos vimos brevemente el año pasado, pero es posible que no lo recuerde. Me encanta su vestido.

—Gracias —dijo Janet con voz alegre.

Pasó un tenso instante antes de que Vivi volviera a hablar:

—Bueno, Janet, a Cat y a mí nos encantaría saber más sobre sus planes para la luna de miel, ¿nos podrías contar los detalles?

Vivi empezó a alejarse de David, pero él se aferró a su mano, muerto de miedo. Ella se puso de puntillas y lo besó en la mejilla. Ese gesto era algo que David había dado por sentado hacía unas semanas. Ya no. Ahora lo saboreaba.

—Vuelvo en un minuto.

Entonces miró al señor St. James y dijo *sotto voce*:

—Imagino que querrá pasar un momento con su hijo.

Las tres mujeres se alejaron unos cuantos metros, dejando a David a solas con su padre. Con la mirada gacha, se aclaró la garganta y esperó a que su padre hablara. Cuando por fin levantó la cabeza, su padre estaba mirando a Vivi con una expresión rara.

—¿Sales con Vivi?

La evidente sorpresa en su voz irritó a David.

—Todavía no, pero tengo la intención de hacerlo si ella acepta.

Los ojos de David le advertían a su padre que debía pisar con cuidado.

—¡Caramba! —exclamó su padre con una sonrisa—. Graciela tenía razón en cuanto a vosotros.

Todo en el cuerpo de David se estremeció ante aquel reconocimiento. Oír a su padre pronunciar el nombre de su madre, ese día, hablando de Vivi, lo sorprendió.

—¿A qué te refieres?

Entornó los ojos.

—Cada vez que hacía algún comentario sobre el hecho de que Vivi siempre anduviera por casa, tu madre me decía que más valía que me acostumbrara porque, un día, te darías cuenta de que estabas enamorado de ella. —Sonrió al recordarlo—. Por supuesto, yo no la creí. Erais tan jóvenes y tan diferentes. Supongo que ella siempre te entendió mejor que yo.

La premonición de su madre caló en el corazón de David, inyectándole un calor inesperado. Ella había querido a Vivi, no solo por ella, sino por él también. Su madre habría sido la única persona de su familia que realmente los habría animado a mantener una relación amorosa.

Casi podía oír la voz con acento de su madre haciendo aquella valiente predicción. Las lágrimas empañaron los ojos de David y agitó la cabeza para deshacerse de ellas.

—Supongo que me conocía mejor que nadie, sí.

De repente, encajó la pieza que faltaba, derritiendo un poco más del hielo que rodeaba su corazón. La madre de David estaba muerta. Nada ni nadie podría sustituirla en sus recuerdos ni en su corazón. Si él era capaz de salir de su zona de confort y arriesgarlo todo, podría tener a alguien maravilloso en su vida. Alguien con quien podría construir su propia felicidad, un amor que su madre había predicho y aprobado.

Las decisiones de su padre solo eran asunto suyo y él tendría que vivir con las consecuencias, buenas, malas o indiferentes. David no quería que su comportamiento del último año lo definiera, así que quizá debiera dejar de definir a su padre única y exclusivamente por sus defectos. Había necesitado demasiado tiempo y había tenido que cometer demasiados errores para darse cuenta de que la persona que perdona es la que consigue la mayor recompensa: liberarse de un dolor prolongado.

Había llegado el momento de centrarse en su futuro.

—Me alegro de que hayas venido, hijo.

Aunque David todavía no pudiera concebir mantener una conversación civilizada con Janet, Vivi tenía razón en que tenía que dar ese paso.

—Bueno, quizá nunca me guste Janet… —David miró a su padre directamente a los ojos—. Pero seré respetuoso por el bien de todos.

La respuesta de su padre se vio interrumpida por la llegada de Vivi y Janet.

—David, vamos a sentarnos. ¡Estoy muerta de hambre!

Sesenta minutos después, David convenció a Vivi para que se fueran de la fiesta pronto. Se sentó junto a ella en el coche, ansioso por razones que nada tenían que ver con su padre ni con Janet.

—Estoy orgullosa de ti, David. ¿Cómo te sientes?

—Contento de que se haya acabado.

—No lo dudo.

Vivi se rio entre dientes.

—No podría haberlo hecho sin ti. Gracias.

—De nada. Espero que las cosas sean más fáciles para ti con el tiempo.

Los ojos de Vivi parecían borrosos justo antes de que se girara y mirara por la ventana.

—Vivi —dudó, esperando desesperadamente que aceptara hacerle ese otro favor—. ¿Te importaría que diésemos un rodeo?

—¿Adónde?

Ladeó la cabeza.

—Quiero ir a casa.

Vivi frunció el ceño antes de darse cuenta de a qué se refería.

—¿A casa de tu padre?

—Sí, ahora que sé que ni él ni Janet están allí.

Vivi apretó los labios, como si estuviera luchando por tomar la decisión adecuada.

—Vale. No he estado desde…

Su voz se fue apagando. David le apretó la mano; sabía que lo que quería decir es que no había vuelto desde la muerte de su madre. Él tampoco.

El coche giró en el camino de entrada, haciendo que el corazón de David se saltara un latido. La casa colonial antes amarillo mantequilla, se había repintado en blanco. El vibrante parterre de su madre había sido sustituido por un surtido de arbustos y pequeñas rocas. ¿Se habrían hecho esos cambios a petición de Janet o había sido obra de su padre?

David respiró profundamente antes de salir del coche.

—¿Estás seguro de esto, David? —preguntó Vivi, mientras sus ojos parecían catalogar todos los cambios—. Lo estoy reconsiderando. No creo que te vayas a sentir mejor después de esta visita.

—Tengo que aceptar lo que ha pasado, incluidos los cambios. De lo contrario, jamás seré capaz de pasar página.

David sacó el llavero del bolsillo de la chaqueta y probó con la cerradura delantera. Al girarla, pensó que por suerte todavía funcionaba. Tras lanzar una mirada rápida a Vivi, cuya expresión cautelosa se correspondía con la suya, abrió la puerta y entró.

La casa olía diferente de lo que recordaba. Durante toda su juventud, siempre había olido a una mezcla de hierbas frescas y el perfume especiado de su madre. Ahora olía a cítricos, como un *spa*.

Pero más sorprendente que el nuevo olor era el cambio de decoración. Se habían ido los dorados, los verdes y los rojos de su infancia. Los patrones florales y las cortinas pesadas eran de tonos neutros de azul claro, gris y crema.

Estaba intentando procesar todos los cambios cuando escuchó a Vivi chasqueando la lengua. Tenía los ojos como platos por la incredulidad.

—No me gusta —dijo sin pensar, para luego taparse la boca con la mano—. ¡Lo siento!

Su gesto hizo que a David le entrara la risa.

—A mí tampoco —lo decía muy en serio, aunque, al mismo tiempo, estaba fascinado—. ¿Deberíamos echar un vistazo a la cocina?

Vivi asintió con la cabeza y lo siguió a la parte de atrás de la casa.

—¡Oh, Dios mío!

Cuando entraron a aquel espacio reformado, los ojos de Vivi se agrandaron aún más.

Habían desaparecido los armarios color cereza y las ollas de cobre. La «nueva y mejorada» cocina tenía armarios blancos y encimeras de cuarcita blanca, aunque nada parecía haber tenido mucho uso.

Un resoplido apartó la atención de David del nuevo suelo. Vivi se estaba secando las lágrimas de las mejillas.

—Ya no queda rastro de ella.

David asintió en silencio. Parecía ser que Janet se había asegurado de que no quedara nada de su madre ni de su vida familiar en esa casa.

Habría cabido esperar que esos cambios radicales lo hicieran gritar, llorar o romper algo. Quizá la conmoción y la incredulidad habían espantado sus emociones, dejándolo en un estado adormecido de calma. Puede que ver a su padre feliz en su boda había templado su odio. O es posible que ya estuviera cansado de ir por ahí, arrastrando diez toneladas de ira.

Miró la nueva mesa de la cocina: frío cristal, por supuesto. Las sillas acolchadas parecían más cómodas que las de madera de su juventud, pero, con todo, dudaba que su padre y Janet compartieran muchas comidas en esa mesa.

Se sentó en una y trató de imaginarse a su familia en ese espacio. Imposible. Aquellas imágenes solo existían en sus recuerdos, en sus recuerdos más felices. No podía volver a crearlas, pero sí podía seguir adelante y construir otras nuevas por sí mismo. Y todo eso empezaba y terminaba en Vivi.

—Siéntate.

Señaló la silla que había frente a él. Sin decir una palabra, Vivi tomó asiento mientras sus ojos escrutaban cada centímetro de aquella cocina.

Adorable.

—No habría podido aguantar este día ni esa cena sin ti. Mi familia te debe tanto. Yo te debo tanto… —Se inclinó hacia delante y apoyó los codos en la mesa—. ¿Recuerdas que fue aquí donde nos conocimos? Justo aquí, en una mesa bastante distinta a esta.

Al menos no había perdido del todo su sentido del humor.

—Lo recuerdo.

Vivi sonrió y David habría jurado que estaba reviviendo aquella noche, cuando dibujó su retrato y se comieron una tonelada de Oreos.

—Hasta aquel día, jamás había conocido a nadie como tú. Eras una niña menuda, directa y entusiasta con mechones rosas en el pelo. Podía verte absorbiendo cada detalle de mi familia. Despertaste mucho mi curiosidad.

David sonrió por sus propios recuerdos del día en que se conocieron. Y entonces sus pensamientos repasaron todo lo que había pasado desde entonces hasta ese momento.

—Mi padre me ha dicho algo sorprendente esta noche.

—¿Qué te ha dicho?

Vivi se incorporó en su silla, con sus redondos ojos fijos en los suyos.

—Me ha dicho que mi madre siempre había sospechado que yo estaba enamorado de ti —dijo, cruzando la mesa y entrelazando sus dedos con los de Vivi—. Parece ser que ella sabía qué sentía antes que yo.

Vivi se quedó sin aliento.

—¿Qué quieres decir con eso?

—Siempre había sabido lo mucho que me gustabas, pero es algo más, Vivi. Mucho más. Estoy enamorado de ti. No sé por qué no lo había visto antes. Quizá había enterrado y negado mis sentimientos por todas las razones que te expliqué en tu apartamento hace unas semanas. Quizá necesitaba irme un tiempo para verte como una mujer y no como una niña. No sé exactamente cómo ni qué ha cambiado. Todo lo que sé es que te quiero.

—¿De verdad me quieres? —preguntó con una voz que apenas era más que un susurro.

—Estoy enamorado de ti. —Se puso en pie y rodeó la mesa para sentarse junto a ella—. He pensado en la noche que pasamos juntos tantas veces este mes. Quiero el derecho de poder tocarte, besarte y hacerte el amor otra vez.

David cogió su mano para darle un beso en la palma.

—Lo quiero todo. Puede que no me lo merezca, pero, por favor, dame otra oportunidad. Si lo haces, te daré todo lo que dijiste que querías.

David no le soltó la mano, con el corazón en un puño mientras esperaba la respuesta de Vivi.

—¿Por qué ahora? —preguntó—. Ninguna de las circunstancias que describiste han cambiado.

—Yo he cambiado, Vivi. Sé que no te he dado muchos motivos para creer en mí últimamente. Te juro que sigo siendo esa persona en la que siempre habías podido confiar en el pasado. Vuelve a confiar en mí y yo haré que merezca la pena.

Su corazón latía con fuerza en su pecho. Cuando ella le acarició el pelo con los dedos, él gruñó, temblando de alivio y placer. David tocó la cara de Vivi antes de que sus labios reclamaran los suyos. Él la besó con cautela, como si pudiera desaparecer, pero entonces Vivi se apartó.

—¿Estás realmente seguro de esto? ¿No cambiarás de opinión mañana o al primer indicio de problemas? ¿Soportarás la ira de Cat y Jackson?

—Sí. —Besó la punta de su nariz y dejó que los dedos dibujaran su labio superior antes de volver a besarla—. Soy más feliz ahora de lo que lo he sido en años. Y decir eso aquí, en la casa de mi infancia que ya no reconozco, después de haber huido de una boda infernal, debe de querer decir algo.

Vivi se frotó los ojos borrosos y dejó ver esa sonrisa con un hueco entre los dientes que él tanto quería.

—No parece demasiado real.

—Es real.

Él la volvió a besar y esa vez ella no se apartó. La electricidad recorría sus venas mientras tiraba de ella para que se sentara sobre su regazo. Cuando el cuerpo de Vivi rozó el suyo, sintió que empezaba a excitarse.

—Vivi.

—David —murmuró ella en su oído mientras él se aferraba a sus pechos.

David le dio un codazo a la mesa de cristal, recordándole dónde se encontraban.

—Espera, aquí no.

Miró a su alrededor, deseando haber planeado mejor la situación. No podía estar con ella en la casa de su padre y de Janet, pero tampoco podía esperar una hora o más hasta volver a la ciudad. Mierda.

—La casa de la piscina.

Vivi apretó los ojos y se sonrojó.

—¿No te parece bien? —preguntó.

—Oh, me parece perfecta. De adolescente, tuve un montón de fantasías en las que me llevabas a la casa de la piscina. —Vivi lo miró desde debajo de sus pestañas—. Fantasías subidas de tono.

—Chica mala. Ven y cuéntamelas.

David la levantó de la silla y prácticamente salió corriendo por la puerta de la cocina.

En cuanto cerraron la puerta de la casa de la piscina, David la tiró al sofá.

—Ojalá estuviéramos en otra parte. ¿Estás segura de que aquí está todo bien?

—Es perfecta. Ahora deja de hablar y haz realidad una de mis viejas fantasías.

Vivi le desabrochó el cinturón y los pantalones mientras él le bajaba la cremallera. En cuestión de minutos, ya estaban los dos piel contra piel.

A pesar de su deseo, David se movía despacio, queriendo recordar cada segundo de su dulce rendición. Los recuerdos de cuando habían hecho el amor en Block Island volvieron a su mente, añadiéndose a sus expectativas, pero, a diferencia de esa vez, ya no sentía dudas ni preocupaciones.

Cubrió a Vivi de besos, yendo de su cuello a sus rodillas con sus manos y su boca. Colocándose encima de ella, dejó que su dedo trazara la línea de la mandíbula de Vivi y luego bajó hasta la garganta antes de besarla ahí.

—Es difícil creer que había perdido toda esperanza de volver a sentirme yo mismo. Jamás había sido tan feliz.

Los ojos de David se fijaron en los de ella.

—Yo también.

Él la miró con una sonrisa indecisa.

—Eso espero porque te vas a tener que conformar conmigo y solo conmigo. Me temo que cuanto más tiempo pasemos juntos, antes me caeré del pedestal en el que siempre me has tenido.

—Se acabaron los pedestales. Nada de sueños de adolescente.

—Vivi entrelazó sus dedos con los de David y los levantó hasta sus labios—. Iremos paso a paso.

Todo en el aquel momento le parecía sagrado, así que no dejó de mirarla mientras, por fin, la penetraba. Ella gimió su nombre y él se aferró con más fuerza a ella.

—Te quiero —le dijo David.

—Yo te quiero todavía más —replicó ella y le besó el cuello, justo detrás de la oreja.

—No, Vivi. Yo soy el que más te quiere.

Epílogo

Vivi subió en el ascensor hasta el apartamento de David, inquieta porque no sabía por qué había insistido tanto en que se pasara por allí esa noche a pesar de estar muy ocupada poniendo notas. Sonaba raro al teléfono. Si no fuera porque habían pasado un otoño maravilloso juntos, estaría preocupada, pero el único escollo al que se habían tenido que enfrentar había sido la incomodidad inicial de Cat con su relación.

El pestillo se abrió cuando giró la llave, así que empujó la puerta para entrar. Las luces estaban apagadas. Había velas encendidas por todo el apartamento. En el suelo había flechas rojas de papel cubiertas de pétalos de rosa. Vivi se tapó las mejillas con las manos.

Siguió las flechas hasta el dormitorio y se dio cuenta de cada cuatro flechas había una palabra escrita en ella.

Me. Has. Robado. El. Corazón.

Su cuerpo empezó a temblar y se llevó la mano temblorosa al corazón antes de abrir la puerta.

David estaba sentado con las piernas cruzadas en el centro de la cama, sujetando algo frente a él.

—¿Qué es todo esto? —preguntó ella.

David le hizo señales a Vivi para que se uniera a él en la cama. Ella no quería alimentar sus expectativas, pero no podía evitarlo. Esa disposición era exactamente el tipo de escena romántica sensiblera que ella le había descrito a David recientemente, después de que una amiga hubiera recibido una propuesta de todo menos romántica de su novio.

Vivi se subió a la cama y miró el paquetito que había frente a él. No era la cajita de ningún anillo. Reprimiendo su decepción, cogió el rollo de papel atado con un lazo rojo y lo sujetó. El papel desgastado parecía tela y estaba dañado con pliegues profundos.

—¿Qué es esto?

David estiró las piernas para rodearla.

—Ábrelo y lo verás.

Vivi deshizo el nudo y desenrolló con cuidado el delicado papel para descubrir su propia letra manuscrita infantil frente a ella. Sus mejillas se calentaron al recordar cuándo había escrito aquella carta de amor. Su corazón latía con la misma fuerza que cuando la ocultó en la mochila del ordenador.

¿Había guardado aquella carta todos esos años? Apenas podía leer la nota con las lágrimas nublándole la vista. Cuando llegó a las últimas líneas de la carta, las leyó en voz alta.

Sé que soy demasiado joven ahora, pero, cuando crezca, encontraré la forma de robarte el corazón de la misma forma que tú me lo has robado a mí.

Vivi miró a David, que tenía un anillo de diamantes de corte esmeralda en la mano. Un sollozo se escapó de su garganta. David le cogió la mano izquierda y le puso el anillo.

—Me hiciste una promesa hace muchos años y ahora espero que la cumplas. —La sonrisa tímida de David siempre derretía el corazón de Vivi—. Sí que me has robado el corazón. Cásate conmigo para que siempre estés a mi lado.

Vivi se lanzó sobre él, tumbándolo en la cama antes de asfixiarlo a besos.

—Siempre me tendrás, pase lo que pase, David. Te quiero. Te quiero con todo mi corazón.

—¿Eso es un sí?

—¡Sí! Sí, claro que me casaré contigo.

David la hizo rodar hasta quedar sobre ella y recorrió sus cejas, su nariz y sus labios con los dedos.

—Te quiero tanto que me asusta.

Y entonces la besó. El último pensamiento lúcido de Vivi durante las horas siguientes fue imaginarse su pronto nuevo apellido de casada en tinta morada, de la misma forma en que lo había garabateado miles de veces en docenas de hojas de su libreta desde que conoció a David.

Vivienne St. James.

AGRADECIMIENTOS

Me gustaría darle las gracias a mi marido, mis hijos, mis padres, mi hermano y mis amigos por su amor constante, su ánimo y su apoyo.

Todo mi agradecimiento a mi agente, Jill Marsal, así como a Helen Cattaneo y a toda la familia de Montlake por creer en mí y por trabajar tan duro en esta historia.

Le debo mucho a mis primeros lectores —Christie Tinio, Siri Kloud, Katherine Ong, Suzanne Harrison, Tami Carstensen y Shelley Eccleston— por sus comentarios a los diferentes borradores de este manuscrito.

También estoy en deuda con los maravillosos miembros de mi sección de la CTRWA por su apoyo, sus comentarios y su asesoramiento a lo largo de los años.

Por último, me gustaría dar las gracias a mis lectores por hacer que mi trabajo merezca la pena. Con tantas opciones disponibles, me siento muy honrada por que hayáis elegido pasar vuestro tiempo conmigo.